U0032073

冰如劍——著
唐尼宇——繪
光北高中
24
molten
FIBA
APPROVED
BUZZER BEATER
最後一擊
傳奇 1

推薦序　追逐夢想，就是要永不停歇

熱血 NBA 作家 HBK

說來有趣也帶一點驕傲，我會認識冰如劍是在二〇一三年的八月，他私訊我的粉絲團，分享了一段他所寫的小說內容，並且告訴我，我所寫的每一篇文章都觸動了他內心籃球熱血炙熱的魂魄，讓他想繼續做他的籃球夢，即便不可能像林書豪一樣打進 NBA，但至少能寫一篇動人心弦，彷彿自己置身於故事中的熱血籃球小說，用文字的力量感動他人，讓愛籃球的夢能延續下去。

那時我得知他正在當兵，且還是擔任勤務很多的憲兵，他所寫的小說都用自己放假時間埋頭苦幹地在寫文與構思劇情，當時我就在想，這個年輕人到底有什麼問題？通常當兵放假就是出外遊玩放鬆自己，他反而是在休假時，繃緊神經絞盡腦汁在寫作，整個陶醉於自我的世界裡，展現出樂此不疲態度。

雖然我們兩人之前完全不認識，也未曾見過面，但我由衷地被他的堅持所感動，也對於這位小粉絲印象深刻，並鼓勵與期許他能真正完成自己在寫作上的夢想，即使這條路並不好走又坎坷，還是希望不要輕易放棄。

而我們兩人接下來就中斷聯繫，相隔將近一年，在二〇一四年的七月中，我又在我堆積如山的私訊收件夾裡看見一個有點熟悉的名字，點開來看，恍然大悟，這不就是去年立志要當小說家的年輕人嗎？

很快地，發現我當時深怕他半途而廢的想法根本是多慮了，他開門見山地告知我他已經退伍，並且他的小說已經開始在連載，分享一個叫做「POPO 原創」的線上創作網站給我，那裡充斥著許多優秀的華文創作者，有琳琅滿目的類型，而我在其中一個項目裡，看到一本名為《最後一擊》的作品排在排行榜前端，作者就叫做冰如劍。

再點進去，看到總字數來到五十幾萬，已經累積了不少死忠的讀者，真的不由得會對他感到驕傲，甚至自嘆不如，在追夢的過程裡，我眼裡的這年輕人比我還要堅毅與執著。

深入再談，他告訴我退伍後他每個禮拜至少要寫幾萬字的內容，強烈鞭策要求自己要做到，打工回家就是寫文，且在夢想成為作家的路上他與家人鬧得並不愉快，但他為了堅持自己的夢想，離開老家台南到台北，住在一個加蓋的鐵皮屋裡，在夏天炎熱高溫猶如烤箱的環境下，他仍能持之以恆完成他對於讀者每週更新的期待，真的能深刻了解與體會，他是真正燃燒熱情在享受這追夢的過程。

俗話說，一個有決心和擁有清晰目標的人，他們會時時刻刻砥礪自己要抓緊夢想，不僅僅牢牢記住在心坎裡，一刻也不與它分開，還要永不停歇地去追逐。因為夢想對於他就像吃飯、睡覺一樣重要，要把這滿腹的凌雲壯志化為動力，而不只是淪為空談，全力以赴不給自己留下遺憾，在我眼裡，冰如劍就是這樣子的築夢者，真的很讓我欣賞，我們也因此成為好朋友。

這本書，《最後一擊》，我能說這是我看過最熱血的籃球小說，就我自己也常在寫文、不時會買書來閱讀，以及我同樣是深愛籃球愛打籃球的人，《最後一擊》真的可以勾起心中對於籃球的熱魂，就好像在看一場精彩的比賽一樣，讓人欲罷不能想看下去，且能聯想到很多東西。

啟南高中就好像 NBA 裡六〇年代的波士頓塞爾提克，十三年內拿下十一座總冠軍，包含不可思議的八連霸，統治了當時整個籃球界。而啟南高中，三十年二十次冠軍，一句「啟南王朝，無可動搖」，這也會讓人聯想到《灌籃高手》裡的山王工業，連續三十年都是秋田縣的第一種子，他們不僅僅是「常勝」，而是到了「不敗」的地位，直到他們遇到了湘北高中。

光北高中就彷彿是湘北高中，像流星一樣璀璨地一閃而逝，擊敗了可說是無敵的啟南高中，但結局也與《灌籃高手》的湘北高中神似，遭逢主力受傷，下一戰已氣力放盡，神奇之旅也就此畫下休止符。

李明正的籃球夢，就交由自己的兒子李光耀來繼承，在籃球已沒落的光北高中裡，他自信滿滿要掀起一股革命與復興的浪潮，而從他那鋒芒畢露的球技、桀驁不馴的個性上，很有 Kobe Bryant 或者是 Allen Iverson 的影子存在，他們的共通點都是，享受挑戰、證明自己、打爆眼前所有對手，相當迷人的英雄特質。

而更有意思的是，要復興光北高中，光靠李光耀是不夠的，他得組一個團屬於光北高中的「正義聯盟」，他必須招募自己的左右手，一樣與他熱愛籃球，並有著想化腐朽為神奇的鬥志，願意一起有共同目標的隊友。

你可以看看一個只會投三分的超級神射「王忠軍」，一個不會打球但擁有極佳身材的鬥神「麥克」，以及之後陸續加入的隊友們，每個人都有自己的故事和各自對於籃球的牽絆，這也是整個小說的迷人之處。

所以如果你也愛籃球，《最後一擊》怎麼可能不會吸引你?有著太多讓人熱血與共鳴的籃球精神與記憶，且最重要的是，從文字裡，你可以感受到冰如劍他對於籃球的愛與熱情，這是只有真正愛籃球的人才寫得出來，一個裝載著他靈魂的精彩之作。

相信我，閱讀《最後一擊》，會時常令你想拿起球就跑去球場鬥牛，光是這一點就能證明這個故事有多迷人，能夠燃燒著你我對於籃球的激情，讓我非推薦給大家不可。

冰如劍本人也是整個故事精神的縮影，值得大家去學習效法，追逐夢想，就是要永不停歇。

推薦序　從最後一擊　看懂 WE WILL 精神

星裕國際總經理　王立人

當《灌籃高手》和《影子籃球員》成為當代經典籃球動漫，相信大家更驚喜可以看到從台灣學生籃球出發的《最後一擊》，不同動漫的是，學生籃球聯賽的熱血、執著、激情與感動透過文字力量被闡述出來。除了其中的友情、親情和純愛故事外，推薦看這部小說的原始動力絕對是，夢想。

光北高中，一支原本不被看好的隊伍，一路從丙級打到乙級，再打進象徵高中籃球最高殿堂的甲級聯賽，靠得不是天分、不是機運，而是比別人更殘酷的訓練內容，以及對勝利的極度渴望。在球場上展現超強能力的李光耀，連隊友都不知道他每天早上四點就摸黑起床練球，週末沒練球時間也堅持到公園自我訓練，李光耀的自信、球場上的每一個好球都是由背後無數艱辛訓練助攻而成，我想要拿 UNDER ARMOUR 最常鼓勵正在挑戰夢想的人一些正面金句送給大家：看得見的閃耀，來自黑暗裡的淬煉。

也許這樣的夢想故事正發生在台灣某個角落，UNDER ARMOUR 秉持著「讓運動者更強」的品牌理念加入 JHBL 國中籃球聯賽，便是要全力支持學生球員勇敢追夢，築夢踏實，總有一天，大家對運動的一切努力能被看見，WE WILL。

推薦序

說書人　柳豫

你喜歡籃球嗎？

在談《最後一擊》之前，我想聊聊《灌籃高手》。

《灌籃高手》是我們這個世代的共同記憶，還記得當初動畫首播，正好是在我的兒童美語班放學時間，我總是學櫻木花道手刀衝刺趕回家，準時和湘北隊一起追逐稱霸全國的夢想，每次聽到片尾曲〈我只凝望著你〉就覺得哀傷，小時候娛樂並不多，在上學與補習的日常之中，《灌籃高手》就是每週支撐我活過七天的動力。

隨著年紀增長，重看了漫畫、動畫無數次，對這部作品的愛卻有增無減：十歲時最喜歡流川楓，沒什麼好說的，就是帥；二十歲最喜歡櫻木，喜歡那自信、無所畏懼、勇敢追夢的身影；三十歲最喜歡三井、赤木、木暮，因為他們讓我看到的不只是夢想，還有夢想與現實之間的掙扎。

如果你沒有看過這部漫畫，你大概不知道我有多麼羨慕你，並且不計代價想要和你交換，因為這樣就能再次體會第一次看到這部神作的感動了。

然而，我在《最後一擊》中竟再次看見這種感動——作為一部描寫籃球、青春、夢想的小說，無可避免地會讓人聯想到《灌籃高手》這道高牆，但《最後一擊》並未因此受到局限，反而創造出一部屬於台灣的高中籃球小說——你在書中不會看到流川楓、櫻木花道、赤木剛憲，不過，你將看到另一支讓人打從心底喜愛的球隊，看到王牌的光芒與團隊合作的光輝，看到夢想這條長路上，那些困頓、挑戰、歡笑、汗水和淚水。

我在《最後一擊》於網路上連載的後期開始追蹤收看，結果一發不可收拾，七天之內追上這部超過兩百萬字的長篇連載小說的最新章，作者冰如劍說故事的方式輕快而充滿魔力，讓人一邊陪伴、見證書中主角群的成長，一邊從他們身上得到滿滿能量，當你翻開小說的第一頁，你也將加入光北高中的這趟奇幻之旅。

你有夢想嗎？你喜歡籃球嗎？如果你喜歡，相信你會喜歡這個故事。

我誠心推薦《最後一擊》這部小說——我很喜歡，這是我的真心話。

推薦序

音樂創作者　陳零九

已經有點忘記第一次是在哪裡看到他的文字，冰如劍，這三個字讓我先入為主以為寫出來的內容會是武俠類的小說，我非常喜歡武俠的題材，當然他確實也是，我很喜歡冰如劍的另外一部長篇叫做《刀神》，非常非常喜歡，也推薦給大家可以去 POPO 原創閱讀，相信喜歡修仙武俠類的讀者們會很愛。

而另外一個跟冰如劍的連結應該就是籃球與 Kobe 了吧，我們都是創作人，而創作是孤獨的，需要跟寂寞獨處的，對應到 Kobe 的曼巴精神（自幹）應該或多或少有點關聯吧？哈哈說笑的，我覺得是因為很多有成就的人都會有他堅持的點，Kobe 是這樣，我跟冰如劍也是，那是屬於我們的領域，很多是無法妥協的，希望大家能夠接受一下我們的堅持（龜毛），也希望你們能夠細細品嚐每個創作人死了很多腦細胞跟無數個夜晚所產出來的孩子，裡面有很多很多我們對於這個世界的投射，等著你們來挖掘。

最後，還是要推薦一下，這部《最後一擊》是少數用籃球當作題材的小說，看著《最後一擊》，會讓我想到《灌籃高手》，仔細品嚐後，絕對會讓你有想要換上球鞋出去熱血一下的衝動，我發自內心地推薦這本小說給大家，也恭喜冰如劍，相信你未來會帶給我們更多更棒的作品，加油！

作者序

冰如劍

這是一部關於夢想與籃球的小說，除了鼓勵大家勇敢追夢，更多的是關於為自己的選擇負責，為自己的目標負責。

你想要完成夢想，就需要努力付出，甚至是做出犧牲，某些程度上，有點像是我自己追求作家夢的過程。

為了成為作家，我壓縮了生活品質，犧牲休閒娛樂活動，將所有的精神與靈魂投注在寫作上。如同故事中的各個角色一樣，為了實現夢想，當別人出門逛街、看電影時，他們選擇在籃球場上奔跑流汗，忍受著艱苦的訓練，就為了能夠在比賽中大放異彩。

所以比起追夢，我覺得這更像是一部「為自己的選擇負責」的小說，另一方面，也是在延續著我曾經純真的籃球夢。

我國中開始愛上籃球，因為深愛著湖人隊傳奇球星 Kobe Bryant，甚至夢想著到 NBA 這個籃球最高殿堂跟他交手，親身體驗他的實力到底有多強。

為了達到這個目標，每天晚上我總是騎著腳踏車到附近的球場，獨自練習投籃。有一段時間，即使寒流來襲，氣溫十度以下，我還是堅持著沒有放棄。

令人難過的是，我所付出的努力其實遠遠不足以幫助我到達 NBA，加上一些現實的因素，所以我的籃球夢，被家人狠狠地摧毀了。雖然早就猜想到自己這輩子都不可能走到那個地方，心裡還是不免有缺憾。

後來我遇上了寫作，才發現我對於文字的熱愛更甚於籃球，於是在某一天，我決定利用文字來彌補當時的那份遺憾，也因此有了《最後一擊》的誕生。

有人認為，作家會將自己投射在作品上面，在《最後一擊》裡，確實就是如此。不管是對於籃球或者人生，我都投注了自己的價值觀，我也把很多的「我」加進裡頭，將我認為籃球最精彩、最刺激、最吸引人的地方，毫無保留地放進去。

同時，我也放進了「選擇」，因為成為一個作家，正是一個非常自私、任性且固執的選擇。當我下定決心，轉身背對著眾人對我的期望，倔強地選擇往作家路前進時，我就告訴自己，要為了這個選擇負責，要為了自己想要到達的那個地方，付出更多倍的努力。

寫作跟籃球，感覺起來像是兩個完全不同的領域，可是有一個地方我認為是共通的，那就是即使付出再大的努力，最後都有可能是一場空。

籃球員只要經歷一次受傷，可能就會讓過往所有的努力白費，就像故事中的李明正一樣，即使如此，李明正卻沒有任何後悔或遺憾。

正如我一直告訴自己的，不管我的作家路走得如何，我最大的收獲，是我的人生將不會對此有任何遺憾。

曾經我的夢想被狠狠地摧毀，而這一次，我決定用最大的努力去守護著它，即使跌得再痛，我也甘之如飴。

或許，這就是專屬於追夢者的浪漫吧。

這是一部我發自內心寫出來的小說，我感動了自己，希望也能夠感動翻閱這本書的每一個你。

第一章

晚上九點，高中男子組甲級聯賽決賽還沒結束，《籃球時刻》雜誌社裡某張散亂的辦公桌上，早已放著一份剛印好、熱騰騰的企劃書。

企劃書封面上有個醒目的標題：**啟南高中：無法撼動的王者**。

「苦瓜哥，比賽才第三節剛結束，你就把企劃書打好，萬一最後啟南輸了，你不就得要重做一份？」上星期剛進雜誌社報到的菜鳥新鮮人不解地問。

被稱作苦瓜哥的男人笑道：「放心啦，雖然領先十分並不算多，但是啟南不會讓東屏有逆轉的機會。」

「不會吧，東屏高中也很強，怎麼可能連一點機會都沒有？」

「如果他們能守住啟南那兩名後衛或許還有希望。」苦瓜哥話才說完，第四節一開始啟南高中馬上投進一顆三分球，把比數拉開到十三分。

接下來，啟南全場壓迫防守，讓東屏的後衛左支右絀，傳出去的球硬生生被啟南抄走，快攻上籃，差距眨眼就來到了十五分。

「天啊，如果他們再贏，那就是啟南高中這十二年來第三次三連霸了。」菜鳥驚呼道。

「十二年？」苦瓜哥冷哼一聲，「何止這十二年，你知道啟南高中創隊三十年來拿了幾次冠軍嗎？」

菜鳥想了想，大膽地猜測，「十五次？」

苦瓜哥笑了笑，本來握拳的右手伸出食指跟中指，「錯了，是二十次！」

菜鳥驚訝地張大嘴巴，「天啊，真的嗎，太扯了！你沒有騙我吧，苦瓜哥？」

「騙你有錢拿嗎？」苦瓜哥無奈地翻了個白眼。

「啟南到底是怎麼做到的？」菜鳥露出不敢置信的表情。

「砸錢。啟南高中的董事會全是一群有錢的老人，不只提供高額的獎學金，還有其他高中望塵莫及的教練陣容跟軟硬體設備，加上每年寒暑假到美國、歐洲的學習參訪，如果你是球員，能不心動嗎？」苦瓜哥看著菜鳥繼續說：「啟南高中就是藉由這種方式，一次網羅全國各地區國中聯賽最受注目的球員，打造出全明星陣容。」

「難怪可以得到二十次冠軍。」菜鳥恍然大悟，「那其他十次呢，依照啟南高中這種做法，應該可以連拿三十次冠軍才對啊。」

苦瓜哥點了根菸，雖然辦公室禁止吸菸，但現在這裡只剩他和菜鳥兩人，沒有人會抗議。「除了某一年在第一輪比賽就被淘汰之外，其他九年都是因為傷兵問題無法奪冠。」

「第一輪？怎麼可能！」這實在讓人難以想像，但苦瓜哥一臉認真不像是在開玩笑，菜鳥的好奇心完全被勾起來了。

「是真的。」苦瓜哥深深地吸了一口菸，靠著椅背，看著從嘴裡吐出的煙霧緩緩往上飄，思緒回到當年。

「那年啟南高中理所當然地被視為是奪冠的大熱門，加上他們第一輪的對手是才剛從乙級升上甲級的光北高中，所以賽前的預測一面倒向啟南高中，甚至還有人等著看啟南在這場比賽中狂贏對手五、六十分。啟南也完全不把光北放在眼裡，第一節比賽全派出板凳球員上場。」說到這，苦瓜哥又深深地吸了一口菸。

「然後呢？」菜鳥迫不及待地想知道接下來的發展。

「然後就算放在別隊也鐵定是先發的啟南板凳球員，在第一節竟被光北的三分攻勢擊垮，第一節結束落後了十分。但落後十分對啟南來說根本不算什麼，第二節啟南換上全先發陣容，僅僅花了五分鐘就逆轉比分，現場的觀眾開始歡呼，以為又可以看到一場啟南高中痛宰對手的比賽。」苦瓜哥搖搖頭，笑了幾聲。「其實當時只是高中生的我也坐在觀眾席中，滿心期待著啟南高中的 show time。」

「結果呢？」

「就在大家以為比數會越拉越開的時候，光北高中出現了一位不可思議的球員，八號李明正，從第二節後半段開始，整場比賽幾乎變成他的個人秀。」一說到李明正，苦瓜哥開始興奮起來，「比賽的前十五分鐘，他完全沒出手，一分未得，只抓了幾個垃圾籃板，全場包括我在內都認為他是這場比賽最沒有存在感的球員，光北怎麼會派他上場？而這個答案，在第二節的最後五分鐘揭曉了。」

菜鳥屏氣凝神地聽著苦瓜哥述說那場比賽。

「不論是外線跳投或切入禁區，啟南的防守對李明正來說彷彿只是一面不會移動的牆，沒有人可以擋住李明正得分，他那高超的單打技巧，會讓你有一種啟南高中的先發球員也不過如此而已的錯覺。第二節結束，單憑李明正一人之力，就把比分追平了。」

「哇，李明正既然這麼強，應該會繼續往職業籃壇發展才對，為什麼我從來沒聽過這個名字。」菜鳥馬上說出心裡的疑惑。

「這個你等一下就知道了。」苦瓜哥彈了彈菸灰，「過了中場休息時間，第三節比賽開始，啟南高中馬上對李明正展開針對性的防守，只要他一拿到球，兩個球員立刻上前包夾，就算他手上沒球，也會有一名球員貼在他身邊，讓他無法輕易地接到隊友傳來的球。」

說到這，苦瓜哥的情緒略顯激動，「但越激烈的防守越激起李明正的鬥志，他再次展現出遠超過高中生的外線及切入能力，他的瞬間爆發力太快，讓他的切入就像是一把刀一樣難以阻擋，而他的變向動作更是敏捷，只要啟南高中的包夾出現一點縫隙，他就可以利用轉身或變向換手運球突破防守，然後視情況切入禁區、外線跳投或傳球給有空檔的隊友。簡單來說，那一場比賽李明正所散發出來的光芒，是當年啟南高中的王牌球員王思齊也遠遠比不上的。」

苦瓜哥將菸捻熄，又點上另一根，「只是啟南也不是省油的燈，縱使守不住李明正，但強勢的進攻讓光北一路苦苦追趕，分數緊咬到終場前二十秒，啟南還保有一分的領先優勢跟球權，他們唯一要做的就是把時間拖完就好。而光北當下對王思齊採取包夾戰術，一開始王思齊冷靜地運著球，一路退到接近中場的位置，然後將球傳給一名無人防守的隊友，誰知那竟是光北設下的傳球陷阱，李明正在王思齊傳球出去的瞬間衝了出來，在比賽剩下五秒鐘的時候把球抄走，快攻殺進前場，面對王思齊的防守，整個人躍起直接把球塞進籃框裡，同時終場哨聲響起，八十比七十九，光北高中在最後一刻逆轉啟南！

「十月二十四號，啟南高中籃球隊史上最黑暗的一天，同時也是李明正的生日，可惜……」苦瓜哥深深嘆了一口氣。「李明正落地時腳沒踩穩，造成右腳膝蓋的前後十字韌帶斷裂，甚至連對籃球員來說最重要的阿基里斯腱也斷了。」

「什麼？」菜鳥瞪大雙眼。韌帶斷裂對籃球員來說太要命了，有太多球員因此消失在籃壇，就算能夠恢復，各方面的能力也不如以往，更何況李明正連阿基里斯腱也……

「少了李明正的光北高中在下一場比賽便慘敗而歸，從此不曾出現在高中甲級聯賽，而李明正也在台灣籃壇消失了。我來《籃球時刻》上班後還特意查了李明正的資料，才發現他後來到美國去治療，然後就再也沒有他的消息了。」

想到自己之前還很認真地寫了一份〈曇花一現：李明正〉的企劃書，但是因為距離那場比賽已經過了一段時間，加上李明正只有一次出賽的紀錄，當時的總編輯二話不說退掉企劃書，還把他罵得狗血淋頭，苦瓜哥自嘲一笑。

但李明正那場比賽的表現實在太過耀眼，讓苦瓜哥馬上成了李明正的球迷，自然無法接受他如煙火般快速綻放又消失的事實。

這個時候，電視機傳來主播的大喊聲：「又是一顆三分球，啟南高中已經把比分差距拉開到二十分，難道東屏高中東手無策了嗎？啟南高中王者的高牆果真難以翻越，現場支持啟南的觀眾正熱烈大喊著『啟南王朝，無可動搖』的口號，今年啟南若贏得冠軍賽，就將再次創下三連霸的輝煌紀錄！現在比賽只剩下五分鐘……」

「好了，明天有得忙了。」苦瓜哥伸伸懶腰，關掉電視，起身抓起掛在椅背上的西裝外套，「走，吃宵夜，我請客。」

沒吃晚餐的菜鳥興奮地大喊一聲，趕緊衝回位子上收拾東西，而苦瓜哥看著桌上的企劃書，心裡暗想，現在的高中聯賽越來越無趣了，什麼時候才能再出現像李明正這樣讓人驚豔的球員呢？

★

比賽結束第二天，下午兩點，一輛白色 TOYOTA CAMRY 緩緩駛近光北高中正門口。警衛看了看車牌後，馬上按下大門的開關。尖銳的金屬磨擦聲傳來，大門往兩側緩緩退開，車子開進校門內，在警衛的引導下停好。

一名身穿西裝的中年男子下了車，看了看四周，露出懷念的表情。

「怎麼這麼早就到了。」頭髮灰白，臉上布滿歲月痕跡的光北校長，收到警衛通知後，很快地來到校門口，一見到中年男子，爽朗地笑了起來。

「校長，好久不見。」中年男子恭敬地遞上特地買來的茶葉，「一點心意，請您務必收下。」

校長伸出手接過茶葉，也不推辭，「謝謝。走吧，邊走邊說。」帶著中年男子往校長室的方向走。

「好久沒回來了，感覺光北好像有點變了，又好像沒什麼變。」

校長笑了笑，「跟你們那時候比起來，當然不一樣了。」

「時間真的過得好快。」中年男子充滿感嘆地說。

「是啊，當年你們一群小毛頭來找我要求成立籃球隊的事還歷歷在目，沒想到一晃眼十幾二十年就這麼過了，你竟然已經要來接手校長的職務了。」

「那時候眼中只有籃球的我，也沒想到我會當上校長。」中年男子也笑了，笑裡帶著意氣風發與緬懷。

「回到母校的感覺怎麼樣？」兩人一前一後走進校長室，坐下後，校長開始煮水準備泡茶。

「還不錯。」中年男子搓搓手，眼神閃過一絲緊張與興奮，「校長，我之後打算成立籃球隊。」

校長忙碌的雙手沒有停下，不久，中年男子面前就多了一杯熱騰騰的茶，「我有猜到，下個學期開始你就是光北的校長，而且你也不是以前的小毛頭了，就放手去做吧。」

「是，謝謝校長。」

校長端起茶杯，聞了聞茶香，輕輕啜了口，露出滿意的神情，點點頭，「這茶好，謝謝。」

中年男子不禁鬆了一口氣，「不客氣，校長喜歡就好。」

「我還記得那時候你們一群人跑上來校長室，想爭取成立籃球隊卻又不知道該怎麼開口的表情。」校長看著中年男子歷經風霜的成熟面容，笑道：「當時我很忙，沒空理你們，只想隨便把你們打發走。我問你們誰說得上話，大家一致看向『他』，我便把他叫進校長室，心想一個高中生而已，簡單嚇他兩句就可以解決，你們也會跟著打消組籃球隊的念頭。誰知道我把經費、場地、人力、升學等困難說了一遍之後，他竟然只回我一句話——給我一個機會，我給你一個冠軍。」

「然後校長你就答應了？」眼前慈祥的校長在當年可是以嚴厲出名，大家看到校長都是畢恭畢敬，絲毫不敢造次，所以那時候「他」是如何讓校長點頭答應成立籃球隊，一直是個謎。

「倒也不是，我想是因為他那雙炯炯有神的雙眼，讓我想起最初投身教育、滿腔熱血的自己。隨著地位越爬越高，當了校長的我變得只在乎升學率跟名聲，卻忘了教育者真正最該做的事，那個瞬間我突然有種感覺，我一定要守護這份單純的心情，所以就答應了，沒想到後來他真的拿了一座冠軍回來。」

「冠軍？」

「對我來說，打敗當年奪冠呼聲最高的啟南高中的你們，就是我心目中的冠軍。」校長呵呵一笑。「對了，他最近怎麼樣了？」

「那傢伙跑去美國之後就沒有任何消息，跟當初一樣，突然出現又突然消失。」中年男子嘆了口氣。

「當年就是因為他的出現，你才會打籃球的不是嗎？現在甚至還要回來成立籃球隊。」

「不光是我，其他人也是因為他才會進籃球隊打球。」中年男子端起茶杯，啜了一口茶，「自從他把我們拉進籃球的世界後，現在有些人跑去當教練，教小朋友打球，有些人組了社區籃球隊，比較有錢的還出資贊助地方性的球賽，大家幾乎都離不開籃球了。」

「你也是啊。」校長眼帶深意地看著中年男子。

中年男子愣了一下，嘴角扯起笑容，「對，我也是。當初如果不是他，或許我會以為整天耍流氓是一件很厲害的事，然後現在不知道在哪裡無所事事，遊手好閒了。」隨後表情一凝，「但是他離開就跟出現一樣突然，連招呼都不打一聲就一走了之，真是個混蛋。」

「呵呵，或許有一天，他又會突然出現也說不定啊。」校長安慰地說著。

★

七月，夏，台東。

「東西都整理好了嗎？」夜幕下，一名身材高壯，膚色黝黑的男人打開了後車廂，看著一旁兒子身後的行李露出懷疑的目光。

「就一箱，這麼少？」男人皺著眉。

「很多東西都裝在老媽那裡了，她說她的行李箱還有很多空間。」少年說完，便拉開車門，坐進廂型車裡吹冷氣。

挪好後車廂裡的行李，男人坐上駕駛座，少年傾身向前問道：「要開多久？」

「三、四個小時跑不掉。」

「這麼久，老媽會瘋掉。」

「開夜車，你老媽沒那麼笨，她早就準備好安眠藥了。」男人笑了。

「老爸，那所什麼……光北高中，有籃球隊嗎？」

「那所你差一點就考不上的光北高中。」男人故意強調。

少年不禁翻了個白眼，「你當初也只是比錄取成績高兩分而已，好嗎？」

男人露出得意的表情，「怎麼樣都比你剛好達標來得強。」

少年一臉無奈，「隨便，所以光北高中到底有沒有籃球隊？」

「不知道耶，好久沒回去了，就算沒有，自己組一支不就好了，跟你老爸我當年一樣，哈哈哈。」想起從前，男人露出得意的笑容。

「聽老媽說，當時很多人根本是被你半強迫拉進去的。」兒子絲毫不給老爸面子。

「但是當他們體會到籃球的美好之後，就離不開了。」

「是這樣嗎？老爸，老媽好像在叫你。」

男人往窗外一看，確實看到自己的老婆在門外對著車子的方向招手。

「李明正，行李那麼重，趕快過來幫忙拿！」

★

七月二十七日，私立光北高中，暑期輔導第一天。

一早，光北高中的校門口停滿了汽、機車，使得附近的交通大打結，許多高一新生在父母關注的眼神中下了車走進校門。這時，一名少年氣喘噓噓地穿梭在龐大的車陣中，格外引人注目。

「臭老爸，這段路至少十公里，還騙我只有五公里。」少年滿身大汗，跑出車陣，在眾人奇異的眼光下跨步走向校門。

進校之後，這臉龐依然稚嫩，眼睛卻異常有神的少年左顧右盼，「廁所在哪裡呢？」

兩週前的新生報到日，李明正帶著兒子李光耀到學校來繳交畢業證書與會考成績單，不過因為訂了餐廳，所以在處理好報到事宜後，一家三口就立刻出發去吃午餐，因此李光耀沒能先簡單認識一下光北高中的環境。

這時一名中年男子走了過來，少年彷彿遇到救星，「大叔！不好意思，請問你知不知道哪裡有廁所？」

被稱作大叔的人皺起眉頭，似乎不是很滿意這個稱呼，「直走，正前方忠愛樓右手邊。」

「謝啦，大叔。」少年朝男子指示的方向快步走去，完全沒注意到男子的目光一直跟著他。

被稱作大叔的中年男子，也就是新上任的校長，盯著少年離開的背影，喃喃道：「這孩子應該是新生吧，怎麼流那麼多汗，難道是跑步來上學的？」忽然間，他心裡浮現出一道人影。

當年的「他」，似乎就是跑步上下學練體力的……

想起故人，校長微微嘆了口氣，因為待會新生訓練還得上台致詞，他只好收起複雜的情緒，走回校長室準備演講稿。

少年找到廁所後，很快地將滿是臭汗的衣服換下，換上一身乾淨清爽的衣服。走出廁所，他攔住一名也是穿便服的新生，「同學，你知道要去哪裡看高一編班表嗎？」

被攔住的同學看了少年一眼，面無表情地指著前方一個牌子，上頭寫著大大的「新生方向」四個字，下方還畫了個紅色向左的箭頭，指向左前方的大樓。

「哈哈，沒注意到，謝謝你。」對於少年的答謝，同學只是「嗯」了一聲就直接走開。

「好冷漠的人。」少年聳聳肩，一邊大口喝水，一邊朝著指標方向走去。

來到大樓一樓走廊，只見一群學生擠在公布欄前查看編班表，有幾位老師則在一旁提供協助。李光耀不想上前跟大家人擠人，便直接找上一名男老師詢問。

「名字是？」男老師問。

「李光耀。」

男老師翻找了手上的名冊後，指著走廊左側的樓梯說：「一年五班。樓梯上去，左手邊。」

李光耀向老師道謝後，上樓找到一年五班，走進教室找了個中間的位子坐下來，這才發現一旁坐的是剛剛在廁所外遇到的同學。

「嗨，又遇到了，真巧。」李光耀熱情地打招呼，但那位同學只是抬頭瞄了他一眼，又低頭繼續看手裡的《灌籃高手》漫畫。

碰了個軟釘子的李光耀完全不在意，再問：「你打籃球嗎？」

這次，同學連理都不理。

就在李光耀考慮要不要繼續問下去時，一名年輕貌美的女老師走進教室，瞬間吸引住大家的眼球，全班頓時安靜了下來。老師露出甜甜的笑容簡單自我介紹，「各位同學好，我是一年五班暑期輔導的班導師，沈佩宜，歡迎大家來到光北高中。現在開始點名，確認人數有沒有到齊。」

「王怡貞。」

「右！」

「劉家豪。」

「右！」

「楊子萱。」

「右！」

「王忠軍。」

「右！」坐在李光耀旁邊一臉冷漠的同學舉手喊道。

「原來你叫王忠軍，滿不錯……」李光耀話還沒說完，就聽見沈佩宜喊了他的名字。

「李光耀！」

「右！」李光耀猛然舉手。

沈佩宜看著李光耀，「李同學，我在點名的時候麻煩不要說話。」

「好。」李光耀尷尬地笑了笑。

過了五分鐘，確認人數到齊後，沈佩宜說：「好，同學們，現在去走廊集合，請排成三排，待會要一起去領制服。」

因為對學校環境與同學都還很陌生，所以新生總是特別聽話，但也顯得不知所措，在沈佩宜努力引導下好不容易才排好隊，下了樓。

「請排在四班後面。」沈佩宜指揮著隊伍，加入領制服的長長人龍之中。

「哇，人真多，應該有很多會打籃球的吧。」李光耀興高采烈地打量四周，緩緩地跟著人龍前進。

「身高、體重。」輪到李光耀時，負責發放制服與運動服的阿伯懶懶地問。

「一百八十二公分，七十五公斤。」

以高一生的標準來說，一百八十二公分的身高可說是鶴立雞群了，但是一眼望去，這屆新生裡卻有不少人個子比李光耀還高，這點讓他非常興奮，心想，如果那些人都會打籃球就太好了！

阿伯轉身從後方箱子裡抓了兩套制服跟一套運動服，直接丟給李光耀，看也沒看他一眼，「下一個。」

「一年五班，領完制服後就到我這裡集合！快點，校長八點半要在禮堂演講。」沈佩宜找了個空地，雙手在空中揮舞，使勁全力大聲催促著。

一群新生捧著未拆封的衣服往沈佩宜的方向靠攏，排好隊跟在她身後往禮堂移動，沈佩宜還不忘回頭叮嚀學生，「等一下校長說話的時候請保持安靜。」

到了禮堂後，沈佩宜找到自己班級的座位，引導學生就座後，看了看時間，鬆了一口氣，總算是在校長演講開始前五分鐘趕到。

然而，預定的時間顯然有所延誤，在所有一年級新生進入禮堂的二十分鐘後，一旁的司儀才拿起麥克風，「全體師生請起立，讓我們以熱烈的掌聲歡迎校長上台致詞！」

在眾人的鼓掌聲中，穿著一身筆挺西裝的新任校長跨步走上講台。

一見到校長，台下的李光耀不禁驚呼一聲，「大叔！」沒想到早上遇到的大叔竟然是校長。

這聲驚呼馬上招來沈佩宜的怒視，還在震驚中的李光耀卻絲毫沒發現。

「各位請坐。」在台前站定後，校長對數百名一年級新生笑了笑，「大家好，我是校長，這學期才到光北高中任職，所以我跟你們一樣是新生。另外，我也是你們的大學長，因為我也是從光北高中畢業的。

「我以校長還有大學長的雙重身分，歡迎大家來到光北高中。我知道到一個陌生的環境，大家可能會有點不安，這也是我們在暑期輔導第一天安排新生訓練的原因。

「待會各處室主任還有教官會來跟你們講講話，結束後各班導師也會帶各位到校園繞一圈，認識環境，所以大家不用太擔心……」

就在每個新生以為校長要開始一連串枯燥乏味的致詞時，校長話題猛然一轉，「在我那個年代，我曾跟幾個同學在學校成立籃球隊，可惜我們畢業後籃球隊就解散了。而我現在既然回到母校，加上我認為打籃球是一項有助於身心發展的運動，因此我決定光北高中將在這學期成立籃球隊，並參加高中籃球丙級聯賽！」

校長這話一出，立即在師生之間引起騷動，許多新生難掩興奮，老師們則是一臉錯愕與困惑。

同樣是今年剛進光北任教的沈佩宜不敢置信地瞪大雙眼，心裡極為震撼。

「這不是一間以升學為導向的私立高中嗎，怎麼突然要成立籃球隊？」

台下的李光耀則喜出望外，在心裡歡呼，「真是太好了！這樣就不用跟老爸一樣要自己組籃球隊了。不過，我記得老爸說光北只有在他那時候成立過籃球隊，難道老爸和校長認識？回家問問他好了。」

當天放學回家後，李光耀馬上告訴李明正這個好消息，但提到校長時，李光耀才發現，他根本不知道校長叫什麼名字……

結束新生訓練回到班上的同學們，話題幾乎都離不開籃球隊，一年五班當然也是如此。

「你要參加籃球隊嗎？」

「所有人都可以參加，那高二跟高三的學長加起來很多人耶。」

「會不會因為這樣打不到球啊？」

「不管怎麼樣，可以加入籃球隊感覺就很屌啊。」

就在籃球隊的話題討論得沸沸揚揚時，沈佩宜重重地咳了兩聲，「各位同學，安靜！」

沈佩宜目光冷冷地掃視著台下的學生，讓這些高一青少年嚇得馬上閉嘴，正襟危坐地看著沈佩宜。

看見大家的反應，沈佩宜露出滿意的表情，身為導師要帶領一個班級，最重要的事就是豎立權威，目前看來，她覺得自己這點做得很好。

「光北高中一直以來都是以升學為導向，歷年的升學率也都保持在很高的水準，我不反對你們把籃球當作休閒活動，可是一旦加入籃球隊，勢必要花很多時間練習，對學習會有很大的影響。高中的課業比國中繁重，我不認為你們可以在加入籃球隊的同時又兼顧學業。我不管其他班級怎麼樣，但一年五班的同學都不准參加籃球隊！」

沈佩宜的話就像重磅炸彈，炸得一年五班所有人的臉都垮了下來，對籃球隊的美好幻想完全被炸碎。

李光耀不可置信地睜大雙眼，心裡吶喊著：「什麼！老師妳在開玩笑吧！」

★

「沈佩宜老師。」中午吃飯時間，沈佩宜剛回到辦公室，一名學務處的同仁見到她便走上前來。

「王伯，怎麼了？」沈佩宜客氣地點頭致意。王伯是這所學校最資深的員工。

「這是籃球隊的報名表，每一班都有。」王伯遞了一疊報名表給沈佩宜。

「哦，不用了，我們班不參加籃球隊。」

「為什麼？」王伯不解，拿著報名表的手沒有縮回去。

「光北一直以來都是以升學為導向，說難聽一點，我覺得學生加入籃球隊根本是浪費時間。當然，如果我今天是在啟南高中這種專門培育新一代籃球選手的學校教書的話，就另當別論了。」

聽了沈佩宜的解釋，王伯笑了笑，收回報名表，「我知道了，妳真是個為學生著想的好老師。」

「謝謝，這是我身為老師應該做的。」其實沈佩宜還有一句話沒說出口，就是「在台灣打籃球沒未來」，她不希望自己的學生把時間浪費在打籃球這種沒意義的事情上。

「呵呵，沈老師，我說個故事給妳聽好嗎？」

「好啊。」沈佩宜點點頭，反正午休時間沒什麼事，而且她是新進的老師，趁機跟學校的行政人員打好關係也是必要的。

「很久很久以前，有一群很喜歡打籃球的學生，因為想證明自己的實力，所以決定組一支籃球隊去參加比賽，只不過那間學校從來沒有籃球隊這種東西，所以無法用學校的名義去參賽。但是他們沒有放棄，一群小毛頭直接跑到校長室，請求校長讓他們成立籃球隊。誰知道校長竟然答應了，讓他們得以組隊參加比賽，而且這支籃球隊跌破所有人的眼鏡，居然在高中聯賽擊敗妳剛剛說的專門培育新一代籃球選手的啟南高中。」

「真的嗎，是哪一間學校這麼厲害？」沈佩宜露出驚訝的表情。

王伯神祕地笑了笑，「妳覺得呢？」

沈佩宜看到王伯這笑容，愣了一下，心裡莫名地出現一個她非常不敢置信的答案。

「沈老師，我再跟妳說一個祕密好嗎？」

「好。」沈佩宜呆愣愣地點著頭。

「新任校長還是當年其中一個小毛頭呢。」王伯說：「這件事很少人知道，就當作是給新任老師的禮物吧。好了，我先去發報名表了，沈老師，如果妳改變心意，隨時可以來學務處找我拿報名表。」

「好的，王伯您先忙。」

沈佩宜拉開椅子坐了下來，雖然王伯的故事讓她感到很驚訝，但她不讓一年五班的學生參加籃球隊的決心反而更堅定，就算打敗啟南高中又如何，在現在的社會中，籃球只能當作一種興趣罷了。

「突然搞了個籃球隊，真是麻煩啊。」坐在沈佩宜旁邊一年四班的班導師楊信哲這時走了過來，手裡拿著報名表，一屁股坐在椅子上，搔頭抱怨著。

「是啊，楊老師你也這麼覺得吧，如果因此影響學生的課業，到時候父母責怪下來，誰要負責？而且高中時期對學生來說非常重要，不認真讀書的話，會對他們的未來有很重大的影響。」沈佩宜看著楊信哲，想從他的表情跟眼神中尋求同意與支持。

楊信哲卻用奇怪的眼神瞅著她，「沈老師，妳高中讀的是哪間學校？」

「南一女。」

「大學呢？」

「台師大。」一連說出兩所名校，沈佩宜雖然沒有露出驕傲的表情，眼神中卻也閃耀著自信的光芒。

楊信哲哇了一聲，「都是很厲害的學校啊，想必沈老師從小成績就很不錯吧？」

「還算不錯。」沈佩宜謙虛地說。

「好厲害。」楊信哲驚歎道：「妳一定是那種很認真讀書的學生。」

「學生就該做好學生的本分，我只是做我該做的事而已。」

「所以妳該不會不讓一年五班的學生參加籃球隊吧？」

「當然，我覺得打籃球對他們沒有任何幫助。」

「是嗎？」楊信哲持懷疑的態度。

「難道楊老師不這麼認為？」

「我也不知道該怎麼說，但跟沈老師比起來，我讀的都是不入流的高中跟大學，加上我高中搞樂團，大學瘋跳舞，所以成績很爛，也不知道走了什麼狗屎運，竟然能考到教師執照，還進到這所高中任教。現在想想，好險我沒有浪費太多時間在讀書上，否則就會錯過太多青春的風景。我覺得學生的本分不是讀書，而是學習，世界這麼大，不是只有從教科書上可以學到東西，有太多事物值得親自去探索，籃球就是其中之一。

「我之所以覺得籃球隊很麻煩，是因為到時候班上的學生要是想參加籃球隊，我得要花很多時間去跟他們的父母解釋，很累啊！」說完，楊信哲搖頭苦笑了起來。

沈佩宜微微瞪大雙眼，心裡暗想著，這是什麼莫名其妙的理論，什麼詭異的邏輯，怎麼會有這麼奇怪的班導師！天啊，我以後還是離他遠一點好了！

第二章

暑期輔導第二天，早上五點半。

「我出門了。」李光耀穿著運動服，後背包裡裝有書包、制服、塑膠袋跟水壺。

「記得一定要把臭衣服用塑膠袋裝起來綁好喔！」林美玉在門口揮手道別。

「知道了。」李光耀頭也沒回地說。

「這孩子，也不知道去學校會不會好好吃飯。」回到客廳後，林美玉在李明正身旁坐了下來。

「放心吧，跑完十公里之後，不把妳做的早餐全吞了才怪。」李明正看著先前錄好的 NBA 球賽，漫不經心地說。

「光耀昨天說的籃球隊那件事，你打算怎麼處理？」

「妳不是一直都不希望他打籃球嗎？」李明正懶懶地說。

「我是怕他受傷。」看著李明正腳上可怕的傷疤，她眉頭皺了起來，「但看他昨天回家後悶悶不樂的模樣，我也很擔心啊。」

「放心，如果他真的想進籃球隊，他自己會想辦法，就跟當初的我一樣。而且這也是一個學習的機會嘛。」李明正拿著遙控器，在某一個畫面不斷重播著，讚歎道：「一次切入就做了三個假動作，太厲害了。」

李明正的老婆林美玉無奈地瞪了他一眼，心想這父子倆還真是一個樣，一提到籃球就興奮不已。

「對了，老婆，我等一下要出門。」

「幾點？」林美玉眼裡閃過一絲銳利的光芒。

「九點左右。」

「去哪？」

「光北高中，我的母校。」

「去幹嘛？」

感受到老婆質問的口氣，李明正苦笑幾聲，「兒子不是說學校來了一個新校長嗎，我去拜會拜會，說不定真的是我的老同學。」

★

「請問你是學生的家長嗎？來找哪一班的學生？」看到高大的李明正朝著校門口走來，警衛馬上走上前詢問。

「我是學生的家長沒錯，但我是來找校長的。」李明正表明來意。

「找校長？」警衛用奇怪的眼神打量著李明正。

「是的。」

「校長很忙，請問你有預約嗎？」警衛語氣中多了一絲防備。

「沒有預約，要麻煩您幫忙轉達，說李明正來找他就可以了。」李明正心想，如果是老同學，一定會馬上請他進去，如果不是，他頂多拍拍屁股走人而已。

警衛猶豫了一下，「好吧，請你稍等一下。」

警衛走進警衛室，撥了電話到校長祕書室，「張祕書，有一位李明正先生到學校來找校長。」

「李明正?等我一下。」張祕書翻了翻行程表，「校長今天沒約這個人。」

「那我跟他說校長很忙，沒辦法見他。」

張祕書想了一下，「沒關係，等我一下，我先問問校長。你說他叫李明正，對嗎？」

「對。」

張祕書掛了電話，很快撥了另外一組號碼。

「喂？」校長拿起電話不耐煩地應了一聲。

「校長，不好意思打擾了，外面有人想見你。」

「誰？」校長的語氣有些不善，剛接校長這個位置，很多事情還不熟悉，沒辦法得心應手地處理好每件事，所以當事情做到一半卻被電話聲打斷時，心情自然比較煩躁。

「李明正先生。」

「李明正」這三個字彷彿有種魔力，讓校長壞情緒瞬間消散無蹤，他整個人差點從椅子上彈起來，「李明正!妳剛剛說的是李明正嗎？」

「是的，校長。」張祕書被校長突然激動的語氣嚇了一跳。

「請那王八……咳咳，請那位先生上來。」校長激動得差點飆髒話。

「好的。」張祕書很快就撥了通電話到警衛室。

站在校門口的李明正，看到警衛接電話的表情，笑道：「可以進去吧。」

「請。」警衛掛上電話，比出請的手勢。

「謝謝。」

李明正才剛走進校門口，便看見校長祕書在不遠處等著他。

「請問是李明正先生嗎？」

「是我本人。」李明正露出跟年齡不搭的頑皮笑容。

「請跟我來。」

「好。」

叩叩，張祕書敲了二樓校長室的門，說道：「校長，訪客來了。」

「請進。」校長難掩激動地說。門打開，一見到那跟印象中一模一樣，囂張狂妄卻帶著無比自信的面容，一股難以言喻的感動在心中流竄。

「唉唷，竟然是你。」看著校長激動的表情，李明正笑了，一個完全出乎他意料的答案，當初隊上的防守狂人，常惹得敵隊王牌得分手煩不勝煩的葉育誠，竟然當上了光北的校長。

「張祕書妳先去忙，我來招呼李先生就可以了。」

「是。」

校長沒有馬上跟李明正打招呼，而是先請祕書離開。

張祕書輕手輕腳地關上門之後，校長再也忍不住了。

「你這他媽的天殺王八蛋，去了美國就沒消沒息，這二十幾年來跑到哪去溜達了？」葉育誠一拳搥在李明正的手臂上。

「哈哈哈，去美國之後行李被人偷了，想連絡你們也沒辦法。」李明正無奈地雙手一攤，「而且我聽兒子說，新校長有可能是我的同學後就馬上來啦，夠誠意了吧。」

「你兒子？」葉育誠驚訝道。

「對啊，昨天剛入學。」李明正指著一旁的椅子，「這麼久沒見，不請我坐一下嗎？」

「我可不記得你需要別人請。」

「哈哈哈，那還不快泡茶，順便拿些點心出來吃。」

「混帳東西，皺紋多了，臉皮也跟著變厚了。」葉育誠拿出茶葉，「其他人知道你回來了嗎？」

「你是第一個知道的，有沒有覺得自己很榮幸。」李明正搖搖頭，露出閃亮的笑容。

葉育誠再次爆粗口，同時覺得很懷念這種毫不客氣又壞痞的語氣，加上那個似乎什麼事都無所謂，永遠都雲淡風輕的笑容，正是他記憶中的李明正。

「今晚有空嗎？」葉育誠問。

「怎麼了？」

「你難得出現，不吃個飯像話嗎？不管你今晚有什麼大事都給我推掉！」說完，葉育誠拿起電話就打。

「喂，那個消失二十幾年的天殺王八蛋出現了，今晚聚一下，灌醉他……」、「小三，那個神經病自大狂回來了，今晚聚一下……」、「阿哲，那個混帳東西回來了，知道我在說誰吧，對，就是那個王八蛋，今晚大家一起出來吃個飯……」

葉育誠不斷打著電話，然後用他腦子裡所有可以形容李明正的代名詞取代李明正三個字，當然，那些代名詞都是負面的，有趣的是，不管電話另一頭是誰，都知道葉育誠指的是什麼人。

「看來你把大家都找齊了。」李明正苦笑。

「當然。」葉育誠這才坐下來開始泡茶，一邊問道：「你兒子讀哪一班，會參加籃球隊嗎？」

「好像是一年五班，但籃球隊嘛，我兒子說班導師禁止他們參加。」

「什麼！」葉育誠聽了臉色一變，不敢相信自己剛接任校長最在乎也是第一件指派下去辦的事情，竟然就有人唱反調！

「別激動，我知道我兒子的個性，如果他想進籃球隊，他會自己想辦法。」

想起以前一起打球的日子，葉育誠稍微冷靜下來，笑了笑，「跟你以前一樣。」

李明正回以得意的笑容，「跟我以前一樣。」

「哈哈哈！」葉育誠和李明正沉默了一會，看著對方，最後紛紛大笑了出來。

★

沈佩宜抱著幾本教科書及參考書，站上一年五班的講台，「暑期輔導剛開始，書還沒到，但沒關係，你們先專心聽我講課就可以了。」

對高一新生來說，這顯然不是他們在第一堂課所期望聽到的內容，馬上有人起鬨，關心起老師的基本資料，像是「老師幾歲」、「老師有沒有男朋友」、「老師喜歡看什麼電影」、「老師有沒有偶像」等問題。

面對這些五花八門的問題，沈佩宜只用幾句話就堵住好奇心過剩的學生的嘴。

「如果這些問題可以幫你們考上好大學，我會很樂意回答；如果不行，我們開始上課。」一年五班的學生不由得發出哀號聲，卻動搖不了沈佩宜上課的決心。

「我們先開始上一些英文簡單的句型和文法，讓你們可以更了解一篇文章裡面句子的架構跟前後對應的關係……」沈佩宜非常認真地在台上講課，底下的李光耀也拿出A4空白筆記本認真地寫著，但實際上……

「如果隊上有兩名很準的射手，那要發揮出他們最大的威力就要靠前鋒及中鋒不斷地擋人，讓射手可以擺脫防守者，但缺點是前、中鋒一旦離禁區太遠，就勢必會犧牲爭搶籃板球的機會，射手投得進還好，如果投不進被跑快攻就……」李光耀專注地把空白筆記本當成戰術板使用，因此沒注意到從一旁走過來的沈佩宜。

「李光耀，」沈佩宜記得這位她在點名時唯一敢說話的學生，「你在畫什麼東西？」

李光耀站了起來，完全沒有做錯事的愧疚模樣，直接回答：「如何最大限度發揮射手功用的戰術。」

沈佩宜皺起眉頭，「這個東西可以幫你考上大學嗎？」

「啊？」李光耀不懂戰術跟考上大學之間的關聯性。

「讓我告訴你什麼可以，英文。你現在不把英文學好，將來不管念大學或就業都會很吃虧。」說完，沈佩宜本來想將李光耀桌上的紙給沒收，但最後還是決定用其他方式讓李光耀知道英文的重要性。

「你知道我現在教的句型是什麼嗎？」沈佩宜指著黑板。

「不知道。」李光耀看了看黑板，誠實地搖頭。

「那你看得懂這個句子的文法嗎？」沈佩宜隨便翻開手中的書，指著其中一個句子。

「不懂。」李光耀再次搖頭。

「那更別說這段課文了吧。」

出乎沈佩宜預料的，李光耀這次沒有搖頭，「這段課文OK啊，要我念給老師聽嗎？」

「好。」沈佩宜認為李光耀是在逞強。

「That was a beautiful day, and I met a cute girl......」李光耀接過課本就開始念，除了換氣之外沒有一絲停頓，不到一分鐘就把課文念完了。李光耀問：「老師，還要繼續念下去嗎？」

「嗯，不用了。」沒想到李光耀可以流暢地念出課文，讓沈佩宜面子多少有點掛不住，但她馬上冷靜下來，不讓自己顯露出驚慌的表情。

「念得很好，發音也很標準，你之前在國外念過書嗎？」

「我在美國念過小學，但那裡上課不會教什麼文法或句型，所以我有點看不懂。」

「我懂了，你可以坐下了。」沈佩宜現在理解為什麼李光耀上課會無聊到亂塗鴉了。

然而，李光耀卻沒有坐下，「老師，我有一個問題想問妳。」

「請說。」

「要怎麼做老師才肯讓我們加入籃球隊？」這個問題讓很多男生瞬間豎起耳朵。

「你為什麼想加入籃球隊？」沈佩宜反問。

「因為我喜歡打籃球。」李光耀不假思索地回答，沈佩宜的問題對他來說就跟「一加一等於二」這麼簡單。

「那你應該去讀啟南或榮新，而不是光北。」沈佩宜冷冷地回答。

「可是如果我轉學的話，光北會少一個神一般的隊友。」李光耀自信過剩的言語，讓班上同學不禁笑了出來。

但李光耀站得挺直，眼神散發出堅定的自信，臉上完全沒有笑意，讓大家知道他並不是在開玩笑。

他此刻的神情，竟然讓沈佩宜看得出神。在李光耀身上，她彷彿看見了大學時期，那個猛然闖入她的世界，卻又突然消失的人影，他們說話的語調跟堅定的眼神，實在太像了。

沈佩宜深吸一口氣，試著讓自己冷靜下來，把那該死的回憶塞進腦海的最深處，「那你就轉學吧，我說過了，一年五班不准參加籃球隊！」

★

下午三點，第二節下課，距離下一堂體育課還有二十分鐘，這也是學校安排的打掃時間，只見一年五班的同學用飛快的速度完成打掃，並通過沈佩宜的檢查後，以百米衝刺的速度衝向籃球場。

當然，女生除外。

「大家還真是有活力啊。」李光耀慢慢地走向操場，此時跑道外圍四個角落的籃球場，已經充滿青春的氣息與吆喝聲。

「還有人自己帶球來打，看來班上喜歡打球的人不少。」到了操場，李光耀開始暖身、拉筋。

嗶！

一年五班的學生還沒開始流汗，一聲尖銳的哨音就停止了他們的動作。體育老師手拿點名冊，中氣十足地大喊：「一年五班，集合！」

聽到集合口令，正在打球的學生不情不願地停下手上的動作，往老師的方向移動。

「趕快點完名做完熱身，你們才有更多時間打球。」體育老師很有經驗，知道怎麼樣可以有效地加快這群小毛頭的速度。

果然，在體育老師說完這句話後，原本慢吞吞走著的學生們馬上以飛快的速度集合完畢。

「所有人坐下，現在開始點名。」體育老師翻開點名冊，一一唱名，五分鐘後露出笑容，「很好，沒有人翹課。現在開始熱身，手腕、腳踝關節運動開始……」

一年五班的學生懶懶地做著暖身操，心思卻早已飄到籃球場去了。熬過了像是一個世紀般漫長的五分鐘後，在體育老師一聲解散下，一群男生立刻往籃球場衝去。

「只有熱身沒有拉筋，還是很容易受傷。」李光耀在操場旁確實地做著拉筋動作，接著慢跑。

當李光耀順著最外圍的跑道跑了四分之一圈時，眼角瞥見有一個人在地面坑坑疤疤、場地狀況極為糟糕球場裡，不斷練習投著三分球。李光耀不禁停下腳步，專注地看著這一幕。

唰！唰！唰！籃球空心入網的清脆聲不斷傳來，王忠軍每一次出手都讓籃球在空中劃出一條如彩虹般的弧線，精準地在籃框中間落下。

「十投十中，厲害。」李光耀靜靜地看著，沒有出聲打擾，直到王忠軍連續投進第十顆球。

王忠軍也注意到李光耀，轉過身愣然地看著他，落下的球一直彈到球場牆邊，反彈後滾到了李光耀腳邊。

「這麼準，怎麼不跟他們一起打三打三，自己在這邊練球不無聊嗎？」李光耀撿起球，踏進球場，在三分線前停下腳步，拿球跳起，出手投籃。

唰！

「Yes！」李光耀做了個握拳的手勢。「那時候發現你在看《灌籃高手》，我就知道你一定會打籃球。」李光耀篤定地說。

「我不會打球。」王忠軍默默地撿起球，繼續練投三分球，「我只會投球。」

「只會投球？」李光耀不解，「籃球本來就是把球投進籃框的運動啊。」

王忠軍聽了只是搖搖頭，他知道李光耀誤解他的意思，但他也不打算解釋。

「好吧。」李光耀聳聳肩，回到跑道繼續跑步。

王忠軍一直重複投球、撿球，也不再搭理李光耀。

只不過王忠軍小看了李光耀纏人的功力，過不到十分鐘，李光耀拿了一顆球過來，在王忠軍身邊練投三分球。

「一個人投球多無聊啊，不如我們來比賽，投二十顆球，進少的請進多的人喝飲料。」

王忠軍看都沒看李光耀一眼，但馬上出手投了一球。

唰！空心入網。

「一投一中，換我。」李光耀接著投籃，球碰到籃框前端，在籃框上彈了幾下後跳了出來，李光耀不禁大喊：「可惜啊！」

一旁的王忠軍馬上又投出一球。

唰！又是空心入網。

「你真的好準！」看到王忠軍的表現，李光耀更加興奮，將球投出，這次球落在籃框內緣，在裡面轉了兩圈，最後還是滾了出來。

「可惡！」李光耀大喊。

唰！王忠軍緊接著出手，再一記漂亮的空心進網。

比賽就這麼你一球我一球地進行著，當兩人都投到第十五球時，一陣喧鬧聲傳了過來，打斷他們的比賽。

「學弟，我們只是掃垃圾場比較晚到一點而已，你們就把場地全占了，太過分了吧！」五個明顯是高年級的學長，帶著兩顆球朝李光耀兩人走過來，臉上充滿不懷好意的笑容。

「那就一起打啊。」王忠軍的三分球實在太準，投十五中十三，只進九球的李光耀正好找到可以逃掉請客的機會。

「你們才兩個人。」學長露出不屑的表情，非常霸道地說：「這邊我們要打，你們去別的地方。」

「學長，這太過分了吧……」李光耀話說到一半，靈光一閃，露出笑容，「要我們走可以，學長派兩個人跟我們打鬥牛，如果你們贏了，場地就讓給你們。」

五個學長你看我我看你，沒想到李光耀提出的條件這麼簡單，雖然李光耀身高有一百八十幾公分，看起來一副很會打球的模樣，但不過是高一的小學弟，能有多強？更別提身高看起來不過一百七十公分出頭，身材瘦弱的王忠軍。

這穩賺不賠的提議，讓五個學長想也不想馬上就答應了李光耀，並決定派出實力最強的兩人，非搶走場地不可。

「好，一場定勝負，先拿六分的贏。」學長說。

「猜拳決定球權，節省時間。」李光耀說，完全不管王忠軍是否有意見。

學長二話不說，「不用了，球權給你們，趕快開始。」因為他們心裡認定了，這球場絕對是屬於他們的。

李光耀拿著球，在罰球線跟學長洗完球後，馬上把球傳給王忠軍，王忠軍站在三分線外，完全沒有猶豫地出手。

唰！

在場上的兩個學長面面相覷，沒想到馬上就被得了一分，但他們不以為意，認為這一分只是對手運氣好。

球賽繼續。

罰球線洗完球，李光耀再次將球傳給王忠軍。

唰！

王忠軍的再次進球，不僅讓學長們感到愕然，也證明了第一球的得分並不是運氣。在被連得兩分的情況下，他們洗完球後，其中較矮的學長馬上站上前防守，高舉雙手試圖干擾王忠軍，不讓王忠軍可以輕鬆瞄準籃框。

然而接到李光耀傳球的王忠軍連看都沒看防守者，果斷出手。

唰！

王忠軍連得三分，但臉上一點得意的表情都沒有，彷彿就跟平常練投一樣，連得三分是稀鬆平常的事。

反倒是李光耀興奮地怪叫著：「Yeah！三次助攻。」

王忠軍連續投進三顆三分球，讓學長們更加緊繃，洗完球後直接貼近王忠軍，讓他連接球的機會都沒有。拿著球的李光耀卻一點也不著急，面對一直想抄球的學長，李光耀壓低身體，把球攬在懷裡，這是簡單而有效的護球方式。

「學弟，怎麼啦，不敢投嗎？」抄不到球的學長對李光耀一直不出手投籃感到厭煩，再拖下去都要下課了。

「不，我只是想知道他投球有多準而已。」說完，李光耀傳了一個高吊球，球高高地從防守王忠軍的學長頭上越過，王忠軍看球傳過來，連退了好幾步才順利接到球，此時他站的位置已經離三分線有三大步的距離。

這麼遠的距離，除非特殊情況，否則正常人絕對不會選擇出手，畢竟距離籃框越遠，命中率也會隨之降低。當防守王忠軍的學長正猶豫著要不要貼上去防守的瞬間，王忠軍又出手了。

唰！

五個學長全傻眼了。

「這麼遠也投得進，太強了。」李光耀毫不吝嗇地稱讚道。

球賽繼續進行，學長這次的防守只差沒有抱住王忠軍而已。

「學長，他真的投得很準對不對。」李光耀這次沒有試著把球傳給王忠軍。

學長沒理會他，只想著趕快逆轉比分。

「如果有他當隊友，一定很棒。」說完，李光耀忽然躍起，旱地拔蔥式地跳投出手。

唰！

「五比零。」跳投得分，李光耀說：「學長，你們只剩下最後一次機會。」

看到剛剛李光耀精彩的跳投，還有王忠軍神準的三分線，學長們已經知道這兩個學弟的實力遠超過他們，但在球場上奮戰的兩人卻不願就此放棄。

洗完球，兩名學長馬上朝李光耀及王忠軍貼過去，不讓他們有投外線的機會，但是貼得近雖然可以對防守者施加投籃壓力，相反的也增加了被過的風險。

李光耀身體一沉，運球往右切，驚人的爆發力直接突破學長的防守，就在學長以為他會直接切入籃下取分時，李光耀卻瞬間收球，雙眼盯著籃框，拿球跳起。

帶一步跳投，這是籃球中非常基本的投籃技巧，但要做得又快又順暢卻得下非常多的苦工。學長們看著李光耀行雲流水般的投籃姿勢，就知道這個學弟的實力不可小覷。

唰！

「學長再見！」李光耀對著學長揮了揮手，而慘敗的五名學長則是一句話都說不出來，灰溜溜地像一群戰敗的公雞般離開了。

「我們繼續，我要逆轉。」覺得手感來了的李光耀，這時有了逆轉的信心。

不服輸的李光耀，輸了第一場之後又再比一場，再輸之後又比了第三場，輸了三瓶飲料的李光耀想再拚第四場時，下課的鐘聲已經響起。

「我身上沒帶那麼多零錢，讓我分期付款，這次先請你喝一瓶。」李光耀朝自動販賣機的投幣孔投了五十元硬幣。

沒等李光耀問要喝什麼，王忠軍就按下了寶特瓶裝的舒跑，彎身拿了飲料，自顧自地朝教室走去。

「你投籃那麼準，一定苦練過吧？」一樣買了舒跑的李光耀，大步追上王忠軍。

「嗯。」王忠軍隨便應了一聲做為回答。

「你要不要跟我一起加入籃球隊？一想到隊上有你在，我就覺得很興奮！」

李光耀的熱情讓王忠軍皺起眉頭，他冷冷地說：「不要。」

「為什麼，你難道不知道你的三分球有多大的價值嗎？有了你這樣的射手，會讓對手不敢鬆懈對外圍的防守，防守圈就會擴大，而防守圈一旦放大，就可以讓禁區的前鋒及中鋒有更大的進攻空間，打起來會更加輕鬆。而當他們被包夾時，就是你發揮三分炮火的時機，一裡一外的戰術配合，絕對能讓對手頭痛！」李光耀激動地述說著，然而王忠軍依然沒有任何的反應。

見王忠軍一臉冷淡，李光耀第一次出現喪氣的語調，「好吧，太可惜了，在我知道的人裡面，你的三分球是第二準的。」

王忠軍聽到這話卻有了反應，他緊皺眉頭，半是不敢置信半是激動地說：「你剛剛說什麼？」

「『好吧，太可惜了』？」

「再上一句。」

李光耀想了想，突然想通什麼，大大「哈」了一聲，「怎麼，你該不會因為我說你是第二準的，心裡不爽吧？」

王忠軍哼了一聲，惹得李光耀哈哈大笑。

「其實你跟他滿像的，個子都不高，身材也很單薄，屬於打球很吃虧的那種類型。」李光耀開始滔滔不絕地說起那個朋友的故事，也不管王忠軍想不想聽。

「他速度不快，爆發力也不強，很難切入禁區取分，更別說去搶籃板了，跟那些禁區大個子卡位簡直要他的命，偶爾撿得到彈出來的垃圾籃板就算運氣好了。所以雖然他人緣不錯，但大家都不喜歡跟他同一隊，畢竟沒有人喜歡輸球的感覺。

「一開始他很難過，但為了能跟大家一起打球，他一直在一旁苦練三分跟中距離，直到最後已經投得非常準了，卻因為自卑，他還是不敢下場，直到我找他一起打球，大家才發現他已經蛻變成一個非常可以倚賴的射手，他也越打越有自信。如果我沒記錯，他明年初應該就會出現在高中甲級聯賽的戰場上了，真期待跟他對決的那一天。」

李光耀說著說著，眼神出現熾熱的光芒。

「所以，來當我的隊友吧，我需要你。」李光耀快步走到王忠軍身前，對他伸出右手。

王忠軍看著李光耀充滿真誠的雙眼，又看看李光耀伸出的右手，在他期盼的目光下，跨步直接從他旁邊閃身而過。

「難道你不喜歡打籃球嗎？」李光耀對著王忠軍的背影大喊。

王忠軍腳步頓了頓，眼神出現複雜的情緒，但只出現那麼一瞬，便繼續快步往前走。

第三章

過了高中生涯第一個週末後，星期一早上，第二節課。

「大家好，我是你們隔壁一年四班的導師，暑期輔導期間會擔任貴班的化學老師，平常喜歡看電影、唱歌，今年二十八歲，單身。還有什麼問題想問我的嗎？」看著一年五班全體同學正襟危坐的模樣，楊信哲笑著把化學課本擺到旁邊去。

「今天是星期一，也是我第一次來你們班上課，大家輕鬆點嘛，想問什麼就問，我很free的。」

「老師你叫什麼名字？」大家你看我我看你，最後終於有個女同學怯怯地舉起手。

楊信哲這時才發覺剛剛的自我介紹竟然漏了最重要的名字，馬上拿起粉筆，「我叫楊信哲，楊過的楊，相信的信，哲理的哲。」

「好了，還有其他問題嗎？」楊信哲拍拍手上的粉筆灰，露出大大的笑容。學生們感受到楊信哲的親切後，問題便排山倒海而來。

「老師喜歡看什麼類型的電影？」

「鬼片，越恐怖我越愛。」

「老師什麼大學畢業？」

「一間說出來你們絕對沒聽過的大學。」

「老師為什麼沒有女朋友？」

「因為我是同性戀。」楊信哲看著底下學生目瞪口呆的臉，不禁大笑出來，「開玩笑的啦！」同學們不禁鬆了一口氣。對於還不懂愛情是什麼的高一生，一下子跳到同性戀的議題有點太快了。

「老師比較喜歡麥當勞還是肯德基？」

「我比較愛丹丹漢堡。」

「老師……」

一時之間，一年五班的教室被一陣又一陣的「老師」呼聲給占滿，而學生的問題一個比一個還犀利，但楊信哲總是可以應付自如。

過了半小時之後，舉手的人終於慢慢變少。

「好了，你們問那麼多問題，現在輪到我了，喜歡打籃球的人舉手。」楊信哲興致盎然地說。

「一、二、三、四……，超過半數，原來你們班有這麼多喜歡打籃球的人，沈老師真的太殘忍了，竟然不讓你們報名籃球隊。」楊信哲嘖嘖幾聲，露出同情的表情。

看著底下學生們一片愁雲慘霧，楊信哲安慰道：「不過沒關係，校長雖然說每個人都可以參加籃球隊，但那是指自行報名的部分，真正要進入籃球隊是要經過測驗的，如果我沒記錯的話，籃球隊先發加板凳似乎不會超過十五個人。」

這時，楊信哲停了一下，用神祕兮兮的眼神看著一年五班的學生，「如果你們有自信可以成為那十五個球員之一，我們班下午打掃時間結束後有個測驗，我人會在那邊，可以偷渡你們參加。只不過我看看……」

楊信哲翻開點名簿，露出一個惡作劇的表情，「很不巧，那堂課竟然是你們班導師的英文課。」

下午打掃時間結束，上課鐘聲響起，一年五班的學生們坐在位子上等待著沈佩宜，但教室中央某一個座位卻是空的。

鐘響後沒多久，沈佩宜走進教室，一進門就注意到那個空的位子。若是別的位子空著，她可能要查一下才知道是誰缺席，但那個位子的學生曾留給她非常深刻的印象，所以她很確定李光耀人不在教室裡。

「有人知道李光耀同學去哪了嗎？」沈佩宜拿起點名簿，準備開始點名時，隨口問了一句，她心想李光耀也許是去上廁所還沒回來。

學生們面面相覷，然後心裡不約而同地浮現一個可怕的念頭。

「他該不會那麼帶種吧……」

「白痴。」王忠軍冷冷地低聲道。

「沒有人知道他去哪裡嗎？」沈佩宜看著學生們疑惑的臉孔，又問一次。

這時，王忠軍舉手，「他現在應該在籃球場。」

★

跑道四邊的籃球場，每一個場地都在進行著測驗，測驗內容分別為運球、外線、體能及基本動作。

「素質怎麼樣？」在各個球場觀看測驗過程的校長葉育誠，問著被他找來當教練的昔日高中隊友，吳定華。

吳定華搖搖頭，無奈道：「不怎麼樣，基本動作很差，運球太花俏又不穩定。有幾個看起來滿有潛力的，可惜身高不夠。當然，如果你要派五個後衛當先發就另當別論。」

葉育誠沉思一下，「那就只能希望還沒測驗的高年級生裡有好的前、中鋒人才了。」

「對了，明正的兒子不是也在光北嗎？他參加測驗了嗎？」

「沒有，他們班導師禁止班上同學參加籃球隊。」說著說著，葉育誠就看到怒氣沖沖朝另一個籃球場走去的沈佩宜，「說曹操，曹操就到。就是她，」

「滿年輕的啊，新進老師？」

「是啊。」

「新進老師就敢違抗你這新任校長，有種！」

「你白痴啊，她老爸就是我們當年的校長。」葉育誠翻了個白眼。

吳定華露出恍然大悟的表情，「哦，難怪，沒想到校長有個這麼漂亮的女兒。」打量了沈佩宜幾眼後，「好險長得不像校長！」

「夠了。奇怪，這時候她怎麼會跑來籃球場，走，我們過去看看。」葉育誠快步走向沈佩宜，而這時，沈佩宜找上了站在場邊觀看測驗的楊信哲。

「楊老師！」沈佩宜直接走到楊信哲身前，面對面。

「怎麼了？」楊信哲看著沈佩宜惱怒的臉，笑了。

「李光耀同學在哪裡？」沈佩宜壓抑著心中的怒火，聲音像是從緊咬的牙縫裡擠出來一樣。

「他在妳正後方三十公尺的位置，而且剛好輪到他測驗了。」楊信哲興奮地說。沈佩宜一聽，馬上調頭走向球場，楊信哲馬上把沈佩宜拉住，「沈老師，別那麼激動。」

「你叫我別那麼激動？」沈佩宜怒火中燒，「李光耀是我的學生，你憑什麼跟我的學生說可以讓他參加測驗！」

「我沒有憑什麼，我只是給他一個選擇，如此而已。」楊信哲依舊緊拉著沈佩宜，「沈老師，青春期的學生會有很強烈的叛逆心，妳越是限制，他會越想脫離，就像現在的李光耀。但是如果妳給他一次機會試試看，讓他知道想進籃球隊沒那麼簡單，最後知難而退，這樣不就可以一勞永逸嗎？」

沈佩宜聽完，雖然還是感到氣憤，卻也因為楊信哲講的話確實有一點道理而漸漸恢復冷靜。楊信哲見沈佩宜冷靜下來，對著球場大喊：「李光耀，你的班導師來看你測驗，好好表現給她看！」

李光耀回頭，看到沈佩宜，精神一振，露出大大的笑容，舉起大拇指，「好！」

李光耀現在要測驗的項目是運球，在長二十八公尺，寬十五公尺的球場上擺了十張椅子，參加測驗的人必須用最快的速度運球繞過這些椅子，來回算一趟，結束前還要做兩步上籃，將球投進測驗才算結束。

「開始。」測驗官將球傳給李光耀，同時按下碼錶。

李光耀下球，向前衝刺，身體重心壓得很低，一邊運球一邊觀察椅子擺放的距離跟方向，在通過第一張椅子時，心裡已經浮現最快通過的方法。

球場外的沈佩宜及楊信哲看著李光耀用流暢的運球不斷變換方向，繞過一張又一張椅子，動作行雲流水，沒有絲毫停頓，眨眼間李光耀已經完成半趟，但是李光耀卻沒有按照程序繼續完成另外半趟，而是拿著球快速衝向籃框，在通過三分線的時候把球丟向籃板。

「老師，這是我給妳的 Special！」李光耀向前衝，計算腳步，以右腳、左腳的節奏重重往前跨步，接著左腳奮力往地板一踏，整個人宛如飛起來一樣，雙手在空中接到彈回來的球，使盡全力把球塞進籃框裡！

砰！

「這種彈跳力！他是哪一班的學生？」看到李光耀的表現，吳定華激動地走到測驗官旁邊。

「他是一年五班的李光耀！」測驗官還來不及開口，一旁的楊信哲就開口大喊。

「一年五班，李光耀？」葉育誠皺起眉頭。

「老師，我剛剛的表現怎麼樣？」李光耀露出自信的笑容，走到沈佩宜及楊信哲面前。

「很棒。」楊信哲豎起大姆指。

「你的動作很漂亮，哪一所國中畢業的？」吳定華眼神發亮，走了過來。

「東台國中。」李光耀說。

「東台國中？」吳定華覺得耳熟，腦子轉了轉，突然想起，「東台國中不就是今年東部國中聯賽的冠軍嗎？」

「是啊。」李光耀點點頭。

「如果我沒記錯的話，今年東台國中是成立籃球隊以來第三次拿到冠軍，但是距離上一次拿到冠軍卻已經是十幾年前的事了。」東台國中得冠的新聞在體育版上雖然只占了小小的篇幅，當時吳定華卻一眼就被標題給吸引住：**闊別十六年，東台國中再得冠！**

「看你的動作，應該是校隊吧？」吳定華問。

「是的。」李光耀手拿著球，臉上的表情顯露自信。

「為什麼沒有繼續讀東台高中？雖然東台高中不曾在甲級聯賽得過冠軍，但也算得上是傳統強隊。」

「因為我爸叫我念光北，他說在他那個年代光北也有籃球隊，而且很強。」

「是嗎？你爸是誰，我記得光北只有在我那時候有籃球隊，說不定我也認識你爸。」吳定華問完，葉育誠馬上拍拍他的肩膀。

「不用問了，你一定認識他爸。」

「是誰？」

葉育誠大大地笑了，「就是那個超級大混蛋。」

吳定華吃了一驚，「你是明正的兒子？」看到李光耀點頭，吳定華馬上說：「難怪！你的彈跳力確實有你爸當年的影子。」

「叔叔你說錯了。」李光耀搖搖手指，「我跳得比我爸還高。」

「哈哈哈，說得好，果然是明正的兒子。其他三項測驗都測過了嗎？如果還沒也不用測了，你直接錄取籃球隊。」

李光耀臉上不禁露出極為開心的笑容。

「恭喜你了，MVP。」楊信哲拍拍李光耀的肩膀。

「老師你知道？」李光耀訝異道，而更訝異的是沈佩宜。

「我弟現在是東台高中的助理教練，上次吃飯時他跟我訴苦，說國中聯賽的 MVP 竟然要來讀光北高中，從那之後我就有特別注意一下。」楊信哲瞄了表情複雜的沈佩宜一眼，「好了，既然錄取籃球隊了，那就快回教室上課吧。」

「好。」李光耀朝沈佩宜點了點頭，便離開球場。

「原來你早就知道了。」沈佩宜有點無力，心裡更有股難言的酸楚。

「我會這麼做，不是因為我知道他是國中聯賽的 MVP。我剛剛說過，我只是給他一個機會，要聽妳的話乖乖讀書，或者是冒險地過來參加測驗，這都是他自己的選擇。他已經不是小孩，他應該學著自己做決定，並且承擔責任。

「沈老師，我認為身為一個老師，應該要常常問自己，除了課本裡的知識之外，我們還能教學生什麼？」

「夠了。」沈佩宜垂頭喪氣，眼眶含著淚水，「校長，我還有課，先回教室了。」

沈佩宜微微向葉育誠點頭後，落寞地離開了。

「她好像哭了。」葉育誠用手肘推了推楊信哲。

「好像是。」

「該跟她道歉。」

「為什麼？」

「畢竟人家是女孩子嘛。」

「現在是男女平等的社會，校長。」

「這是禮貌問題。」

「好吧，誰叫我是一個紳士。」楊信哲聳聳肩，追上沈佩宜。

當天晚上，回到家的沈佩宜，馬上把自己關在房間裡。

感受到女兒不尋常的舉動，光北高中前任校長上前擔心地敲著門，「寶貝女兒，怎麼啦？」

「我沒事。」沈佩宜回應著。

「喔，好，妳媽有幫妳留菜……」

「我還不餓。」

前任校長心想，寶貝女兒一定發生什麼事了，但也不再追問，因為他知道女兒此刻需要一個安靜的空間。

沈佩宜趴在桌上，情緒混雜著難過、委屈、生氣，儘管下午楊信哲向她道了歉，她卻完全不想接受。

「為什麼，我到底哪裡做錯了？我只是盡了老師的責任而已，為什麼每個人都好像一副是我在阻擋李光耀的樣子，想要打籃球幹嘛來光北，去榮新高中，去啟南高中啊。」

沈佩宜坐起身來，拉開桌子右邊最下面的抽屜，從最深處拿出一張相片。相片裡是一對情侶，男生拿著一顆籃球，皮膚黝黑，臉上洋溢著陽光般迷人的笑容，而靠在男生身旁，綁著馬尾，穿著運動衫和小短褲，一臉幸福的女生就是沈佩宜。

那一年，她是個小大一，而他是大三的學長，也是籃球校隊的靈魂人物。

一開始沈佩宜很討厭他，因為她有一次經過籃球場時被球砸到頭，那個始作俑者就是他。

然而就是這麼一顆籃球，讓他闖入了她的世界。他開朗的個性，帶點孩子氣的笑容，在球場上的專注神情，還有專屬於她的溫柔，讓她馬上墜入愛情的漩渦中。

但就在她愛得無法自拔的時候，他突然離開了她的世界，永遠地離開了。

「小翔，我做錯了嗎？」

「小翔，如果是你，會不會跟李光耀一樣，不顧一切地只想要打籃球？」

「小翔，那個學生好像你，那麼自信，那麼自我，那麼可惡。」

「小翔……我好想你……」

這個晚上，沈佩宜手裡抓著相片，趴在桌上哭到睡著。

★

為期三個星期的暑期輔導，還有隨後兩個星期的暑假，彷彿一眨眼就結束了。

八月三十日，光北高中開學當天，開學典禮結束後，葉育誠回到校長室，當他脫下西裝外套，正從冰箱拿水出來喝時，桌上的手機響了。

葉育誠放下冰水，接起電話，忍不住翻了白眼，隨後開了門，「你直接敲門不就得了？」

吳定華手裡拿著一張紙，走進校長室，「我不確定你在不在。」

「怎麼了？」葉育誠連灌了幾口冰水，驅散酷熱的暑氣。

「如果以目前這份名單參加丙級聯賽，根本只是去陪打。」吳定華把手上那張紙放在葉育誠的桌上。

葉育誠挑起眉，「這麼不順？」

吳定華毫不留情地說：「你看嘛，最高才一百八十五公分，協調性跟活動力都差勁透頂，打打街頭籃球還可以嚇唬人，真的下場比賽就只有挨打的份。」

葉育誠拿起名單，眼睛掃過上頭的名字，皺起眉頭，「怎麼沒有高二的魏逸凡？」

「魏逸凡？」

「嗯，從榮新高中轉學過來的，一年級就曾在甲級聯盟先發出賽過。」

「既然高一就先發，怎麼會轉學過來？」

「似乎是家庭因素。」

「說不定是他家人反對他打籃球，所以就連這小小的光北籃球隊都沒有報名，又或者是什麼原因讓他不得不放棄籃球。」

「如果是家人反對，我這個做校長的會讓他們知道，籃球是可以拯救一個整天混街頭，無所事事，對未來感到茫然的少年；如果是自己放棄籃球，我會讓他知道，在籃球沒有放棄他之前，他絕對不能先放棄籃球。」

「好好好，反正不管怎麼樣你一定要把他拉進籃球隊就是了。」吳定華雙手舉高做了個投降的手勢。

葉育誠偏執的個性有時真的很令人頭痛，但也是這樣，當年的他才可以成為隊上最強的防守大鎖。

「但就算他真的如你所願加入籃球隊，禁區該怎麼辦？總不能叫那個一百八十五公分的扛中鋒吧？」

葉育誠露出煩惱的表情，「中鋒這一點確實是個問題……」

這時，一陣急促的鈴聲從葉育誠的口袋裡傳來。

吳定華做出請的手勢，自己便慢慢品味著葉育誠剛泡好的茶。

葉育誠掏出手機，看到來電顯示是自己多年的好朋友，馬上接起來。

「院長，怎麼了？」

「要轉學嗎？可以，當然沒問題。什麼，要訂製課桌椅？」葉育誠的表情從疑惑到瞪大雙眼，最後用狂喜的眼神看著吳定華，「你說他有一百九十二公分！」

聽到葉育誠這句話，吳定華驚訝得差點把嘴裡的茶噴出來。

吳定華心想，老天開眼，對我們這麼好？

「好，沒問題，明天就可以過來了。」葉育誠語氣難掩激動，掛上電話之後握緊雙拳，振奮道：「真是天助我也，這下子連中鋒的問題都解決了。」

「你別高興的太早，說不定他不會打籃球。」雖然這麼說，但吳定華臉上的表情也滿是驚喜。

「不會打可以教，至少我們不用再煩惱中鋒的問題了。」

「雖然一百九十二公分對中鋒來說還是有點不夠，但如果打丙級或乙級聯賽應該綽綽有餘了。」吳定華點頭。

「這樣我們光北的先發就有三個人，只要再找到兩個就湊齊了。」

「等一下，你的如意算盤打得也太快了，魏逸凡還不一定會參加籃球隊啊。」

「哼，這種小事，我馬上處理好。」話一說完，葉育誠立刻播了校內的電話，「下一節下課是打掃時間對吧，帶二年四班的魏逸凡過來，我有事要找他。」

叩叩叩！

下課鐘響不久，校長室門外傳來敲門聲。

「請進。」

「校長好。」身高一百八十五公分的魏逸凡，神色略帶不安地走進校長室內。

「請坐。」葉育誠指著沙發，「喝茶嗎？」

魏逸凡拘謹地搖搖頭，「不用，謝謝校長。」

「不必緊張，找你來只是有幾件事想問問你而已。你之前是從榮新轉過來的，對吧？」

「對。」

「我看過你的資料，很厲害唷，才高一就可以在甲級打先發。」

「那時候有個先發的學長受傷了，所以教練才讓我遞補上去。」

「就算是學長受傷，但你一定有足夠的實力，教練才會派你上場。」

「可能吧……」魏逸凡閃躲著葉育誠的目光，他隱隱猜到校長為什麼找他了。

「逸凡，校長不是一個喜歡拐彎抹角的人，我就直說吧，我想找你加入光北高中的籃球隊。」葉育誠將茶杯放到魏逸凡面前，緩緩將茶倒滿。

「校長，我不打籃球了，以後都不會打了。」魏逸凡眼裡閃過痛苦，表情卻相當堅定。

校長沉默了一下，「我可以問為什麼嗎？」

魏逸凡猶豫了一會，「因為我爸。」

「你父親阻止你打籃球？」

「不是。」魏逸凡嘆了口氣，「我爸是前職業籃球員，我也一直以他為傲，直到他外遇，拋棄了我們。他讓我媽很傷心，而我打球的樣子都會讓我媽想起他，我不想看到她難過……」

「所以你就放棄打籃球了。」葉育誠接著魏逸凡沒有說完的話。

「對。」

接著是一段很長的沉默，讓魏逸凡有點坐立難安。

過了好一會兒，葉育誠終於開口，「我認識一個學生，他成績不好又常常翹課，被退學兩次還不知悔改，跑去跟中輟生混街頭。

「但他有一天突然回到校園，臉上帶著明顯是打架後留下的瘀傷，老師問他發生什麼事他也不講，只問老師知不知道一個叫李明正的學生，然後就抓著一顆籃球跑去找李明正單挑，結果被狠狠電了好幾場。

「老師在他們打完球後把李明正叫進導師室，才從他嘴裡得知，原來那個學生跟幾名狐群狗黨把機車停在籃球場上，不但坐在機車上抽菸，還把菸蒂丟得到處都是。剛好李明正每天都會去那個球場打球，看到這種情況當然直接叫他們滾蛋，那些血氣方剛、年輕氣盛的輟學生怎麼可能答應，他們向李明正提出條件，要李明正跟他們單挑籃球，只要贏過他們每一個人，他們就會拍拍屁股走人。

「結果李明正真的電翻他們，那群人的一分都拿不下來，尤其那個學生還因為不服輸，一連挑戰了好幾次，而李明正對他也絲毫不客氣，打得特別強硬，因為那個學生除了亂丟菸蒂外，還吐了一口檳榔汁在球場上。最後那個學生因為輸球不甘願，竟然惱羞成怒，想要動手打李明正，誰知道反被李明正狠狠拖到籃球場外揍了一頓。

「後來，因為李明正離開前的一句話，『有本事就在籃球場上討回來！』那個學生從此掉進了籃球的世界裡，天天苦練籃球，再也沒回去混過街頭。

「籃球可以拯救一個被退學兩次的學生，那它一定也可以幫助你們母子。你媽媽傷心難過是因為你父親的離開，身為兒子的你更應該讓她的臉上重現笑容，所有你爸爸用籃球帶走的，你更應該用籃球搶回來，讓媽媽因你而驕傲。」

葉育誠的一番話重重擊在魏逸凡的心頭，他雙眼閃過一絲光芒，卻很快又黯淡下來，張口欲言，卻說不出任何一句話。

這時，低沉的鐘聲響起。

等到鐘響完之後，葉育誠才說：「我知道你現在腦袋一定一團亂，沒關係，你先回去上課，好好想清楚，光北高中籃球隊的大門隨時為你敞開。」

「謝謝校長。」

魏逸凡離開後，吳定華從校長室裡的廁所走出來，「我不記得你是個這麼會說話的人。」

「不會說話怎麼當得了校長？」

「說的也是。」

「你覺得有沒有機會？」

「如果我是他，過幾天就會來找你了，但畢竟我不是他。」

「嗯。」葉育誠點點頭，喝了口茶後又拿起電話，「我是校長，麻煩請二年四班的導師接一下電話。」

「張老師，你有魏逸凡同學家裡的連絡電話嗎，我有事想跟他媽媽聊一下。好，謝謝。」抄下電話號碼後，葉育誠馬上撥了電話過去。

不到十秒鐘電話就接通了，「您好，我是光北高中的校長，請問是魏逸凡的媽媽嗎？有些事情想跟您親自談談，不知道您什麼時候方便？哦，不是，逸凡他很乖，只是他最近有點悶悶不樂，所以想親自跟您談談。都有空嗎，不然等會四點半在學校附近的咖啡店見面好嗎？好，謝謝。」

「這麼快？」吳定華有點詫異。

「是啊。」葉育誠穿上西裝外套，調整了領帶，「如果有媽媽的支持，我想魏逸凡絕對會加入籃球隊，我看得出來他還想繼續打籃球。」

「你這流氓可別嚇到人家了。」吳定華提醒道。

「什麼流氓，」葉育誠整理完儀容，對吳定華露出一個勢在必得的笑容，「我是光北高中的校長！」

在約好的咖啡店碰面後，葉育誠開門見山地說：「魏媽媽您好，今天約您見面主要是想跟您討論逸凡的情況。」

魏媽媽手裡拿著葉育誠剛遞過來的名片，表情十分擔心，「逸凡他怎麼了嗎？」

「魏媽媽，別緊張，逸凡很乖。」葉育誠趕緊搖搖手，「倒是我有些問題想請問您。據我所知，逸凡之前就讀榮新高中，後來為什麼會轉學到光北高中呢？」

「我和逸凡他爸爸離婚後沒多久，逸凡就跟我說他想轉學，不想打球了。因為當初去榮新打籃球校隊是他爸爸的意思，我想如果逸凡不想繼續打球，就讓他轉學到普通高中。」

「所以您並不反對他打球？」

「不反對，畢竟逸凡他爸……」說到前夫，魏媽媽眼眶一紅，差點掉下淚來。

為了避免尷尬，葉育誠馬上舉手請服務生過來，「麻煩給我兩杯熱拿鐵，其中一杯不用附糖跟奶精。」

魏媽媽很快抹去眼角的淚水，「對不起，每次講到這件事我都……」

葉育誠連忙說道：「離婚對每個人來說都是很大的打擊，我想對逸凡也是。」看著魏媽媽的眼睛，葉育誠決定直接挑明，「魏媽媽，不瞞您說，我這次約您出來，是想請您說服逸凡加入光北的籃球隊。」

「加入籃球隊？可是逸凡跟我說他不想繼續打籃球，所以我也不想勉強他做他不喜歡的事，讓他自由選擇自己的路。」

「我跟逸凡聊過了，他決定不打籃球，是因為怕您傷心。」

「怕我傷心？」魏媽媽露出疑惑的表情。

「因為逸凡覺得他如果繼續打球，會讓您想到前夫，他不希望您傷心，所以選擇放棄，但我看得出來他還是很想打籃球，所以他始終悶悶不樂。」

這時，咖啡送了上來，葉育誠啜了一口，「魏媽媽，不管是身為校長或是籃球隊的創辦人，我都希望您說服逸凡繼續打籃球，因為籃球場是他可以展翅飛翔的地方，我相信您看到逸凡在籃球場上開心的模樣，一定也可以拋開過去的傷心回憶。」

校長誠心誠意的這番話，讓魏媽媽眼眶一紅，忍不住哭了起來，弄得葉育誠手忙腳亂，一邊安撫，一邊示意服務生送上衛生紙。

好一會兒，魏媽媽的情緒才漸漸平靜下來，她不好意思地說：「對不起，逸凡他爸爸會跟我離婚，有部分原因也是因為我太愛哭了。」

葉育誠連忙說：「每個人個性不一樣，用哭來發洩情緒也沒什麼不好。」

魏媽媽臉色一紅，「謝謝校長，您人真好。」她一口氣把已經涼了的咖啡喝完，放下咖啡杯，神情堅定，「校長，關於加入籃球隊的事，我會跟逸凡好好談一談，不論他是否想要繼續打籃球，都是他自己的選擇，我一定會尊重他的決定，不會勉強他。」

「這我明白。」

「那時間差不多了，我也該回家準備晚餐，今天真的很謝謝您跟我聊逸凡這孩子的事，我會趁吃飯的時候跟他討論一下，然後請他親自給您答覆。」魏媽媽站起身來。

葉育誠送魏媽媽到咖啡店門口，「慢走，回家小心。」

看著魏媽媽的車駛出視線外後，葉育誠拿出手機撥了吳定華的電話，「我跟魏逸凡的媽媽談過了，她說回家會跟他聊聊，明天請他親自給我一個答案。」

葉育誠走出咖啡店，「是啊，其實就算逸凡不參加籃球隊也沒關係，只要他們母子倆聊過之後可以打開心結就好。對了，今天測驗的結果怎麼樣？還是一樣？沒辦法，普通高中不太可能找得到真正有底子的籃球員，只能跟我們以前一樣硬練狂操了，只是不知道有幾個人能撐得下去。我待會要去院長家拜訪，順便看一下那位一百九十二公分的孩子，可以的話，我會想辦法把他拉過來籃球隊。」

結束和吳定華的通話，葉育誠馬上又撥了通電話，「院長，我現在方便過去拜訪你一下，順便和那個孩子聊聊嗎？好，我大概二十分鐘後到。」

掛上電話，葉育誠來到停車場，他靠在車子旁，點了根菸，疲累中帶點滿足，低語著：「籃球，籃球啊……」

二十分鐘後，葉育誠準時抵達院長家。

院長開了門，請葉育誠進客廳，「阿誠，你也知道我沒娶老婆，一輩子把心力全奉獻在孤兒院裡，這幾年老了，才讓別人接手孤兒院，可是有個孩子我放心不下，就把他接過來當自己的小孩照顧。」

「嗯，我了解。」葉育誠點點頭，跟院長認識這麼久，院長的辛苦與奉獻他全看在眼裡，也非常佩服。

「這個孩子跟別人不一樣，所以對自己很沒自信，也害怕與人接觸，之前在學校曾被排擠過，今天開學說什麼他也不願意去上課，所以我才想請你幫個忙，讓他到你那邊去，我也比較放心。」

葉育誠點點頭，「這有什麼問題。不過他哪裡跟別人不一樣？」

院長苦笑一聲，替葉育誠倒了杯茶，「我叫他下來，你等一下就知道了。」

當高大但身材瘦弱的麥克出現在葉育誠眼前時，他馬上明白院長口中所說的「跟別人不一樣」指的是什麼。

麥克是黑人，頭髮很捲，膚色很黑。他身材雖然很高大，但雙眼帶著恐懼，一走下樓馬上躲到院長身後，顯然對葉育誠這個陌生人有所防備。他的眼神與動作，感覺不像是害羞，而是害怕。葉育誠不難想像麥克高大的身材跟膚色，曾為他帶來多少嘲笑、欺負跟排擠。

「坐吧。」院長牽著麥克一起坐下，「明天爸爸會帶你去上課，他是學校的校長，跟校長問好。」

麥克怯怯地看著葉育誠，微微點點頭，小聲地說：「您好。」

「你好。」對於這類型的小孩，葉育誠明白自己要主動一些，「你喜歡打球嗎？我今年在光北高中創立了籃球隊，你要不要跟大家一起打球？」

麥克沒有回答，反而看向院長，院長替他回答：「麥克很喜歡籃球，他平常最愛看 NBA，不過他自己很少打籃球就是了。」院長沒說的是，因為麥克覺得 NBA 裡很多球員都跟他一樣是黑人，所以他才很愛看 NBA。

「真的嗎？那你最喜歡哪一個球員。」

「來，你跟校長說，你最喜歡哪一個球員。」院長不看 NBA，實在沒辦法幫麥克回答這個問題。

「艾、艾佛森。」麥克低著頭，完全不敢抬眼看葉育誠。

「艾佛森，是費城七六人那個永遠的傳奇球星，史上最矮的得分王，被人稱之為『戰神』的 Allen Iverson（註一）嗎？」

聽到葉育誠的話，麥克眼睛為之一亮，第一次正眼看向葉育誠，但很快又把眼光移開，再次看著地上，微微點頭，「嗯。」

「那你有沒有聽說過 Charles Barkley（註二），九〇年代的大前鋒，他跟 Iverson 一樣，都是以小打大，不到兩百公分竟然打大前鋒的位置，而且他還曾經得過籃板王，是 NBA 史上最矮的籃板王！」

「我知道他。」麥克小聲地說。

「你不覺得他們兩個很像嗎？個子都很矮，但是都很不服輸，而且都成就了一代傳奇。對我來說，如果去除掉身高上的劣勢，他們兩個才是 NBA 史上最強的兩個人！」

「我也這麼覺得。」麥克眼神再度閃過亮光，葉育誠非常開心，因為麥克開始正面回應他所說的話。

「只是很可惜，他們兩個人沒有冠軍命，在巔峰時期，依然有更高的牆擋在他們面前，Charles Barkley 被 Michael Jordan 擋下來，而 Iverson 則是……」葉育誠面帶鼓勵地看著麥克。

麥克看著校長，說：「那年的湖人隊太強了，O'neal 加上 Kobe，太可怕了。」

「是啊。」葉育誠喝了口茶，潤潤喉，「那你有沒有看台灣的高中籃球聯賽？」

麥克搖搖頭。

葉育誠繼續問：「那你有聽過啟南高中嗎？」

麥可依然搖搖頭。

葉育誠笑了笑，「你有看 NBA，應該知道一支球隊要達到三連霸是一件多麼困難的事吧？」看麥克點頭，葉育誠接著說：「我剛剛說的那間啟南高中，是台灣高中籃球界絕對的王者，籃球隊創隊三十年以來，拿下了二十次冠軍、九次亞軍，台灣籃球界也流傳著『啟南王朝，無可動搖！』這麼一句話，你說厲不厲害？」

麥克被葉育誠生動的描述吸引住，似乎忘記了害怕，連連點頭。見到麥克難得說這麼多話，院長欣慰地笑了。

「可是你相不相信，這個王者啟南曾經在第一輪就被淘汰出局，而且陣容堅強，完全沒有傷兵問題，是當年奪冠呼聲最高的球隊。」

麥克張著嘴，有些茫然地看著葉育誠。

葉育誠露出一個莫測高深的笑容，「很難想像對吧？你想知道為什麼嗎？」麥克用力地點頭，已經完全被葉育誠所說的事吸引住了。

「那年，包括球評、球迷，沒有人想過啟南高中會被打敗，而擊敗啟南高中的那所學校才剛得到出賽資格，沒想到第一場比賽就遇到王者啟南，大部分的球員都喪失了鬥志，可是其中有一個叫做李明正的球員反而鬥志高昂。

「他的精神感染了其他的隊友，讓他們醒了過來，面對啟南高中發揮出超過百分之一百二十的戰力，加上李明正根本是超越時空的籃球員，他在那場比賽的表現所散發出來的光芒，完全壓過啟南的王牌球員。最後，李明正在比賽鐘響前以石破天驚的灌籃逆轉了比賽，王者啟南，一分惜敗！

「那一夜，那所學校和李明正震驚了整個高中籃壇，才剛得到出賽資格的學校竟然擊敗了王者啟南！你能想像嗎，那種激動的感覺，至今仍讓人無法忘懷。」葉育誠深深吸了一口氣，沉浸在遙遠的回憶之中。

「想知道那所學校叫什麼名字嗎？」麥克大力地點頭。

「光北高中。」看著麥克驚訝的表情，葉育誠得意地笑了。

「想認識當年擊敗王者啟南的球員嗎？」麥克點點頭。

葉育誠伸出手，「你好，我是六號葉育誠，當年光北高中的防守大鎖。」

麥克的表情更是驚訝，張大嘴不知道該做何反應，最後在院長的眼神示意下，跟葉育誠握了手。

「聽我說了這麼多，相信你對李明正應該很好奇吧？我跟你說個祕密，李明正的兒子也是今年入學，他叫李光耀，已經加入了籃球隊，你想不想跟他一起打球？」

麥克露出激動的表情，但很快便黯淡下來，「可是我不會打籃球。」

「不會可以學。」葉育誠馬上說，畢竟一百九十二公分的身高實在太誘人了，就算不會打球，光是站在禁區就足夠嚇傻一堆人，至少在丙級跟乙級聯盟是這樣。

「那我……我可以跟李明正的兒子同班嗎？」麥克怯怯地問。

「當然可以。」葉育誠保證。

註一：Allen Iverson，中譯艾倫．艾佛森，綽號戰神，費城七六人隊傳奇球星，官方身高一百八十三公分，是 NBA 史上最矮的選秀狀元、MVP（年度最有價值球員）、得分王，招牌武器是 crossover，在二〇一六年正式成為籃球名人堂一員。

註　二：Charles Barkley，中譯查爾斯・巴克利，綽號惡漢，以後衛的一百九十八公分身高主宰NBA的禁區，顛覆傳統「禁區是長人天下」的觀念，是史上最矮的籃板王，於二〇〇六年入選名人堂與五十大球星，生涯待過費城七六人隊、鳳凰城太陽隊、休士頓火箭隊。

第四章

早自習鐘聲響，一向準時的沈佩宜竟然晚了十分鐘才進教室，而讓一年五班學生們驚訝的還在後面，她身旁還跟了一位又高又黑的學生。

「各位同學，不好意思，老師因為帶新同學認識學校的環境所以來晚了。」一到班上，沈佩宜馬上帶著麥克上台。

「他是轉學生，叫做李麥克。麥克，請你做個簡單的自我介紹。」

聽到要自我介紹，麥克低著頭不敢面對大家的目光，他過於高大的身材躲在沈佩宜後面，形成一種令人啼笑皆非的畫面。

察覺到麥克異常害羞的反應，沈佩宜便溫柔地牽住他微微顫抖的手，語帶鼓勵，「麥克，不要怕，跟大家好好介紹一下自己。」

麥克看著地上，畏縮地開口：「大、大家好，我、我叫麥克。」

班上同學你看我我看你，因為麥克的聲音實在太小，根本聽不清楚他說了什麼。

沈佩宜猜想，麥克也許是對環境還很陌生所以比較緊張，也就沒有再勉強他說話。「李光耀、裘德才、沈育廷，麥克因為身材高大，需要坐特製的桌椅，麻煩你們到校門口幫忙搬東西。」

一聽到「李光耀」三個字，麥克馬上抬起頭來，目光在三個人之間游移，好奇著誰才是李光耀。是那個雖然有點矮，卻很壯很有氣勢的人嗎？還是那個一直打哈欠，臉上掛著黑眼圈的人？又或者是拿著一張紙喃喃自語，走在最後面的人？

一行人來到校門口時，葉育誠為麥克訂製的桌椅已經放在警衛室旁邊。四人合力將桌椅搬回教室後，因為麥克實在太高，加上他沒有近視，沈佩宜便將麥克的位子安排在教室的最後方，不過看到麥克的表情有些奇怪，她關心道：「怎麼了，麥克，這個位子太遠嗎？」

麥克搖搖頭，從小到大他都坐在最後一排，所以已經習慣了。

「那就安排你坐在那個位子囉？」沈佩宜漸漸了解到今天早上校長將麥克交給她時，那句「跟麥克相處時要多一份耐心」的意思了。

麥克點點頭，可是沈佩宜看得出麥克其實心裡有話，只是不敢說出來，於是拍拍他的手臂，「沒關係，有什麼問題都可以說。」

麥克看著沈佩宜的笑臉，猶豫了一下，怯生生地說：「老師，可不可以讓李光耀坐在我旁邊？」

沈佩宜愣了一下，「你認識李光耀？」

麥克搖搖頭，讓沈佩宜有點一頭霧水，但她又想起校長說的話：麥克是個特別的孩子，他需要妳用更多耐心、愛心去引導與包容，如果他有什麼要求，在可以接受的範圍內就配合他吧。如果遇到妳覺得有點為難的事情，馬上找我。

沈佩宜想了想，說：「你等我一下，我問問李光耀同學的想法。」

面對李光耀，沈佩宜馬上恢復了平常的口氣，「李光耀，你認識麥克？」

正沉浸在破解戰術的李光耀，突然被沈佩宜這麼一問，有點愣住，「麥克？不認識啊。」

沈佩宜又問：「那他怎麼會想跟你坐一起？」

論。

李光耀一攤手，「我也不知道。」然後靈光一閃，「我知道了，他可能看過我打球。」

「看過你打球跟坐你旁邊有什麼關係？」

「因為看過我打球之後，他就成為我的球迷，所以想坐在我旁邊。」

沈佩宜聽了差點沒暈倒在地。「那安排你坐在他旁邊，可以嗎？」沈佩宜實在不想在這個問題上多做討論。

「可以啊，我沒差。」李光耀無所謂地笑了笑。

「那請大家幫忙把麥克的桌椅搬到最後面。」沈佩宜走到麥克身邊，「麥克，老師有個很重要的任務要交給你，」麥克點點頭，沈佩宜嚴肅地說：「那就是，別被李光耀帶壞了。」

因為多了麥克這個插曲，所以早自習不知不覺就結束了，鐘聲一響，李光耀就將椅子一轉，以跨坐的姿勢，對麥克露出微笑，「麥克，我是李光耀，你好。」李光耀伸出右手。

看著李光耀的臉，麥克整個人畏縮起來，不敢伸出手，小聲地說：「你好……」

麥克的反應讓李光耀不禁笑了出來，「天啊，我有那麼可怕嗎？那你為什麼會想坐在我旁邊？」

麥克搖搖頭，不知道該怎麼回答。

李光耀也不以為意，「你會不會打籃球？」

麥克又搖搖頭，然後用眼角餘光偷瞄李光耀。他原以為李光耀會是那種又高又壯又黑的男生，結果本人跟他想像的差很多，沒有特別高，身材也不特別厚實，皮膚是小麥色，不怎麼黝黑。

麥克有點失望，如果李光耀的皮膚更黑一點，他會比較敢跟李光耀做朋友。不過還好有一點跟他想像的一樣，那就是李光耀非常喜歡籃球，這點從剛剛早自習時，全班都在看書，唯獨李光耀一直拿紙筆畫籃球戰術可以看得出來。

李光耀又問：「那你喜歡籃球嗎？」這次麥克點點頭。

「平常有在看籃球嗎？NBA？」李光耀問題接二連三地冒出來，「有喜歡的球員嗎？」

麥克伸出三根手指，李光耀疑惑，「三？是三號嗎？最近三號有名的……」

麥克搖搖頭，李光耀皺眉，「不是最近的？啊，是不是Allen Iverson？」

見麥克點頭，李光耀說：「我就知道，他真的是一個很不可思議的球員，可是他退休了，那你不就覺得很無聊？」

麥克又點頭，李光耀大笑：「哈哈，我就知道！那除了Iverson之外，你還有沒有喜歡別的球員？」

麥克伸出食指，李光耀想了想，「一號？該不會又是矮個子球員吧，如果是的話，我想一定是史上最年輕的MVP（最有價值球員），公牛隊的一號Derrick Rose（註三）對不對？但很可惜他在季後賽弄傷了膝蓋……」

李光耀拋出一個又一個問題，雖然麥克沒有開口，只用簡單的點頭搖頭或是手勢回應，李光耀卻樂此不疲。十分鐘的下課時間，很快就結束了，李光耀趁老師還沒進教室前，又問了麥克幾個問題。

「想不想打籃球，想，對不對？今天放學後有沒有事？」

麥克搖頭，李光耀興奮地邀請道：「那你來我家，我家有籃球場，我們一起打籃球好不好？」

麥克面露難色，李光耀拍拍他的肩膀，「怕家裡的人會罵你嗎？沒關係，我跟他們說，就這麼約定囉！」說完，不管麥克有多驚慌無措，李光耀把椅子拉回位子上坐好，不再出聲。

而在這短短的十分鐘下課時間，校長室內也有一場關鍵對談。

一進到校長室，魏逸凡就對葉育誠說：「校長，謝謝您！」

葉育誠擺擺手，指著沙發，「先坐再說。」

「昨晚，我跟媽媽聊了很多，她說她百分之百全力支持我打籃球。」

葉育誠遞了杯茶給魏逸凡，「我說過了，光北籃球隊的大門永遠為你敞開。」

然而，聽到這句話的魏逸凡不但沒有開心或感動的表情，眼神反而透露出掙扎與歉意，他鼓起勇氣，豁然站起，對葉育誠鞠了個躬，「校長，對不起！」

葉育誠愣了一下，似乎是猜到魏逸凡的想法，「坐下、坐下。」

但魏逸凡將身子躬得更低了，「校長，我跟媽媽都很謝謝您的幫忙，可是我覺得如果留在光北打球，對我未來的籃球生涯並沒有幫助。」

聽了魏逸凡的說詞，葉育誠仍是那句話，「坐下再說吧。」

替自己倒了杯茶，葉育誠啜了一口，緩緩說道：「我理解你的想法，榮新各方面的條件都遠遠優於光北，若能回到榮新打球，不管是現在或未來都可以得到更好、更長遠的發展機會。」

看魏逸凡欲開口說話，葉育誠擺手阻止他，「但我認為如果你就這麼回去榮新，你的格局也不過如此而已。在逆境中尋求突破，比在順境中成長來得更有價值。對你來說，或許回到榮新是最好的選擇，可是在我看來，你留在光北才是最正確的決定。

「你一定不相信我說的，我可以分析給你聽，你回到榮新，回到擁有一群實力跟你差不多的球員的球隊，你認為以你的實力在畢業前可以出頭嗎？假設可以，而且就算你成為榮新的主將，你認為在大部分球探的目光都被啟南高中的球員吸引之後，你可以在他們眼中脫穎而出嗎？可是如果你在光北，幫助球隊打進甲級聯賽，你受到的矚目一定會比你回到榮新要大的多。」

魏逸凡深吸一口氣，猶豫了一下後，鼓起勇氣小心翼翼地說：「可是，校長，我不覺得光北高中能夠打進甲級聯賽。」

葉育誠看著魏逸凡，然後大大地笑了，因為魏逸凡這句話又讓他想起了從前，「對不起，等我一下，哈哈哈、哈哈哈哈……」

魏逸凡不解自己剛剛到底說了什麼有趣的話，竟讓校長笑出淚來。

大概過了整整一分鐘，葉育誠才勉強忍住笑意，「對不起，我失態了。或許在你看來光北是一間沒實力的學校，可是很久很久以前，一樣被大家認為沒實力的光北高中，卻可以打敗啟南高中。」

看著魏逸凡瞪大雙眼，一臉不可置信的模樣，葉育誠緊接著說：「你不知道嗎？教練應該有提過吧，就算是啟南也曾經輸過，沒有人是永遠的贏家，也沒有人是永遠的輸家之類的打氣話？」

魏逸凡想了想，「教練曾說啟南被打敗過，但沒說是被光北高中打敗的。」

「當然不會說，就算說了，當時的你可能也沒聽過光北。」葉育誠笑著表示理解，「如果你執意要去榮新我不會阻止你，可是我覺得你目前還沒有這個資格回榮新。」

「為什麼？」

「你有沒有看過《灌籃高手》？」魏逸凡點頭，葉育誠繼續說：「好，你記不記得流川楓有一次去找安西教練，對教練說他想去美國打球，然後安西教練說什麼？」

「安西教練要他先成為縣內最強的選手再說。」說完，魏逸凡頓了一下，似乎想到什麼地看著葉育誠，「校長的意思是，光北高中有人比我還強？」

「下午打掃時間，籃球場。如果你輸了，就留在光北；贏了，隨你選擇。」

這時候，鐘聲響起，魏逸凡站起來，「好。」在籃球的世界裡，他有著屬於他的自信。

在魏逸凡打開門跨步離去之前，葉育誠補充道：「對了，剛剛坐在你對面跟你說話的人，就是當年打敗啟南高中的先發球員。」

★

下午打掃時間，跑了操場兩圈的李光耀在籃球場邊熱身、活動關節，然後似乎覺得需要有人幫忙，就把在場邊低垂著頭的麥克叫過來，「你幫我拉筋，拉我的手，對，就是這樣。」

李光耀配合呼吸，徹底暖身之後，拿起球走到球場上。

「麥克，我可以麻煩你幫我撿球嗎？」李光耀回頭，對麥克招手。

麥克很聽李光耀的話，馬上跑了過來，然後李光耀想了想，「麥克，你把雙手舉起來。」

李光耀看著麥克驚人的臂長，滿意地點點頭，「我還有一個很重要的任務交給你，你把雙手舉高，站在罰球線後面一點點的位置，好，不要動喔。」

李光耀拿著球，在三分線站定，雙膝彎曲，將重心放得很低，猛然一個運球衝向麥克。突來的動作雖然嚇到麥克，但他聽李光耀的話依然站得挺直，沒有移動，而李光耀踏出一步後馬上收球拔起，帶一步後仰跳投出手，且因麥克身高加手長的關係，還刻意將球的弧度拉得很高。

吭的一聲，球彈在籃框前緣沒有進，麥克很快把球撿回來拿給李光耀，後者馬上說：「再一球！」

一樣的進攻方式，一樣的防守者，一樣的角度，但結果卻不相同，這次球在空中劃出美妙的弧線，唰一聲空心入網。

「嗯，差不多了。」李光耀對站在場邊的葉育誠、吳定華，還有沈佩宜豎起大拇指，表示自己已經準備好了。

「逸凡，你準備好了嗎？」葉育誠對著在另一邊球場的罰球線上練投的魏逸凡喊道。

魏逸凡回頭，「好了！」

「好，我來宣布比賽規則。」吳定華清清喉嚨，「這場比賽先得十三分的人獲勝，在三分線內進球算兩分，三分線外算三分，甲方進球之後，乙方得到下一回合的球權，採取球權轉換制，犯規沒有罰球，但是被犯規者獲得球權。若是在甲方沒有進球的情況下，乙方搶得了球權，乙方需要雙腳跨過三分線後才可以進攻。這場比賽的裁判由我一人擔任，有其他問題嗎？」

李光耀與魏逸凡兩人都搖頭表示沒問題後，吳定華拿出哨子，掛在脖子上，「好，猜拳決定第一回合的球權。」

此時，場邊的葉育誠與沈佩宜交談起來。

葉育誠看著場上，「沈老師，妳怎麼也來了？」

沈佩宜雙眼同樣也盯著球場上的身影，「有點擔心麥克的情況，所以就跟著過來了。」

聽到麥克，葉育誠馬上關心地問：「麥克他還好嗎？」

沈佩宜悄聲答：「他確實是個需要特別關心的孩子，但目前的表現還算不錯。不過，讓我有點擔心的是，他似乎有點黏上李光耀了。」

葉育誠好奇問道：「黏上李光耀有什麼不好嗎？」

「我怕他被李光耀帶壞，跑去打籃球。」

葉育誠聽了哈哈大笑，「沈老師，感覺妳對喜歡打籃球的人有很大的偏見啊。」

沈佩宜推了推眼鏡，「不是偏見，是事實。在台灣，打籃球沒有未來。」

葉育誠露出一個深沉的微笑，「或許以你們這種高材生的角度看來，打籃球是沒有未來，但沈老師，妳有看過才國中生就不上學，整天抽菸吃檳榔，以為自己是大人，但實際上在大家眼中卻是社會敗類的那種小混混嗎？」

沈佩宜點頭，「有，這種人還不少。」

「妳覺得打籃球跟混街頭相比，哪一個比較好一點？」

沈佩宜有些不情願地回答：「打籃球好一點。」

「沈老師，我知道妳很反對學校組籃球隊這件事，所以我要藉今天這個機會，讓妳了解我這麼做的原因。」葉育誠表情略顯嚴肅，「很久很久之前，我曾經就是大家口中說的那種小混混。」

沈佩宜驚訝地看著校長，不敢置信。

葉育誠轉身指向籃球場上的李光耀繼續說：「至於妳很有意見的李光耀，是他的爸爸李明正救了我，讓我愛上籃球。如果我沒有遇到李明正，沒有接觸籃球，我絕對沒辦法成為校長。沈老師，我並不是什麼高材生，所以我的教育理念在妳聽起來或許很天真，甚至可笑，但我認為，教科書並不是教育的全部，有些在籃球場上可以學到的東西，是教科書裡找不到的。」

十分鐘後，比賽結束。

魏逸凡滿身大汗地走到葉育誠面前，「我記得光北有一個叫做楊真毅的人，我跟他打過球，實力還不錯。」說完便帶著挫敗的表情，大步離開。

「他跟你說什麼？」吳定華問。

「他說有一個叫做楊真毅的人實力還不錯。」

吳定華馬上拿起放在地上的名冊，仔細翻找幾次後，激動地說：「他並不在測驗名單中！」

「最後一次測驗是什麼時候？」

「今天。」

「我馬上找他過來。」葉育誠連忙拿起手機，撥了祕書的電話，「幫我找一位叫做楊真毅的學生來球場做測驗。」

掛上電話後，不久鐘聲響起，十五分鐘的打掃時間結束，沈佩宜對仍在球場上的李光耀與麥克吆喝，叫他們回教室上課，而這一節上體育課和參加測驗的學生們也陸陸續續地來到操場。

正當葉育誠與吳定華滿心期盼著楊真毅的到來時，球場上突然發生了一個意外的插曲。

「我為什麼不能參加測驗，不是說每一個人都可以報名？就因為我是女生嗎？」

看著協助幫忙的體育老師露出為難的表情，葉育誠跟吳定華快步上前去關心，「發生什麼事了？」

見到校長跟教練，體育老師鬆了一口氣，隨即向兩人抱怨道：「她說想參加測驗，可是一個女孩子不好好讀書，打什麼籃球啊？」

女學生一聽，立刻忿忿不平地說：「為什麼女生就不能打籃球？」

體育老師聲音也大了起來，「女孩子就是要……」

見兩個人又要爭執，葉育誠擺擺手，「好了，別吵了。謝老師，麻煩你去看看另一邊的球場，這裡就交給我。」

將體育老師支開後，葉育誠問：「妳叫什麼名字？」

女學生回答：「二年七班謝雅淑。」

「妳想參加測驗，加入籃球隊？」

謝雅淑用力地點點頭，「對。」語氣堅決。

「我當初確實沒有說女生不能參加籃球隊，但是我先說，進入籃球隊是要經過挑選的，如果妳沒被選上，並不是我們對妳有偏見，而是妳實力不夠。」

謝雅淑露出自信與倔強的表情，「這個我知道。」

這時，楊真毅在班導師的陪同下來到球場。

「校長，他就是楊真毅。」班導師說：「如果沒什麼事，我這節剛好有課，先離開了。」

葉育誠朝班導師點點頭後，便開門見山地說：「楊真毅同學，我請你來沒有特別的意思，只是籃球隊有位隊員向我推薦你，說你的球技很不錯。」

楊真毅微微嘆了口氣，「逸凡，是嗎？」

「沒錯，他剛剛正式成為籃球隊的一員。」葉育誠心想，魏逸凡推薦的球員，實力一定很強，刻意誇張地說道：「他極力向我們推薦你，說你實力堅強，一定要把你找進籃球隊。」

楊真毅皺了皺眉，「是嗎？可能是因為我曾經在國中聯賽跟他交手過吧，那時他們贏了二十分，不過我在他防守下得了不少分。」

「原來如此，難怪他對你印象深刻。」葉育誠打量楊真毅約一百八十五公分的身高，滿意地點點頭，「我們先安排你參加測驗。」

楊真毅卻嘆了一口氣，「校長，就算通過測驗，我也不能參加籃球隊，我已經高三了，我爸媽不會同意的。」

葉育誠馬上拍胸保證，「放心吧，你父母那裡我來溝通！」

楊真毅看著信心滿滿的校長，臉上沒有任何開心的表情，只是點點頭，「好吧。」

正當校長想帶楊真毅去測驗場地時，謝雅淑這時候拿著球走了過來，「你也來測驗？」楊真毅對著她點頭。

謝雅淑把球傳給楊真毅，對葉育誠說：「校長，您的眼光不錯，他很強。」

葉育誠看著楊真毅，微笑地點點頭，沒想到謝雅淑接下來的話卻讓他驚訝得下巴差點掉下來。

「可是，我比他更強！我會證明給您看。楊真毅，過來。」也不管楊真毅有沒有答應，謝雅淑轉頭就走向籃球場。

看著楊真毅跟了過去，葉育誠望向吳定華，一臉「現在怎麼辦」的表情。

吳定華肩一聳，「就讓他們打打看吧，一對一單打確實是看出球員實力最好的辦法。」

葉育誠無奈說：「也只能這樣了。」

謝雅淑跟楊真毅猜拳之後，由楊真毅獲得球權，洗完球後，楊真毅不囉嗦，直接向右切入，利用自己的身材優勢擠開謝雅淑，輕鬆地上籃取分。

看著楊真毅行雲流水的上籃姿勢，吳定華頻頻點頭，「動作十分流暢，而且他很聰明，懂得利用自己的身材優勢取分，是個用頭腦打球的球員。」

謝雅淑被輕鬆得分之後完全沒有氣餒的模樣，球權轉換，這回合輪到她進攻。

謝雅淑洗完球後馬上向右運球切入，卻被楊真毅看穿進攻路線，擋住右邊的空間，然而謝雅淑很快一個變向換手運球，稍稍甩開楊真毅，從左邊一路切到籃下，但楊真毅回防的速度也很快，計算好謝雅淑的腳步，大跨幾步就跟了上來。

謝雅淑彷彿沒注意到楊真毅的跟防，收球就要跨步上籃，右手拿球往上一伸。

楊真毅立刻跳起來想要蓋火鍋，卻因此中了謝雅淑的上籃假動作。

等楊真毅整個人飛過之後，謝雅淑輕鬆在籃下投籃，打板進球。

見到謝雅淑的動作，葉育誠跟吳定華眼睛為之一亮。葉育誠驚歎道：「我還以為這球一定會被蓋下來，那個假動作真是漂亮！」

吳定華點點頭，「她投籃的動作很順暢，一定常常練習。」

葉育誠補充，「運球也很好，剛剛那個換手運球做得很輕鬆。」

球權轉換，楊真毅手裡拿著球，看著謝雅淑的眼睛，運用自己的速度向左切入，謝雅淑很快向右後方退，然而楊真毅卻突然停了下來，收球拔起，急停跳投出手。

唰的一聲，球空心入網。

吳定華滿意地拍了拍手，「進得漂亮，他真的很聰明，知道對手怕他切入，這次改用跳投。」

葉育誠贊同道：「他的身體素質雖然比不上魏逸凡，但是打球真的很聰明。」

楊真毅這球進得輕鬆，讓謝雅淑有點不甘心，撿起球，馬上站到進攻位置洗球。

洗完球，謝雅淑主刻運球退到三分線外，沒有遲疑，直接拔起來出手，楊真毅撲上來的時候已經來不及，球在空中劃出彩虹般的弧線，唰的一聲，空心進籃。

謝雅淑的球技再次驚豔了葉育誠，「這球進得真是乾脆俐落。」

吳定華也大讚：「沒想到她這麼厲害，我剛剛還以為她在開玩笑，結果她的球技真的令人刮目相看。」

葉育誠微微嘆了口氣，「可惜她加入籃球隊頂多也只能跟著一起訓練，沒辦法上場參加比賽。」

吳定華雙手一攤，「這也是沒辦法的事。」

雙方實力相近，楊真毅憑藉著體型及速度上的優勢連連在籃下取分，加上偶爾的中距離攻勢，讓謝雅淑根本無法招架。

然而謝雅淑的外線比楊真毅更準，加上刁鑽的運球技巧與純熟的假動作，楊真毅也無法守住謝雅淑。

你來我往的局面一直持續到葉育誠與吳定華喊停為止。

葉育誠走進球場，帶著微笑對謝雅淑說：「妳打得很好，妳跟楊真毅都獲准加入籃球隊了，只不過有件事我要跟妳說明白，妳雖然是籃球隊的一員，可以參加籃球隊的訓練，但因為學校報名的是男子組的球賽，所以妳是沒辦法登錄為正式球員，更沒有辦法參加球賽的，這樣的話，妳還想加入籃球隊嗎？」

謝雅淑眼神閃過失望，但她沒有露出傷心的表情，「這個我明白，可是如果有友誼賽的話，可以讓我上場嗎？」

葉育誠跟吳定華對望一眼後，做出決定，「沒問題。」

謝雅淑興奮得幾乎要跳起來，「謝謝校長！」

葉育誠呵呵笑道：「不用謝，這是妳用自己的實力贏來的。」

一樣是加入籃球隊，楊真毅的反應就沒有謝雅淑來得興奮。葉育誠看著面無表情的楊真毅，知道他並不是不想參加籃球隊，而是家人的問題，葉育誠上前拍拍他的肩膀，「放心，交給我處理。」

楊真毅抹抹額頭上的汗水，點點頭，臉上卻是一副葉育誠一定沒辦法改變爸媽心意的模樣，「校長，我先回去上課了。」

待楊真毅走後，葉育誠馬上撥電話給祕書，「幫我查一下高三楊真毅同學的家長。」

出乎葉育誠意料的，祕書不到一分鐘就回撥了，當他正訝異於祕書的快速度時，接起電話的當下，他就明白為什麼了。

「校長，楊真毅的爸爸就是學校的家長會長，」祕書還貼心地為這個菜鳥校長說明家長會長的身分，「是台灣前十大營造公司的董事長。」

葉育誠瞬間石化。

★

放學時間一到，李光耀換上一身輕便的運動服，腳穿著慢跑鞋，站在麥克旁邊，一起等著麥克的爸爸。原因是，下午麥克說放學不能去李光耀家打球，但又說不出什麼原因，李光耀直覺猜想是麥克家人的關係，於是放學後就陪著麥克在校門口等他爸爸來接他。

約莫十分鐘後，一台 HONDA 小車停在他們面前，看到院長從駕駛座下車時，麥克馬上開心地大喊：

「爸爸！」

李光耀看著院長亞洲人的膚色及臉孔，大致猜想到麥克身世的特殊，但這並不是他在意的事。李光耀跟著麥克一起走向院長，「您好，我是麥克的同學，李光耀。」

院長露出大大的笑容，「麥克，你這麼快就交到朋友了啊，很好。李同學你好，我是麥克的爸爸，我叫李雲翔，叫我李叔叔就好了。」

「好，李叔叔。」李光耀也不再客套，直接說：「李叔叔，我今天跟麥克約打籃球，可是他怕您不同意，所以我決定親自來問您，可不可以讓他跟我一起打籃球？」

「打球很好啊，可是麥克他不會打籃球耶。」院長露出為難的表情。

李光耀笑著說：「沒關係，我跟我爸爸會教他！」

院長有點不明白，「你爸爸？」

李光耀點頭，「對啊，我家有籃球場，可以盡情地打球。」

家裡有籃球場？院長十分好奇，「你家在哪裡？」

李光耀說了地址後，院長點點頭，心想，原來是住在比較郊區的位置，難怪家裡可以有籃球場。

「這樣會不會太麻煩你了？」麥克第一天上學就交到朋友，院長當然很開心，也很樂於讓麥克打籃球，因為打籃球是一項很好的運動，又能多認識一些新朋友。

李光耀看了麥克一眼，信心滿滿地說：「不會啦，李叔叔您放心，我會讓麥克搖身一變，從不會打球變成全高中最炙手可熱的禁區球員！」

聽著李光耀發下的豪語，院長笑了，「真的嗎？麥克，你想打籃球嗎？」

麥克看著院長，微微點頭，小小聲地說：「想。」

院長更開心了，「好，那我載你們過去。」

李光耀連忙擺手，「李叔叔您先載麥克過去，我跑步回家就好。」

院長大吃一驚，「你要從學校跑步回家？天啊，那可有好長一段距離呢！」記得李光耀方才說的地址，離學校有點遠。

「對啊，我每天跑步上下學。」

院長吞了一口口水，「每天？」

「是啊。李叔叔，您找得到我家嗎？」

院長想了一下，「應該可以。」

「好，那晚一點見囉。」早已熱身完畢的李光耀，說完話後馬上邁開腳步出發。

前往李光耀家的路上，院長邊開著車邊跟麥克聊天，「麥克，爸爸真為你感到開心，來光北第一天就交到朋友了。」

在院長面前，麥克不那麼羞怯了，「李光耀人很好，而且他籃球很強。」

看到麥克的笑容，院長深深覺得讓麥克轉學到光北是正確的決定，「真的嗎？」

麥克激動又興奮地說：「真的，他今天跟一個比他高又比他壯的人打籃球，我以為他一定會被欺負，絕對打不贏，結果爸爸你知道嗎，他竟然輕輕鬆鬆就打敗對手了，而且他的動作完全不花俏，都是一些簡單的跳投，或是每個打籃球的人都會的上籃。不過，一樣的基本動作，他運用起來感覺就是不一樣，有種很特別的美感。另外啊，他的運球好厲害，好像球就是他身體的一部分！」

麥克生動的描述讓院長更為開心，他已經許久不曾見到麥克這麼快樂的模樣，「你想跟他一起打籃球嗎？」

麥克沒有遲疑地回道：「想。」

院長點點頭，「那你以後上學記得多帶一套運動服跟球鞋，放學後就跟他一起去打球，打完之後我直接去他家接你。」

麥克眼神閃過激動，「可以嗎？」

院長笑了笑，「當然可以。」

因為光北附近還有另外一所國中，此時正值放學時間，附近的道路都很壅塞，院長開了將近四十分鐘的車才來到李光耀家附近，停好車後，依門牌找到李光耀的家。

跟院長想像中有點不一樣的是，李光耀所說的籃球場，是真正畫了線，有兩個籃球架，籃球架上還裝有保護裝置的那種籃球場。

院長本來以為，李光耀家的籃球場，就只是在空地上放一個籃球架這麼簡單而已。

此時籃球場上已經有人在打球了，那個人看起來與李光耀有些神似，應該就是李光耀的父親吧，這家人對籃球還真不是普通的熱愛啊，院長心想。

雖然門是敞開的，但院長還是禮貌地按了門鈴。

正在打籃球的男人聽到門鈴聲，放下球走了過來，全身是汗，臉上帶著親切的笑容，「你好。」

院長微微點頭，「你好。」然後將麥克拉到李明正面前，「他是我的兒子麥克，是這樣的，光耀說要教麥克打籃球，給了我地址，讓我們先過來。冒昧來訪，真不好意思。」

「哦，原來是光耀的同學啊，快進來。」李明正轉身朝屋裡大喊：「寶貝老婆，有客人來了，幫我倒個飲料！」

院長連忙搖手，「不用這麼麻煩了。」

「不麻煩不麻煩。」李明正爽朗地笑著，然後注意到一旁低著頭的麥克，「你叫麥克是嗎，身材不錯喔。光耀說要教你打籃球，你有帶衣服跟鞋子來嗎？沒有，沒關係，等我一下，我這邊有多的。」

李明正很快地拿了衣服跟鞋子過來，「既然我兒子還沒回來，我來教也可以。麥克你去換衣服，換完我們就可以開始了。」

註三：Derrick Rose，中譯德瑞克．羅斯，綽號飆風玫瑰，招牌動作是充滿爆發力的切入跟大拉桿上籃，在二〇一〇—一一賽季以二十二歲的年紀成為 NBA 史上最年輕的 MVP，爆發力、速度驚人，不過在二〇一二年的季後賽不幸弄斷了左膝前十字韌帶，導致之後表現下滑，生涯目前效力過公牛、尼克、騎士。

第五章

放學後，除了一些在操場活動的學生和在辦公室改考卷的老師之外，留在學校的人寥寥無幾，然而此時校長室的燈依然亮著。

「翔鷹營造公司的董事長……」葉育誠還在等祕書傳來董事長的資料，覺得頭有點痛。

大約五分鐘後，祕書敲門走了進來，拿著幾張在網路上查到的關於翔鷹營造董事長的資料。

葉育誠拿過資料，「謝謝妳，時間不早了，妳趕快下班吧。」

聽到校長放人，祕書很開心，「謝謝校長，校長再見。」

葉育誠頭也沒抬，微微擺手，「再見。」

看著手上的資料，葉育誠喃喃自語：「楊翔鷹，嗯，名字可真夠霸氣的。就讀學校……什麼，光北高中！哪一屆的學生我看看……大我兩屆的學長。」其他資料葉育誠也無心再看，隨便翻翻後，便放下資料，撥了一通電話。

★

「你的身體素質真的非常好，不管是爆發力、彈跳力、身體協調性跟左右橫移的速度都很令人驚豔，可是你沒打過籃球，所以一切都要從基本動作開始學起。來，我先教你運球。」李明正讓麥克做了一些基本的體能測試後，丟了一顆球給他，「膝蓋蹲低，沒有運球的那隻手要保護球，一邊看我示範，一邊跟著做。對，就是這樣，不難吧……」

看著李明正與麥克的互動，院長頻頻點頭，李明正採取鼓勵誘導式的教法，親身示範加上適時的鼓勵，漸漸誘導出麥克對打籃球的興趣。

院長心想，麥克來這裡我也可以放心了。

這時，林美玉拿著手機從屋內走了出來，「老公，你的手機響半天了！」

「哦，好！」李明正讓麥克先休息一下，接了手機，「喂，葉混混，怎麼了？什麼，這種事還要我出馬？自己解決不就行了，定華之前可是跟我說過，你要帥裝酷些什麼『你是光北的校長』之類的。好吧，在哪裡？那我會晚一點到，離我家有點距離。」

電話一掛斷，李光耀剛好回到家，他走進籃球場，李明正啊哈一聲，「臭兒子，今天去哪裡偷懶了？」

李光耀正想開口反駁，李明正拍拍他的肩膀，「老爸現在有一件急事要去處理，沒辦法教麥克打球，你來接棒。」說完，李明正向院長點頭示意後，便跑進屋子裡，沖澡更衣，快速扒了一口親愛老婆做的飯菜，就匆匆開車出門了。

★

「葉校長，我不認為讓真毅打籃球是一件對他有幫助的事。」翔鷹營造公司董事長楊翔鷹摘下眼鏡，隔著一個大大的辦公桌，緩緩地對坐在沙發上的葉育誠跟吳定華說道：「如果你們只是因為這件事而來找我，可以請回了。」

葉育誠不願就此放棄，「楊先生，我覺得你該給真毅和光北一次機會。」

楊翔鷹似乎冷笑了一聲，「機會？」

葉育誠點頭，「沒錯，機會。我相信以光北現在的陣容，就算放在甲級聯賽也有一拚的實力！」

楊翔鷹重重嘆了口氣，「那只是你相信。總之，我對光北成立籃球隊沒意見，但我反對真毅參加籃球隊。」楊翔鷹直視葉育誠，補充了一句，「他不是那塊料。」

葉育誠深吸一口氣，「我認為真毅有那個實力。」

坐在一旁一直沒出聲的吳定華也開口了，「真毅打球很聰明，你如果看過他打球就會明白——」

楊翔鷹敲了幾下桌子，打斷吳定華的話，「校長、吳先生，我老實說了吧，我就只有真毅這個兒子，如果他現在是高一或高二我沒意見，可是在高三準備升大學這個重要的階段參加籃球隊，我不認為是個明智的決定。我這間翔鷹營造雖然不是什麼大企業，可是要接班也不是一兩年就能上手，我最近正考慮開始安排真毅熟悉公司的部分業務，你認為他可以在學業、家業跟籃球之間做出平衡嗎？」

葉育誠一時語塞。

楊翔鷹接著說：「校長，而且我不認為真毅喜歡打籃球，他房間裡沒有籃球，也看不到任何一張籃球的海報，甚至任何跟籃球有關的周邊商品都沒有。」

葉育誠搖搖頭，「你錯了，我今天看真毅在球場上打球的模樣，我可以感覺到他是個非常喜歡籃球的孩子。」

楊翔鷹笑了，「或許吧，我平時太忙，很少關心真毅，不夠了解他，但就算真毅不排斥籃球好了，可是校長，你說光北具有甲級聯賽的實力，但光北打得過啟南嗎？」

葉育誠再次為之語塞。

「再說了，一個剛成立的籃球隊想要馬上打進台灣高中籃球最高殿堂，這個玩笑可開得有點大。」葉育誠正打算反駁，但楊翔鷹不給他插話的機會，「我知道你要說什麼，確實，光北曾打敗過啟南，我記得是我畢業的一年後吧，那件事可是轟動整個高中籃壇，可惜，已經是二十幾年前的事了。

「你是光北的球隊教練吧，請你老實告訴我，如果現在光北對上啟南，有沒有機會贏？」楊翔鷹看著吳定華，語氣帶著一絲咄咄逼人。

「這……」吳定華無奈地嘆了口氣，「目前可能沒辦法，啟南真的很強。」

「那你們認為我為什麼要讓真毅浪費他高中最重要的時間，去加入一個不可能奪冠的籃球隊？」楊翔鷹這次毫不隱藏自己的不屑。

平常自認能言善道的葉育誠，此刻就像戰敗的公雞，被楊翔鷹打得節節敗退，半句話說不出口。而說話本就不是強項的吳定華，更是幫不上忙。

氣氛變得沉悶，楊翔鷹捏捏眉心，趁機下了逐客令，「對不起，我還有很多事情要忙，謝謝兩位的來訪，我替真毅感謝你們。」然後拿起話筒，就要打電話請人進來帶葉育誠跟吳定華離開時，突然，辦公室的門被狠狠地推開。

「嗯，我來晚了嗎？」李明正感受到辦公室裡不尋常的氣氛，朝葉育誠問道。

葉育誠嘆了口氣，點點頭。

「哦，早知道我就不來了，如果超速被拍照，你可要幫我付錢。」

楊翔鷹揮揮手，讓站在李明正身後一臉緊張的祕書先離開，「這位先生也是來說服我，讓我兒子參加籃球隊的嗎？」

「是啊。」李明正指著葉育誠，「他說你是大我們兩屆的學長，然後說你兒子實力不錯，希望我一起過來說服你。」說完，李明正用一種奇怪的眼神看著楊翔鷹。

楊翔鷹面露不耐，「我再次替真毅感謝你們這麼看重他，可是我不會讓真毅參加籃球隊的，你們請回吧！」

就在葉育誠頹然起身時，李明正走向到楊翔鷹的辦公桌前，雙手撐在桌上，身體微微往前傾，問道：「為什麼？」

楊翔鷹沒有被李明正的氣勢影響，身子朝椅背一靠，「原因我剛剛已經說明過了，請你問他們兩位。我還有事要忙，就不送你們出去了！」

「但你不也是很喜歡打籃球嗎？楊鷹揚學長。」李明正不解地問。聽到「楊鷹揚」這三個字，楊翔鷹的身體重重地震了一下，他不敢置信地看著李明正。

葉育誠趕緊上前悄聲道：「混蛋，楊會長的全名是楊翔鷹，不是什麼楊鷹揚！」

李明正皺眉看著楊翔鷹，「難道是我記錯了？」

楊翔鷹緩緩地嘆了口氣，「沒有，你沒記錯，我還沒改名前確實是叫楊鷹揚，沒想到你知道我？」

李明正看著楊翔鷹，笑了笑，「我剛剛一看到你就覺得很面熟，真是羨慕你，都過這麼久了，你臉上除了多些皺紋外，根本沒什麼變嘛，身材也保持得這麼好，還成了一家大公司的董事長，說，這些年在外面養幾個小三？」

在一旁的葉育誠聽到這些話緊張得都要冒出冷汗，但楊翔鷹卻一點生氣的表情都沒有，只是苦笑，「你還是跟以前一樣直接。」

葉育誠跟吳定華互看一眼，對楊翔鷹跟剛剛截然不同的反應感到不解，葉育誠問：「你們認識？」

李明正點點頭，「你記不記得我跟你說過，有一個大我們兩屆的學長打球很厲害，除了我之外，學校大概沒有人比他還強？那個學長就是他啊。可惜我們成立籃球隊時他已經畢業了，否則那場對啟南的比賽，我就不用打得那麼辛苦了。」

葉育誠努力地回想，卻怎麼也想不起來，「不太記得了。」

吳定華數落道：「你那時候連籃球都不會打，要記住這種事太難為你了！」

李明正笑嘻嘻地看著楊翔鷹，「基因果然是會遺傳的，你會打籃球的基因遺傳給你兒子，我也一樣。」

「你兒子？」楊翔鷹疑惑。

「對啊，他今年高一，已經加入光北籃球隊了。怎麼樣，讓你兒子也加入吧，由他們一起完成當初你我都沒能完成的事。」李明正順勢切入正題。

「什麼事？」楊翔鷹問。

李明正傾身看著楊翔鷹的雙眼，「拿下冠軍。」

看著李明正真誠的眼神，楊翔鷹剛剛對葉育誠和吳定華說過的話忽然說不出口。想起當初李明正力邀他參加籃球隊，可是籃球隊成立時他已經畢業了，所以光北對抗啟南那場比賽，他只能以一個觀眾的身分坐在場邊觀戰。

光北當時的奮戰精神、贏了啟南的感動與激動，至今仍深深烙印在他腦海裡，無法忘懷。當初大家歡聲雷動的模樣依然歷歷在目，唯一的遺憾就是他沒辦法成為光北籃球隊的一員，下場跟隊友們一起爭取榮耀。

時光荏苒，他心中對籃球的熱情慢慢地熄滅，工作的忙碌也讓他與籃球越來越疏遠，直到李明正這個當初他怎麼拚盡全力都沒辦法打贏的人再次出現眼前，年少時為籃球瘋狂的靈魂彷彿又回到他的身體裡，胸口感覺好像堵著什麼東西，讓他說不出話來。

「當年，我覺得很可惜的一件事，就是不能與你一起並肩作戰。答應我，不要讓這樣的遺憾再次發生在你跟我兒子身上！」李明正對楊翔鷹伸出右手，露出一個大大的笑容，「對了，我家有籃球場，如果想要再交手個幾場，隨時候教。」

當天晚上，楊真毅結束補習班的課程，拖著疲累的身體回到家，打開門之後訝異地發現客廳的燈居然亮著。

莫非是出國旅遊的媽媽提前回來了？楊真毅心想。

他換下鞋子，走進客廳，卻驚訝地看到，總是深夜才回家的爸爸，此時正坐在沙發上看著報紙。

「回來了。」楊翔鷹把報紙放在一旁，抬眼看著楊真毅。

「嗯。」楊真毅點頭。

「今天你們學校的校長來找過我，他說你籃球打得不錯，希望我答應讓你加入籃球隊。」楊翔鷹淡淡地說。

原本要走回房間的楊真毅一聽，身體微微震了一下，對籃球早已不抱任何希望的他停下腳步，準備接受一頓枯燥的說教。

然而楊翔鷹接下來的話卻出乎他的意料，「真毅，爸爸問你一句話，你老實告訴我，你喜不喜歡打籃球？」

楊真毅因為這個問題愣了一下。楊翔鷹看著楊真毅的表情，緩緩說：「老實說沒關係。」

「喜歡。」楊真毅低聲回答。

「想參加籃球隊嗎？」

楊真毅看著嚴厲的父親，咬緊牙根，語氣堅定，「想。」

楊翔鷹站起身來，看著在不知不覺間已經長得比自己還高的兒子，拍拍他的肩膀，「好，那就去吧。」

「爸？」

「你不是喜歡籃球，而且想參加籃球隊嗎？」楊翔鷹問。

「嗯。」楊真毅大力地點頭。

「那就去吧。」楊翔鷹坐回沙發，重新拿起報紙，「但是記得拿一座冠軍回來。」

楊真毅沉默了一下，緩緩地說：「爸，謝謝你。」

看著楊真毅走回房間的背影，似乎比印象中高大幾分，楊翔鷹露出一抹欣慰的笑意，「這隻小老鷹，什麼時候有這種寬闊的翅膀了。」

第六章

李光耀背著後背包，喘著大氣，額頭上的汗水不斷滴下來，雙腳用一種極有韻律感的節奏跑在路上。除非下雨，否則他每天一定都會進行慢跑訓練，以維持體力。

李光耀汗流浹背地在校門前停下來，門口的警衛伯伯朝他揮揮手，「今天比較早哦。」

李光耀用袖子抹去臉上的汗水，笑著回答：「對啊，今天比較早起。」他調整呼吸慢慢走進學校內，卻瞥見有個綁著馬尾的女生，滿身大汗，大口喘著氣，從校門另一側跑進學校。

警衛見了一樣向她打招呼，「早啊。」

謝雅淑緩下腳步，微微點了個頭，「伯伯早。」

李光耀第一次碰到跟他一樣跑步來上學的人，而且還是個漂亮的女生，他的視線就這麼停在謝雅淑身上，久久無法移開。

謝雅淑用掛在脖子上的毛巾擦了擦汗，「有沒有人跟你說過，一直盯著女生看是很沒禮貌的行為？」

李光耀回過神來，搔搔頭，有些不好意思，「對不起，我沒想到會有人跟我一樣跑步來上學。」

謝雅淑昂起頭，語帶驕傲，「我可是籃球隊的，當然要好好鍛鍊我的體力。」然後吐吐舌頭，模樣挺可愛，「好啦，其實我今天才開始跑步，你運氣不錯，我第一次跑步就被你遇到。」

李光耀有些驚訝，「妳是籃球隊的？」

謝雅淑雙手叉腰，「怎麼樣，女生就不能加入籃球隊嗎?告訴你，我可是很厲害的。」

李光耀連忙擺手，「我只是驚訝，沒有看不起妳的意思。」

「騙人，你一定是看不起我。哼，男生都一樣，覺得女生打球的實力就是不如男生。」謝雅淑瞇眼看著李光耀，「你會打球嗎？」

李光耀點點頭。

謝雅淑拿下脖子上的毛巾，「我剛好有帶球來，你現在跟我去球場，我會讓你知道女生打球也可以很強的。」

李光耀有些無奈地苦笑，他本來以為早一點到學校可以悠閒地吃個早餐，沒想到竟然遇到這種事。

「你愣著幹嘛，快點過來，難道你怕輸給一個女生？」

球場上，謝雅淑用一句「我是校隊」，大方地把首次進攻的球權讓給了李光耀。

洗完球，李光耀重心放低，向右一個試探步，謝雅淑以為李光耀要往自己的左邊切，馬上往左後方退去，結果卻好像自己讓開一個大空間給李光耀，讓他可以好整以暇地跳投出手。

唰！

謝雅淑看著李光耀乾脆俐落地進球，哼了一聲，「這球進得真漂亮，沒想到你也滿有實力的。」

被謝雅淑讚美，李光耀突然不知如何回應，只能連聲說道：「運氣好，運氣好。」

「下一球我要討回來，交換球權！」

謝雅淑拿著球在進攻位置站定後，向右做一個試探步，想依樣畫葫蘆用李光耀剛才的方式得分。然而李光耀卻不為所動，他重心壓低，雙眼緊盯著謝雅淑，讓謝雅淑感受到強大的壓迫感。

謝雅淑知道自己在身材上完全沒有優勢，運球退了幾步準備收球投籃。

李光耀看著謝雅淑的動作，馬上跟上前去準備封蓋。但謝雅淑的收球僅是假動作，她看準李光耀的重心往前傾，立刻往籃底下切，收球準備輕鬆上籃得分時，突然一個黑影飛了過來，啪一聲，球狠狠地被李光耀拍走。

「呼，差點就被妳騙了，假動作做得挺漂亮的嘛。」李光耀看著謝雅淑吃驚的表情，「好險我速度夠快，不然就被妳得分了。」

失去這一球，謝雅淑心有不甘，她大步跑到場外把球撿回來，不服輸地說：「再來！」

看著謝雅淑倔強的神情，李光耀臉上浮現一抹笑容，他蹲低身體，在謝雅淑開始運球時，整個人便貼上去壓迫防守。

謝雅淑很有經驗，她也跟著壓低身體，沒有運球的那隻手很好地保護住球，讓李光耀完全沒有抄球的機會，然後看準一個空隙，她向右切入。

不過李光耀就等這一刻，他快狠準地伸手從謝雅淑雙手之間穿過去將球拍掉，在球出界前撿起球，低頭往下瞄了一眼，發現自己正好站在三分線外，而謝雅淑並沒有上前防守，便毫不猶豫地出手投籃。

唰！

看著球空心入網，李光耀用手抹去汗水，「好了，不打了，我肚子餓了。」

謝雅淑轉頭，不服氣地說：「你想逃走嗎，別以為這樣就算贏我，現在才二比零！」

李光耀笑了笑，「放心吧，以後我們交手的機會還很多，因為我也是校隊。一年五班，李光耀。」李光耀拿起放在場邊的後背包，「不過呢，妳這輩子都別想贏我，就算妳是女生，在籃球的世界裡，只要妳是站在我敵對的一方，我絕對不會放水！」

在廁所擦乾身體，換好衣服，噴了一些體香劑在身上後，李光耀回到教室，在自己的位子上坐好，拿出早餐慢慢吃著。

瞥見王忠軍剛走進教室，李光耀轉頭打了聲招呼，「早。」

王忠軍用冷冷的眼神看著李光耀，算是回應。

對於王忠軍的態度李光耀早就習以為常，也不覺得生氣，他嚼著早餐，含糊不清地說：「如果你現在想要加入籃球隊，還是有機會唷。」

「我幹嘛加入一個沒有意義的籃球隊？」王忠軍語氣不屑，拿出吐司開始啃起來。

「明明就很喜歡打籃球，幹嘛嘴硬。」李光耀搖頭苦笑，這種人他還是第一次看到，「何苦這麼壓抑自己？」

「你又知道我很喜歡打籃球？」王忠軍冷笑。

「這不是很明顯嗎，打籃球是一件很好玩的事，可是練習就完全不一樣了，你三分球那麼準，一定是一直苦練才練出來的，如果對籃球沒有很多的熱情，是根本辦不到的。」李光耀喝了一口牛奶，繼續說道：「我那個三分球投得比你準的朋友就是這樣，整天就是在練三分球，練到我都覺得他瘋了，然後他對我說：『我對三分球，就是有一種要比任何一個人都準的執著。』」

聽到「比你準」三個字，王忠軍臉上閃過一絲怒容，「你不懂。」

李光耀笑了笑，「別誤會，我只是覺得，如果有你當我隊友，一定是一件很高興的事情而已。」

這時又有幾名同學走進教室，李光耀便沒有繼續說下去，而王忠軍也沉默下來。

不久後，麥克拖著疲憊的步伐走進來。

李光耀開心地對著麥克打招呼，「麥克，早啊。」

麥克抬眼靦腆地看著李光耀，小小聲地說：「早。」

「昨天感覺怎麼樣？」李光耀笑嘻嘻地問。

「很累，可是很開心。」經過昨天在李光耀家打籃球，又留下來吃晚餐的相處後，麥克對李光耀的心防漸漸打開。

「打籃球很好玩吧，那今天我教你上籃跟搶籃板球。」李光耀看著麥克像小孩一樣純真的表情，笑了。

麥克興奮地連連點頭，已經在期待放學。

在廁所換好衣服的謝雅淑，沒有馬上回到教室，而是來到體育室找教練吳定華。

吳定華對謝雅淑印象深刻，所以就算她穿著一身制服，長髮散落在肩膀兩側，氣質與當初在籃球場上簡直是判若兩人，吳定華仍一眼就認出她來，「雅淑同學，怎麼了嗎？」

「教練早，我想請問教練，籃球隊裡面是不是有一個叫做李光耀的人？」

吳定華點頭，「有啊，怎麼了？」

謝雅淑狐疑道：「他真的是一年級嗎？」

「是啊。」吳定華用疑惑的眼神看著她，「怎麼突然問起他？」

謝雅淑簡單地描述事情經過，「我今天早上在校門口遇到他，然後找他單挑，結果竟然被他慘電了。我一直以為光北除了魏逸凡之外，我是第二強的，沒想到竟然……」

吳定華看著謝雅淑，他欣賞她的直接不做作的個性，這點跟李明正父子很像。

「教練，李光耀跟魏逸凡誰比較強？」剛剛跟李光耀交手後，謝雅淑就一直很想問這個問題。當然，謝雅淑希望教練的答案會是魏逸凡，原因很簡單，李光耀才高一，她無法接受一個才高一的小毛頭就成為光北最強的人。

「妳覺得誰比較強？」吳定華反問，他完全可以感受到謝雅淑口氣裡對李光耀的濃濃敵意。

謝雅淑毫不考慮地說：「當然是魏逸凡！」

吳定華露出微笑，「如果想知道答案，妳可以直接去問魏逸凡，他們兩個交手過。」

謝雅淑一聽，什麼也沒說，轉身就跑走了。

吳定華不用猜也知道謝雅淑要去哪，他完全可以理解謝雅淑會有這種反應，因為他曾經也像謝雅淑一樣，不敢相信自己會被一個高一新生電爆。

二十多年前，當他還是個高二生時，深深為自己的球技自豪，某天看一個獨占球場練球的高一生不順眼，想用球技好好教訓這個學弟，沒想到反被教訓。

他永遠忘不了那一天，自認快如閃電的切入每一次都被擋下來，而那個小毛孩學弟每一次進球卻都只是外線跳投。學弟速度不快，跳得也不怎麼高，最複雜的動作僅是帶一步跳投，重點是，吳定華知道學弟完全沒有使出全力，實力的差距讓他無法置信。

拿起整理好的資料，吳定華跨步走向校長室，因為謝雅淑而想起往事的他嘴角掛著笑，「這個混帳東西……」

謝雅淑離開體育室後，便直奔魏逸凡班上，見魏逸凡正懶洋洋地趴在桌上，她一個箭步來到魏逸凡旁邊，「魏逸凡，我問你，你之前是不是有跟一個叫做李光耀的學弟交手過？」

一聽到「李光耀」這三個字，魏逸凡睡意全消，「幹嘛？」

「我本來以為除了你之外，光北沒有人可以打敗我，可是今天早上我遇到李光耀……」

「然後呢？」魏逸凡不用問也猜得到結果。

「然後我突然覺得，原來我的球技也不過這樣而已。」看著一向對球技自信滿滿的謝雅淑，此刻有些垂頭喪氣的模樣，魏逸凡不禁笑了出來。

「教練說你跟李光耀交手過，結果呢？」謝雅淑很想知道答案。

魏逸凡收起臉上的笑容，「在我下定決心要繼續打籃球後，我告訴校長說我想回榮新打球，校長卻說我沒有資格回去，因為我在光北還不是最強的球員。我不信，然後校長就找了李光耀跟我打了一場。」

「結果呢？」謝雅淑心急地問。

「結果就是，我選擇留在光北。」

聽見這個答案，謝雅淑陷入短暫的沉默。

「我會是先擊敗李光耀的人。」在離開之前，謝雅淑留下這句話。

看著謝雅淑的背影，魏逸凡嚴肅地說：「不，那個人會是我！」

自從上次輸給李光耀後，他已經連續幾天晚上都到公園練投五百球，除了找回當初的球感之外，更是為了要擊敗李光耀。

★

「丙級聯賽，一個月後開打。」吳定華將資料攤在葉育誠的辦公桌上，「我想就算只靠光耀跟逸凡兩個人，我們在乙級聯賽還是有一定的競爭力，但這不是長久之計，即便把真毅也算上，內線仍舊是一大問題，麥克就別提了，他根本不會打球。」

葉育誠皺眉看著吳定華，吳定華無奈地說：「好好好，把麥克加上，但先發陣容也只有四個人，如果隨便找個人來補，就算真的有機會打到甲級聯賽，也只有吃屎的份！」

吳定華說完便頹然地坐在椅子上，模樣有些洩氣，「然後還有練球的時間、場地問題，這些都需要協調。」

葉育誠點起一根菸，表情有些沉重。他知道吳定華說的是對的，成立籃球隊本來就不是一件容易的事，更何況還想拿下甲級聯賽冠軍，困難度實在難以想像。

尤其，現今高中籃壇有著一個無法撼動的王者，啟南高中。

「除了這四個人之外，其他人的狀況怎麼樣？」葉育誠緩緩吐出一口煙，灰藍色的煙霧在空中緩緩散開。

「我另外選了七個人，他們都有通過測驗，資質潛力也不錯，但目前的實力只有當替補球員的資格。」

「找個時間集合全部的人讓我看看，十一個人，夠了。先撐過丙級聯賽吧，目前也只能這樣了。」葉育誠揉了揉額角。

吳定華嘆了口氣，站起身，轉頭離去。

望著吳定華離去的背影，葉育誠將菸頭捻熄，他當然知道成立籃球隊不是一件容易的事，目前遇到的困境也早在他的預料之內。可是，這個困境關係到他們的成敗與否，球員是球隊的根本，而依吳定華所描述的球員狀況來看，現在他們的實力並不足以在甲級聯賽的層級立足。

葉育誠下意識地就要打給某個混蛋，然而電話卻提前一步響起，讓他嚇了一跳。

葉育誠很快地穩定情緒，接起電話，語氣馬上拔高八度，「什麼，跟東台高中的友誼賽？」

一個小時後，葉育誠的辦公室裡坐著五個人，葉育誠、吳定華、李明正，還有東台高中的總教練沈國儀、助理教練劉嘉華。

葉育誠熟稔地泡著茶，吳定華忙著張羅茶點，李明正則跟沈國儀、劉嘉華聊得笑聲四起。

「沒想到你竟然被挖角到東台高中了，恭喜。」李明正對劉嘉華說道。

劉嘉華擺擺手，「那是沾了你的光，東台高中原本想挖角的人是你，但你一聲不吭就離開台東，所以也只能勉為其難地找我了。」

有著深邃的臉孔，黝黑的皮膚，自信陽光的笑容，總讓人誤以為是原住民的沈國儀哈哈大笑，拍了拍劉嘉華的肩，「我們一開始的目標確實是李明正沒錯，但是你後來也幫了我們不少忙，別妄自菲薄。」

「謝謝你們願意過來，光北才剛成立籃球隊，非常需要這場練習賽。」李明正說。

沈國儀又是一陣爽朗的笑聲，「別這麼說，我們這一趟主要的目的是跟榮新高中打練習賽，來光北只是順便看看我們助理教練推崇至極的李光耀有多強而已。」

李明正勾起一抹微笑，「那你可就要失望了，這場練習賽，我會要光耀盡量不要出手，就算出手也只能在三分線外。」

沈國儀皺眉，疑惑道：「為什麼？」

李明正笑了笑，「如果他一直出手，這場比賽就沒什麼意義了，籃球是團隊運動，這場比賽只是為了要看其他球員在場上的表現而已。」

沈國儀有些懷疑，「他真的有那麼強？」

李明正露出一抹深沉的笑容，並沒有回答沈國儀的問題，反倒是劉嘉華開口了，「如果當時光耀也跟其他四名東台國中的先發球員一起加入球隊的話，最快高二，我們東台高中將擁有足夠對抗啟南高中的實力！」

劉嘉華說的話，其他學校的教練聽了可能會嗤之以鼻，但沈國儀見識過那四名東台球員的實力，對劉嘉華的話沒有絲毫懷疑，反倒對李光耀的球技更好奇了。

「那四名新生打起球來，默契佳，跑位快，又能分工合作，除了對抗性比較不夠之外，幾乎無可挑剔，明年一、二月聯賽開打之後，他們絕對會是一支嚇死人的板凳暴徒。」想起那四名球員，沈國儀樂得哈哈大笑，然後想到一個不錯的提議。

「我突然有個不錯的點子，不如我就派那四名球員配合另外幾個板凳球員上場，怎麼樣？」

「東台是你的球隊，你要怎麼安排都可以。」李明正笑道。

沈國儀望向葉育誠，「葉校長，我們這個星期都會待在南部，決定好練習賽的日期馬上跟我說，我們完全配合。」

葉育誠點點頭，眼神犀利地說：「沒問題。」

因為沈國儀跟劉嘉華還要趕到榮新高中，所以喝了幾杯茶，沒待太久就離開了。

「混帳東西，竟然這麼小看光北。」送走沈國儀兩人後，葉育誠臉色鐵青。

吳定華說：「這也是沒辦法的事，他們再怎麼說也是支有歷史的球隊，還曾經在甲級聯賽拿下不錯的成績。」

李明正卻搖搖頭，持相反意見，「你們錯了，他並沒有小看光北。」

葉育誠看向李明正，「怎麼說？」

李明正露出一個頑皮又自信的笑容，「因為他們說的那四名球員，是我親手教出來的，實力非常強！」

★

下午打掃時間，吳定華臨時召集入選籃球隊的十一名隊員，向他們宣布了即將跟東台高中進行友誼賽的事。

聽到這個消息，每個球員的反應都不一樣。李光耀非常興奮，因為他知道可以見到之前的好夥伴。同樣興奮的還有謝雅淑，因為校長之前曾答應她，可以讓她在友誼賽上場。楊真毅與魏逸凡則沒什麼特別的反應，魏逸凡在高一榮新時期就曾經跟東台交手過，覺得沒什麼大不了；楊真毅則認為這只是一場友誼賽，輕鬆看待即可。

沒聽過東台高中，甚至不知道自己入選籃球隊的麥克則站在李光耀身後，有些不知所措。其他六個人則是面面相覷，有人表情激動，想要利用這場比賽證明自己的實力，讓自己站穩先發，有人露出害怕的表情，不知道自己應不應付得了甲級聯賽隊伍的實力，有人則做起在比賽中帥氣上籃，引起場邊女生尖叫的美夢。

「先發陣容我跟校長討論完之後，最快明天就會公布，而友誼賽也會在這個星期舉辦。這幾天別因為太興奮而把自己弄受傷了。」吳定華說完便叫大夥解散，不過有幾個人卻留了下來。

「教練，校長之前答應過我可以在友誼賽上場，這件事你還記得吧？」謝雅淑表情激動地看著吳定華。

吳定華突然覺得自己的頭有點痛，「我記得。」

謝雅淑雙眼冒著鬥志滿滿的火光，「教練，放心，我絕對不會讓你失望的。」

謝雅淑歡天喜地地離開之後，輪到李光耀，「教練，你知道這次東台高中友誼賽的出賽名單嗎？」

吳定華問：「怎麼了？」

李光耀表情滿是期待，「因為我有幾個朋友在東台高中打校隊，想確定他們這次會不會來。」

吳定華直接回答李光耀，「有，他們有來，而且這場友誼賽他們四個人會先發上陣。」

李光耀變得激動，「真的嗎？教練你怎麼知道？」

吳定華笑著說：「剛剛東台高中的總教練跟助理教練來學校討論友誼賽的細節時提到的。」

聽到昔日隊友會參賽，李光耀眼神散發出一股銳氣，強烈的氣勢，「謝謝教練。」

感受到李光耀強烈的氣勢，吳定華心想，光是知道要面對強敵，渾身就會散發出可怕壓迫感，這點跟明正實在太像了！

看著李光耀離開的背影，吳定華緊抿著唇，不能全力出手這件事，就留給明正去說吧……

麥克等到李光耀跟教練談完話後，才跟在李光耀後面一起回教室。

路上，麥克扯了扯李光耀的衣角，怯怯地問：「我也要打那個友誼賽嗎？」

看著麥克畏縮的表情，李光耀問：「怎麼，你不想打？」

麥克搖搖頭，低垂著目光，不敢跟此刻眼神炙熱的李光耀對眼，「我……我……我會怕。」

李光耀疑惑道：「怕什麼？」

麥克低著頭，一語不發。

「這幾天在我家加強練習就是了。放心，有我在。」李光耀笑著拍拍麥克的手臂，便快步往教室走去。

聽到「有我在」三個字，彷彿溺水的人攀到浮木般，麥克看著李光耀的背影，雖然比自己矮了點，此刻卻讓麥克覺得特別寬大厚實。

回到教室後，李光耀並沒有馬上回到自己的座位，而是走到王忠軍面前，「我之前說過比你準的射手，這星期會來光北進行一場友誼賽，如果你認為我在騙你，可以過來看看，用自己的雙眼見證他的實力。」

王忠軍放下手裡的書，冷冷地看著李光耀。

李光耀繼續說道：「沒有特別的意思，我只是認為看了這場比賽，說不定你就會想要加入籃球隊。」

「你為什麼一直希望我加入籃球隊？」

「因為我覺得你是一個非常值得依靠的射手。」

王忠軍看著李光耀真誠的眼神，心裡好像有什麼東西被觸動了，他淡淡地說：「好，如果光北這次在友誼賽裡贏了東台，我就考慮加入籃球隊。」

李光耀露出大大的笑容，「只要贏東台就好了嗎?好，一言為定。」

★

放學後，李光耀跟麥克換上運動服，穿上慢跑鞋，互相幫忙熱身拉筋。

「等一下如果跟不上，記得要說。」李光耀提醒麥克，然後比起大拇指，「準備好了嗎？」

麥克點頭，便跟著李光耀邁開腳步，開始了這段十公里的路程。

一開始李光耀怕麥克跟不上，所以故意跑慢一點，跑了大約三公里之後，發現麥克呼吸很均勻，就調回原來的速度。

在李光耀加快速度後過了兩公里，麥克呼吸開始變得急促，因流汗而濕透的上衣整個貼在身上，大小腿開始痠痛，好像綁了十公斤的鉛塊一樣，每邁開腳步都耗盡力氣，額頭上的汗怎麼擦都擦不完。

李光耀發現麥克漸漸有點跟不上，便放慢腳步，回頭鼓勵麥克，「不錯嘛，我跑得比平常還快一點，沒想到你跟得上，體力很好喔，加油，剩一半的路程而已。」

麥克臉色一變，心想都跑這麼久了，竟然只跑了一半？李光耀竟然可以每天這樣跑步上下學，實在太厲害了。

雖然麥克平常會陪院長到附近的河堤慢跑，但是慢跑的速度跟距離都與李光耀現在進行訓練無法相比。此時，麥克的體力已經接近透支，全憑一股意志力跟在李光耀後面。

知道麥克快撐不下去，李光耀速度放慢得幾乎跟快走沒兩樣。他邊走邊鼓勵麥克。

「麥克加油，快到了！」

「麥克，對自己說我可以，就快到了，拐一個彎就到了。」

「好了，有沒有看到我家，院長的車就停在那裡。好，最後一百公尺，加速一些些。」

李光耀推開家門，一路跑到籃球場，球場旁邊放著李明正早就為他們兩個人準備好的水。

李光耀兩手各拿起一瓶水，遞給已經癱軟在籃球場上的麥克，「第一次可以跑完十公里，麥克，你該為自己感到驕傲。」

麥克拿到水，馬上大口咕嚕咕嚕地喝下去，一股暢快感稍稍沖散全身上下傳來的疲累。

李光耀喝了幾口水，放下後背包，換上籃球鞋，從籃球架旁的籃子裡拿出籃球，「麥克，你先休息一下，等你覺得休息夠了再過來。」

李光耀走到早在另一邊球場等待的李明正身旁，興奮地說：「爸，你知道嗎，東台高中要來跟我們打友誼賽耶！」

出乎李光耀意料的，李明正的表情很淡定，「我知道，東台的兩位教練拜訪你們校長的時候我也在。」

李光耀吃了一驚，「你也在？」

李明正點點頭，露出了惡作劇的笑容，「然後我跟他們達成了一個協議。」

李光耀疑惑，「什麼協議？」

「就是你在這場比賽中只能在三分線外出手。」

李光耀啊了一聲，顯得非常失望，「為什麼？」

「光耀，我問你，光北成立籃球隊到現在，你有跟隊員們一起練球或比賽過嗎？」

李光耀似乎明白李明正的意思，搖搖頭，「沒有。」

「那你一定不了解隊友們打球的習慣，還有每個人的位置與能力，而這場比賽不就是讓你觀察他們最好的機會嗎？」

李光耀聳聳肩，「說的也是。好吧，我懂了。」

「懂就好，來練球，今天的基本項目，罰球三百顆，從底線繞到罰球線的 catch and shoot（註四）兩百顆，然後練習運球半個小時。」

李光耀點頭，拿著球走到罰球線，「老爸，除了不能在三分線以內的地方出手之外，應該就沒有其他奇怪的協議了吧？」

李明正說：「沒有。」

「好，我知道了。」李光耀開始專心練習罰球。

剛剛一聽到只能在三分線外出手，李光耀一開始有些訝異，但是完全沒有氣餒，一丁點都沒有，因為籃球這項運動有趣的地方就在於，除了得分之外，還有很多種方式可以影響比賽的勝負。

★

晚上七點，河濱公園的籃球場上，兩個身影揮灑著汗水。

楊真毅運著球，魏逸凡貼身防守。

楊真毅利用換手運球想擺脫魏逸凡，但後者卻緊緊貼著他，讓楊真毅感受到極大的壓迫感。

一邊要掌控住球，一邊要抵抗魏逸凡充滿肌肉的碰撞，楊真毅喘著粗氣，速度慢了下來，然後一個轉身的動作，球沒控制好，從手裡滑了出去。

魏逸凡撿起球，走到球場中線，攻守交換，楊真毅貼上魏逸凡。

東台高中球風以強悍聞名，常常施展人盯人的全場壓迫性防守，而他們兩人現在練習的就是對抗壓迫性防守的方法。

這種練習方式非常累人，持球者要不斷變換節奏來擺脫防守者，快慢交錯會打亂呼吸，所以體力不好的球員，很容易在壓迫性防守崩潰。

除此之外，因為防守方會不斷試著抄球，非常考驗持球者運球與保護球的能力；再者就是身體的對抗性，在壓迫性防守下持球者會跟防守者有很多身體上的接觸，持球者要頂住防守者的侵擾，等於在做著非常耗體力的無氧運動。

因此魏逸凡與楊真毅才練習半個小時就氣喘吁吁，可是這個練習越是累，練起來越有效果。

魏逸凡在榮新時曾經跟東台交手過，知道東台高中很喜歡突然用全場壓迫性防守讓對手亂了陣腳，然後在對手連連失誤下快攻取分，所以這個練習，越是在疲累的情況下練習，越有意義。

一個小時後，兩個人結束針對壓迫性防守的練習，在場邊坐著休息。

「逸凡，你之前跟東台高中交手過嗎？」楊真毅擦了擦汗。

「有，他們球風快，喜歡利用三分線及小球攻勢取分，球員很喜歡抄截，而且動作很快，所以東台高中每年的抄截都是甲級聯賽最多的。不過也因為這樣，他們整體的防守並不算優秀，內線也沒有好的長人，如果三分攻勢沒有打開，東台高中常常因為籃板球的劣勢輸球。」

「嗯，所以要贏東台高中，第一件事就是封鎖他們的外線攻勢，然後鞏固好籃板球。」

「沒錯。」

兩個人沉默了一下，楊真毅喝了口水，「逸凡，你覺得我們贏得了嗎？」

魏逸凡沉重地搖搖頭，「很難，我們身高上沒有優勢，籃板球搶不贏，而且我們隊上沒有控球後衛，加上球隊根本沒有一起練習過，到時候打起來一定一團亂。」

兩個人再度沉默了。

「我們接下來練什麼？」楊真毅高舉雙手伸展了一下。

「帶一步跳投。東台對自己的體能很有信心，所以半場防守也常常選擇一對一盯人，加上他們一定覺得我們實力很弱，我猜他們會利用一對一防守造成我們的失誤，製造快攻機會。」魏逸凡一邊說，雙手一邊比劃，「在這種情況下你跟我配合，不管誰拿到球馬上幫對方單擋掩護，東台的交換防守（Switch）比較弱，所以到時候一定會有空檔出手外線的機會，在這種情況下帶一步跳投的能力就很關鍵。」

「好。」

兩個大男孩同時起身，雖然明白跟東台的友誼賽幾乎可以說完全沒有贏的希望，但他們的眼神跟表情都顯示著，他們不想認輸！

楊真毅拿著球，突然想起，「對了，逸凡，那個李光耀真的很強嗎?最近謝雅淑一直提起他。」

魏逸凡身體明顯地頓了一下，「如果打友誼賽那天他的表現沒有失常的話，我們有希望可以贏東台。」

同樣的時間，附近一處大公園裡的籃球場上，一名國中生撿起在地上彈跳的球，很快地傳給謝雅淑。

「哇！大姐頭好厲害，又進了，連續進五顆三分球了。」

謝雅淑接到球，得意地說：「那當然，我可是大姐頭。」說完，走到左邊底角，將球投出。

唰！

國中生撿球、傳球，然後問：「大姐頭，妳今天怎麼一直練三分線啊？」

「我們這個星期要跟東台高中打友誼賽，我雖然很厲害，但東台的防守很強，我怕要切入禁區取分沒那麼簡單，所以今天加強練習三分線。」

「大姐頭太強了，竟然要跟東台高中比賽。」國中生用羨慕跟崇拜的眼神看著謝雅淑。

謝雅淑卻哼了一聲，「跟他們比賽一點都不強，打贏他們才算厲害！」

聽了謝雅淑的話，國中生眼神炯炯，「大姐頭，妳一定打得贏！」

謝雅淑豪邁地說：「當然，我可是將來要成為第一個打進 WNBA 的台灣人，怎麼可能輸給一個小小的東台高中。」接到球，出手投籃。唰！

「嗯，今天手感真不錯，那就多練幾球！」謝雅淑對國中生說：「我今天會練比較晚，如果你要回家讀書，就先走吧。」

國中生使勁搖頭，「我才不要，這樣以後大姐頭打進 WNBA 時，我就可以跟我的朋友們炫耀說，因為有我幫大姐頭撿球，讓她練球更有效率，她才能順利打進 WNBA！」

謝雅淑大笑，「好，那你等一下可不要嚷嚷說想回家。」

國中生拍拍胸口，「當然！」

★

星期三下午掃地時間，籃球隊員們集合在操場上。

「各位隊員，相信你們跟我一樣，都非常期待這星期與東台高中的友誼賽。稍早，友誼賽的日期已經決定了，就在星期五放學後，地點是操場中央的籃球場。先發名單我跟教練已經有初步的共識，今天放學前會公布。這幾天我相信你們一定會加倍練習，但是請注意，別在友誼賽前讓自己受傷了。」

簡單宣布完友誼賽的事情後，葉育誠便把場面交給吳定華，轉身離去。

身為校長，事情多如牛毛，他最關心的籃球隊事務常常只能交給吳定華去處理。

「大家都聽到校長剛剛說的話了，這幾天注意身體，別在友誼賽前受傷了。好了，時間也差不多了，回去上課吧。」吳定華看看手錶，很快便解散了籃球隊。

魏逸凡、謝雅淑跟楊真毅走在一塊，謝雅淑側過頭問道：「是我的錯覺嗎，我怎麼覺得教練完全沒有要在友誼賽前讓大家一起練習的感覺？」

楊真毅想了想，「應該是故意的。」

謝雅淑皺起眉頭，「故意的？」

魏逸凡點頭，同意楊真毅的說法，「我也這麼覺得，以我們目前的實力，可能連東台的二軍都贏不了，更別提東台的一軍了，這種情況下不管做什麼都是困獸之鬥，但我想校長跟教練就是要看我們在這種情況下會有什麼表現。簡單來說，我覺得這場友誼賽是籃球隊測驗的最後一關，測驗的是球員的心理素質。」

楊真毅覺得魏逸凡的分析很有道理，「心理層面是一個不可忽視的重要因素，透過這場友誼賽觀察球員的心理素質，徹底摸清楚球員之後，教練才更能掌握每個球員的特質。在還不了解球員之前，如果只是為了一場友誼賽而亂練一通，肯定不會有什麼效果。」

魏逸凡附和道：「沒錯。」

「我懂你們的意思，但什麼都不做感覺有點差。」謝雅淑看著楊真毅和魏逸凡，「不然在比賽前，我們三個一起練球吧？」

楊真毅跟魏逸凡對望一眼，沒說話。

謝雅淑擋在兩人面前，「這兩天我都自己一個人練球，很沒效率，但我又不想找比我弱的人練球，這樣更沒有效果。」

看著謝雅淑眼神發亮，魏逸凡又看了楊真毅一眼，然後點頭說：「好，可是我先說，我跟真毅練球的時候，動作很粗暴喔。」

謝雅淑翻了個白眼，「難道你在比賽的時候，會期望對手手下留情嗎？」

★

「對，麥克，就是這樣，把我擠在外面！」

李明正跟麥克互相推擠著，在籃下盯著球彈跳的方向，兩個人幾乎同時跳起，但因為麥克死死地卡住李明正，搶到了非常好的位置，輕輕鬆鬆就拿到了這個籃板球。

「麥克，拿到籃板球之後也不能放鬆，先保護好球，看清楚之後再傳球。處理球別著急，身體壓低，用雙手跟身體保護好球。」

李明正雙手張開，干擾著麥克，麥克利用身材的優勢保護著球，然後高舉球，將球高高地傳給在三分線外的李光耀。

「麥克，雖然高吊傳球對你來說很好用，但你要記得，這種傳球方式比起胸前傳球跟地板傳球，球在空中停留的時間比較久，會增加被抄球的風險，所以傳球之前要看好，知道嗎？」

麥克滿身大汗，輕輕地點點頭。

李明正滿意地看著麥克，麥克的學習速度快得嚇人，很多事情一點就通。雖然基本動作還有很大的進步空間，但是麥克很多觀念都非常正確，李明正心想，或許是麥克常看 NBA 比賽的關係。

教導麥克、每天看著麥克的成長，讓李明正獲得了十足的滿足跟成就感。

「光耀，再來！」李明正背對著李光耀大喊，然後馬上跟麥克在籃下推擠碰撞，互相卡位，只為了搶奪比較有利的位置。

晚上十點，李光耀洗完澡，頭上罩著毛巾從浴室走出來。他隨手拿起桌上打好的香蕉蘋果牛奶，走到客廳，正坐下來準備觀看之前錄好的美國 NCAA 杜克大學對決堪薩斯大學的比賽時，鈴鈴鈴、鈴鈴鈴，電話響了。

李光耀嘖了一聲，喝了一大口香蕉蘋果牛奶後，接起電話，嘴裡含著牛奶，仰起頭含糊不清地說：「喂，你好？」然後快速地將牛奶吞下。

「臭屁自信過剩腦殘白目死厚臉皮李光耀，好久不見。」

電話另一頭傳來熟悉的聲音，李光耀驚喜道：「小旭？」

「是我，有嚇到嗎？」

李光耀開心地說：「有一點，你怎麼會打來？」

好一陣子沒聯絡的兩人熱絡地聊著，東拉西扯瞎聊了將近十分鐘，期間還有之前東台國中的隊友不斷在一旁插話，讓這短短十分鐘的聊天充滿歡笑，不過突然間，因為小旭的幾句話，電話兩邊的氣氛突然間多了一股煙硝味。

「剛剛集合的時候，教練說了你們的先發名單，然後對我們說，星期五的友誼賽，如果比賽結束時分數沒有慘電你們五十分，回去就要我們好看。」

李光耀沉默了幾秒鐘，嘴角勾起一抹有趣的笑容，「那就放馬過來！」

小旭爆出大笑，「我就知道你會這麼說。」

「對了，小旭，有件事我要拜託你，我有一個同班同學三分線非常準，雖然跟你比起來還差了一點，但我相信他會是一個值得信賴的射手。可是他死不肯加入籃球隊，所以我跟他約定好了，他那天會過來看球賽……」

李光耀話還沒說完，小旭就打斷道：「我幹嘛幫你?我們現在是敵人耶。」

兩人沉默了一下，隨即又爆出大笑，李光耀笑罵：「白目！」

小旭正經下來，「好啦，你要我怎麼幫？」

李光耀語氣堅定，「全力出手，毫不留情地出手，他看到你的表現之後，或許就會改變心意。我看得出來他很喜歡打籃球。」

小旭笑道：「你放心，就算你不說，我也一定會全力出手的，畢竟能夠電你的機會可不多。」

李光耀取下頭上的毛巾，「儘管放馬過來！還有，叫阿凱小心一點，星期五的比賽，我不會讓他好過。」

電話那頭傳來一陣吵雜聲，然後一個低沉的聲音大喊：「我也不會讓你好過！」

李光耀大笑，「星期五球場見。」

註四：catch and shoot，籃球術語，意指接到球馬上出手投籃。

第七章

星期五友誼賽當天，在學校及老師的宣傳下，一到放學時間，大部分學生都往操場的中央籃球場聚集，準備觀看這場比賽。

此時在球場上進行熱身的光北球員，每個人面對這場比賽的情緒都不相同，麥克因為太緊張而全身緊繃，謝雅淑則興奮得活蹦亂跳，楊真毅和魏逸凡沒什麼情緒起伏，保持著平常心。

光北高中的球員身穿五顏六色的球衣，不僅顏色不同，連樣式、品牌都不一樣。

這場友誼賽決定得太倉促，光北根本來不及製作球隊專屬的球衣，所以葉育誠跟吳定華決定讓球員穿上他們自己的球衣，配上每次運動會才會拿出來使用的號碼衣，充當這次友誼賽的背號。

李光耀第一個挑號碼衣，他不假思索地拿起了二十四號。

在地球的另一端，籃球的最高殿堂上，聚集了世界各國最強悍的球員。在那個殿堂上，那怕只能獲得坐板凳的機會，都代表著你的實力得到世界最高的肯定。

而在那個最高殿堂上，有一個身穿著二十四號的球員，Kobe Bryant（註五），站立的高度甚至連其他在最高殿堂的球員都要仰望。

這個男人，是李光耀的偶像，更是他的目標。

在李光耀之後，謝雅淑無所謂地隨手抓了一件十二號的號碼衣，對她來說背號並不重要，重要的是球場上的表現。

楊真毅看到魏逸凡挑了三十二號（註六），便拿了三十三號（註七）的號碼衣。兩個人看著彼此手中的號碼衣，有默契地相視一笑，同時穿上。

距今有點久遠的一九八〇年代，同樣是籃球最高的殿堂上，有著頂級身手的兩個男人穿著這兩個背號，他們亦敵亦友，各自創造出屬於自己的傳奇（註八）。

至於麥克，感受到球場周遭的目光，已經坐立難安到了極點。他的腦袋一片空白，心臟好像快要從喉嚨裡跳出來似的，他想退出，他不打了，他想找爸爸……

就在這個時候，有一隻溫暖的手握住了麥克發抖又冰冷的手，帶給他安全感，趕走他心中的害怕。

「麥克，這件號碼衣給你。」李光耀拍拍麥克的肩膀，給了他一個溫暖的笑容，「不用怕，有我在。」

簡單的一句話，卻莫名地讓麥克安心下來，漸漸地，他覺得周圍的吵雜聲都消失了，內心也不再感到害怕。

麥克套上號碼衣，發現李光耀為自己挑了九十一號（註九）這個號碼，他看著李光耀的雙眼，從那充滿信任的眼神中，麥克知道李光耀今天對自己的期望是什麼了。

籃板球。

嗶——！

尖銳的哨音響起，三位執法裁判用手勢示意兩隊球員到球場正中央集合。

三名裁判都是東台高中高三的球員，對光北來說這是件好事，因為擁有豐富場上經驗的高三球員，吹判方面相對會比較精準，可以幫助光北體會來自甲級聯賽球隊的標準。而對於東台高中來說，上場的都是高一的學生，對高三學長的吹判有相當高的服從性，如果有突發狀況要控制場面相對容易。

「雙方球員握手。」

光北與東台球員上前相互致意握手，李光耀跟四位東台球員碰拳，「沒想到這一天這麼快就到了，好好把握，這或許是你們人生中唯一一次可以在籃球場上贏過我的機會喔。」

身穿三十五號，四個人當中個子最高的球員說：「你也要把握這個機會，唯一一次輸給我們的時候有合理的藉口。」

五個人十隻眼睛燃燒著熊熊鬥志，接著爆出哈哈大笑，然後各自走回休息區。

一回到休息區，李光耀馬上集結所有隊員，「那個三十五號叫做高易升，個頭高大但腳步很靈活，最喜歡利用轉身勾射打板拿分。

「二十號是陳東旭，外線非常準，要注意不要讓他太多空檔投籃的機會。

「二十五號蔡承元，防守很強，除外他的空手走位非常厲害，防守他的人要小心別讓他走後門。

「十七號是王朝凱，控球後衛，他掌控節奏的能力滿強的，組織也不錯。至於剩下那個一號球員，我就不清楚了。」

上場前，李光耀仔細地向大夥分析著前隊友的特點，而就算到了這個時候，教練吳定華依然沒有任何指示，一副隨你們怎麼玩都可以的感覺。

「既然你這麼了解他們，你說我們該怎麼防守？」魏逸凡看著東台高中的先發球員，心跳開始微微加速。雖然只是一場友誼賽，但對手畢竟是有甲級聯賽實力的東台高中，鬥志的火焰開始在魏逸凡心中燃燒。

「我們守二三區域聯防，不過我主要防守對象是王朝凱，所以我會全場盯防他。謝雅淑，我有一項很重要的任務交給妳，東台高中二十號那個射手，只要他在三分線外拿到球，如果我來不及防守，妳一定要撲上去，否則一旦被他投出手感，那可不是開玩笑的，寧願被他過，也不放他投三分。」

謝雅淑看著李光耀認真的雙眼，堅定地點了點頭。

「真毅跟逸凡學長，你們兩個委屈一點站底線，三十五號他的腳步真的很靈活，憑麥克現在的實力是守不住的，所以如果三十五號在有利的位置拿到球，你們兩個一定要有一個人馬上去幫忙防守，不用擔心外線的空檔，我跟雅淑會守住十七號跟二十號那兩名外線比較準的後衛。」

楊真毅跟魏逸凡不約而同地點頭說：「好！」

「麥克，防守的時候，手舉高就好，不要想下手去抄球。真毅學長跟逸凡學長會幫你，你專心搶籃板球就好，搶到籃板球後，如果沒有人防守我，就把球傳給我。」

麥克緊緊捏著身上的號碼衣，點頭小聲地說：「好。」

「至於進攻的部分，打陣地戰的話大家就盡情發揮吧，但如果有機會，我接到麥克的傳球就會馬上衝到前場打快攻，如果你們跟得上的話，就跟吧！」最後一句話，李光耀故意加了一點火藥味進去，不出他所料，謝雅淑、楊真毅跟魏逸凡三人眼裡燃起熊熊的鬥志，氣勢整個提升上來。

這時尖銳的哨音再度傳來，裁判手裡拿著球，要雙方先發球員上來跳球。

「好了，是該來精神喊話一下了。」李光耀說完之後，五個人很有默契地圍成一個圈。

「逸凡學長，就交給你了。」李光耀說。

魏逸凡點頭，「好，數到三，喊兩次『光北加油』，最後喊一次『光北必勝』！」

「一、二、三！」

「光北加油！」

「一、二、三！」

「光北加油！」

「一、二、三！」

「光北必勝！」

隊員們的精神喊話一次比一次還要大聲，氣勢整個都被帶了起來。而球場旁光北高中的學生也被這股熱血的氣氛影響，不知道誰先喊出了光北加油，最後整個球場都沸騰著加油聲。

球場中央，麥克站在跳球區裡，神情緊張地看著裁判手裡的球，對面站著的則是和他爭第一波球權的三十五號高易升。

隨著裁判將球丟到空中，場邊的紀錄組按下碼錶的剎那，球賽正式開始。

因為緊張，麥克在球一往上丟的時候就跳起來，結果沒掌握好球的軌跡，連球都沒碰到，經驗老到的高易升眼明手快地便將球往後撥，被控衛王朝凱接個正著。

王朝凱在後場一拿到球，其他四名東台球員馬上往前場衝，速度快得嚇人。不過就在王朝凱打算找人傳球，完成一次簡潔有力的快攻時，一個人影從眼角餘光閃過，王朝凱還來不及保護球，球就被拍走了。

一道身穿二十四號號碼衣的人影從王朝凱身旁竄過，追向往前飛的球，拿到球之後馬上轉身進攻。

跟王朝凱想的一樣，抄球的人是李光耀，他立刻移動腳步迎了上去。

李光耀面對王朝凱，不等他貼過來防守，沒有忘記跟李明正的約定，在右側三分線外兩步的距離停下腳步，收球拔起，跳投出手。

王朝凱心想，那麼遠，一定不會進！

然而，下個瞬間，唰的一聲，球空心入網，李光耀超遠距離的三分球進了！

光北與東台，三比零。

這個進球讓場邊頓時沸騰起來，歡呼聲不絕於耳。

不過東台高中絲毫沒有被影響到，二十五號蔡承元拿著球走到底線外，表情輕鬆地地板傳球給十七號王朝凱。

王朝凱一拿到球，一股壓迫感如影隨形地跟了過來，李光耀整個人幾乎貼在王朝凱身上，雙手干擾著王朝凱的運球，防守尺度游移在犯規之間。

王朝凱連續做了幾個變換方向的動作，卻都無法順利擺脫李光耀，有幾次球還差點被抄掉。

見到王朝凱被李光耀逼得死緊，蔡承元馬上過去接應，而王朝凱像是在逃離什麼似的，連忙把球傳給蔡承元。

蔡承元拿到球，用最快的速度帶球過半場，收球看向王朝凱，想把球回傳給場上的控球指揮官。

但是，就在大家把注意力都轉移到王朝凱身上時，蔡承元卻突然把球高吊給來到罰球線的中鋒高易升。

高易升微微跳起，雙手接到球，落地後還沒來得及運球切入，魏逸凡立刻貼上來，不過這時擅長空手切的蔡承元從右側三分線起跑，往禁區衝。

高易升一個地板傳球，恰到好處地把球交給蔡承元，後者拿到球就要墊步上籃，這時楊真毅衝進禁區，跳起來雙手舉高，適時地補防，完全擋住蔡承元的上籃路線。

蔡承元一發現沒有機會進球，在空中眼睛一掃，找尋空檔的隊友，用力地把球傳給埋伏在左邊底角的陳東旭。

陳東旭一接到球就直接拔起，完全不把撲過來的謝雅淑看在眼裡，出手投籃。球在空中劃過一道像是彩虹般的弧線，精準地落入籃框之間，跟籃網摩擦的瞬間激起了唰的一聲。比數三比三，兩隊戰成平手。

陳東旭右手停留在空中，比了一個 OK 的手勢，然後將手移至右眼前，透過食指和大拇指中間的圓圈看著李光耀，態度相當挑釁。

魏逸凡撿起球，踏出底線外，傳球給李光耀。

李光耀一接到球，身前馬上出現一道人影，同時一隻手往他手中的球拍去。

李光耀拿球往下一閃，避開了那隻手，對在旁邊等著接應的魏逸凡、謝雅淑跟楊真毅說：「你們到前場去，我自己來就可以了。」

說完，李光耀對著他的前隊友，最擅長防守的蔡承元笑了笑，突然下球，身體猛然一沉往右邊切。

然而，蔡承元彷彿早就料到李光耀下一步的動作，身體幾乎是同時往左後方退，擋住了李光耀。

跟李光耀當過幾年隊友的蔡承元，知道他偏好往右邊切。出自於對李光耀的了解，蔡承元對自己這次的防守信心滿滿，不過李光耀卻用一個轉身讓他知道，他錯了。

李光耀就像隻泥鰍一樣，從蔡承元身邊溜了過去，過了蔡承元之後用最快的速度衝到前場，來到弧頂三分線外。

這時王朝凱上來補防，不讓李光耀有投三分球的機會，後面的中鋒高易升跟前鋒古風炫虎視眈眈地盯著李光耀，只要李光耀過了王朝凱，他們就馬上上前防守，不給李光耀上籃的機會。

李光耀當然沒有笨到陷入防守陷阱中，他看準右邊側翼三分線外沒人防守的謝雅淑，左手一甩，把球飛快地傳過去。

謝雅淑一拿到球，面前就是一個空檔，不過回防的蔡承元沒有給謝雅淑出手的機會，很快就來到謝雅淑身前，雙手舉高，利用身高手長的優勢封住她的出手角度。

謝雅淑看著蔡承元，沒有勉強出手，把球傳給右邊邊線的魏逸凡後，就立刻空手往禁區切。

魏逸凡立刻把球傳回去，謝雅淑一接到球就準備踏步上籃，不過就在場邊的學生準備歡呼時，尖銳的哨音響起。

底線的裁判指向麥克，喊道：「光北高中九十一號，籃下三秒！」

看著裁判比出球權轉換的手勢，麥克臉色蒼白地站在禁區內，低垂著頭，不敢面對自己的隊友。

他都還沒有貢獻，就犯下這麼愚蠢的失誤。

麥克全身開始發抖，害怕自己會承受責備的眼光，害怕自己辜負李光耀的期望，從此失去他的信賴跟友情，害怕……

就在麥克胡思亂想的時候，李光耀上前拍拍麥克的肩膀，只說了一句：「回防了。」

什麼?李光耀完全沒把他剛才的失誤放在心上嗎?

這時謝雅淑也走到麥克身邊，「對不起，我剛剛應該直接投籃，不該切入的。」

啊?剛剛那個籃下三秒，根本是自己慌了手腳，在場上太緊張才犯下的愚蠢錯誤，怎麼謝雅淑說得好像完全是她的錯一樣?

頓時，麥克心裡一陣暖流流過。

感受到來自隊友們的支持，麥克也不再垂頭喪氣了，看著已經回防的隊友們，他邁開腳步。

接下來，李光耀繼續貼上王朝凱，東台高中一發現王朝凱被守到連接球都有困難時，很快就把球傳給一號，前鋒古風炫。

古風炫接到球之後，立刻運球到前場，然後傳給左側三分線外的陳東旭。

謝雅淑記取方才的教訓，直接黏了上去，不讓陳東旭有輕易出手的機會。

陳東旭覺得謝雅淑像一隻煩人的蒼蠅，雙手在他眼前一直揮，不勝其煩的他將球高吊給來到罰球線的高易升，球傳出去的瞬間馬上往左邊底角三分線位置移動。

高易升一拿到球，麥克跟楊真毅馬上包夾，這時候古風炫空手切到籃下，高易升馬上小球傳過去。

古風炫才接到球，便用最快的速度將球傳給埋伏在底角的陳東旭。

看到陳東旭又溜到底角三分線，謝雅淑心想這次一定要給他一個好看。

見陳東旭準備出手，謝雅淑用力跳起來想要賞他一個大火鍋，殊不知陳東旭只是做個假動作，把她晃起來之後便直接運球往籃底下切。

陳東旭的動作行雲流水，僅僅兩次運球就切到禁區，收球、踏兩步、上籃。

然而陳東旭料想中的這兩分並沒有拿到，球剛脫手的瞬間，一個高大的黑影突然從旁邊飛進他的視線之內，黑色的巨手宛如蒼蠅拍一樣，直接把球轟出界外。

陳東旭跟麥克的身體在空中碰撞，陳東旭直接被撞倒在地，麥克則完全不受影響，穩穩地站著，居高臨下看著躺在地上的陳東旭，不發一語。

場邊一陣歡聲雷動。

「哇塞，超帥的！！」

「你剛剛有沒有看到，那一球好像排球一樣直接被拍掉耶！」

「那個火鍋真是有夠帥的！」

「沒想到我們學校的籃球隊這麼強！」

「那個黑人是誰啊，哪一班的，那顆火鍋超屌的啦！」

享受場邊傳來的陣陣歡呼，麥克有些不知所措，因為他只是照李明正所教的，在正確的時間點補防，然後把在空中還沒飛到最高點的球用力地拍出去而已。

「麥克，幹得好！」李光耀對麥克伸出手，麥克不知如何回應。李光耀直接拉起他的手，「這時候你也應該舉起你的手，像這樣。」說完，李光耀用力地和麥克一擊掌，再次說：「麥克，幹得好！」

「好球！」魏逸凡也過來擊掌。

「剛剛那一球很漂亮。」楊真毅拍拍麥克的屁股。

「Nice play！」謝雅淑對麥克豎起大拇指。

第一節後段，東台高中展現出旺盛的企圖心，針對麥克緊張與缺乏經驗，還有謝雅淑身材纖瘦的弱點，連連造成光北進攻的失誤，東台幾次快攻取分一度把比分拉開到十五分。但是光北在最後一分鐘靠著魏逸凡與楊真毅兩人小組的配合，加上李光耀投進壓哨三分球，打出一波七比零的攻勢，硬是將差距縮小到七分。

哨音響起，第一節比賽結束，比數二十三比十六。

經過短暫的兩分鐘休息時間，第二節的比賽吳定華全換上板凳球員上場，這些球員表情帶著緊張，但更多的是興奮，尤其看了剛剛隊友們在場上的表現之後，大夥都躍躍欲試。他們心想，既然李光耀等人都可以對付得了東台，將比分差距壓在十分以內，那他們也可以。

但他們不知道剛剛在場上奮戰的人裡面，有曾經踏上甲級聯賽戰場的魏逸凡，有實力被魏逸凡肯定的楊真毅，以及實力跟楊真毅相差無幾的謝雅淑，更有一個擊敗過魏逸凡的李光耀。

上場僅僅兩分鐘，這五名板凳球員很快就知道自己的實力不如先發隊友，和東台高中球員比起來，更是有如天壤之別。

面對東台緊迫逼人的防守，沒有半個人能順利切入禁區，常常切到一半就被包夾，掉球，然後被東台高中快攻得分。

接著，不穩定的外線在強大的壓力跟緊張的雙重影響下，命中率零，而且籃板球完全抓不下來，又跟不上東台高中的節奏，防守的強度就跟紙糊的一樣，根本擋不住東台高中後衛的切入，內線的高度跟身材差距，更讓替補球員吃盡了苦頭。

種種的劣勢之下，第二節過了兩分鐘，分差已經來到二十分，比數三十六比十六。

氣勢完全被壓過，場上球員的表情寫滿了沮喪，場邊的觀眾也全都安靜下來，有些人覺得沒什麼好看，紛紛轉身離開。

在球技與氣勢都大大不如人的情況下，比數以非常誇張的速度不斷拉開，第二節比賽剩下五分鐘時，差距已經來到三十分。此時，吳定華將至今唯一一個還未上場的球員，五十五號詹傑成換上去。

當初在選擇詹傑成的時候，吳定華其實考慮了很久，因為詹傑成在最基本的體能方面表現得奇差無比，才跑兩公里就臉色發白，不過吳定華最後還是將詹傑成拉了進來，因為他看見了詹傑成其中一項令人驚豔的才能。

詹傑成拍拍身上那件五十五號的號碼衣，昂頭走上場，跟換下場的後衛擊掌。

詹傑成站在三分線外，等待東台的後衛罰完球。

唰！

東台另一顆罰球也投進，這時比分差距來到令人絕望的三十二分，比數四十八比十六，也代表光北在先發球員下場後，至今一分未得。

場上的光北球員，在絕對的實力差距下，鬥志全部消磨殆盡。除了剛換上場的詹傑成之外。

詹傑成接過底線發球，面對東台高中在後場就發動的一對一人盯人防守，瀟灑地用一個快速的胯下換手運球晃開防守者，然後一路衝到前場，面對另一個後衛的防守，左手一甩，將球傳給一個完全沒有人防守的隊友。

可惜那個隊友沒有做好接球的準備，詹傑成傳球的速度又太快，球不但整個砸在臉上，還被東台高中抄走，直接被打一個快攻，分差來到三十四分。

雖然比數再次拉大，但詹傑成剛剛那個傳球卻引來光北高中板凳區的驚呼。

「那個傳球真是漂亮，又快又準！」李光耀興奮地轉頭看向吳定華，「教練，他是誰？」

吳定華回答：「跟你一樣是今年的新生，一年一班，詹傑成。」

「好想跟他一起打球。教練，可以現在換我上場嗎？」李光耀雙眼燃燒著強烈的鬥志，恨不得吳定華馬上派他上場。

但吳定華堅定地搖搖頭，「還不到時候，第二節還有四分鐘，第三節再讓你上場。」

就在李光耀跟吳定華說話的時候，詹傑成從人縫中妙傳了一個地板傳球給籃底下的隊友，可惜隊友猶豫了一下才出手，結果被東台高中的中鋒蓋了一個大火鍋，球直接飛出界。

看著詹傑成的傳球，李光耀像是發現新大陸般雙眼冒著光。這時楊真毅微微皺起眉頭，「逸凡，我總覺得他有點面熟。」

魏逸凡用疑惑的眼神看著楊真毅，隨後盯著詹傑成，瞇著雙眼仔細打量一下，搖搖頭，「沒印象。」

楊真毅眉頭皺得更深，「是嗎？」內心卻總覺得一定在哪裡看過詹傑成。

場上，光北邊線發球，球很快來到詹傑成手中，東台兩名後衛知道詹傑成是現在光北最強的球員，馬上包夾上去，逼詹傑成把球傳出去。

接到傳球的隊友，好像接到燙手山芋，不知道該怎麼處理球，結果竟然犯了走步違例的失誤，讓光北的士氣更加低迷。

「沒關係，加油！我們做好防守！」詹傑成用力拍著雙手，試著鼓舞士氣。

場下的麥克用手指點了點李光耀的手臂，小聲地說：「我覺得他打球很像一個人。」

李光耀眼睛專注地盯著場上的戰況，身體微微靠向麥克，「誰？」

麥克說：「白色巧克力（註十）。」

一開始李光耀還聽不懂麥克的意思，但很快李光耀從詹傑成的背號想到一個曾經激起 NBA 無數歡呼聲的控球後衛，臉上多了一股笑容，對麥克說：「那你該感到開心。」

「為什麼？」麥克問。

「因為有他當控球後衛的話，你的進攻就會變得很輕鬆。」

第二節結束的哨聲響起，喪失鬥志又疲累不堪的光北隊員走下場，臉上寫滿了沮喪。因為一開始自信滿滿的他們，讓比分的差距從七分一口氣增加到四十分。

如果不是詹傑成最後的上籃得分，還有另一名隊員的三分球幸運打板彈進，兩隊的分差可能更誇張。

李光耀興奮地迎接走下場的詹傑成，後者臉色蒼白，氣息沉重，東台的壓迫性防守讓僅僅上場五分鐘的他體力接近透支。

「你傳球傳得很不錯，但缺點也很明顯，就是你的體力跟防守。」趁著跟詹傑成擊掌的時候，李光耀如此說道。

中場休息十五分鐘，在這段時間裡，剛下場的球員喝水休息，準備再度上場的球員開始做一些簡單的熱身，讓冷卻下來的身體重新熱起來。

吳定華趁著這段時間對球員喊話：「上半場大家表現得不錯，對上東台這種球隊，你們的表現讓我很滿意，下半場繼續加油！」

吳定華這番話聽來像是鼓勵，實際上卻讓球員們感覺像是敷衍，而且吳定華依舊沒有下任何戰術性的指示，一些剛剛下場的板凳球員認為教練已經放棄這場比賽，臉上明顯布滿失望和沮喪，僅餘的一點鬥志幾乎要消失得一乾二淨。

然而先發球員沒有一個人受到影響，在知道要和東台比賽前，他們早就已經有了心理準備，就連麥克這個籃球新手也沒有受到任何影響，因為李光耀現在依然笑著，讓麥克覺得根本沒有什麼好擔心的。

這時，葉育誠、院長李雲翔跟李明正三個人一起來到了光北的休息區。葉育誠雖然知道這支球隊的實力遠遠不能與東台相比，但是才半場就落後四十分，這個巨大的差距讓他有點失望。至於院長，看到麥克穿上

號碼衣坐在椅子上，彷彿真的變成一名籃球員的模樣，內心感到無比欣慰。

見到李明正，李光耀開心地喊道：「爸，你來了。」

「是啊，才半場就落後四十分，怎麼辦才好呢？」李明正笑瞇瞇地看著兒子。

李光耀也笑著回答：「才四十分而已，又不是追不回來的分數。」

「大話可別說得太早，別忘了我跟你的約定。」

「我沒忘記。」

李明正點頭，「好，那我等著看你的表現。」

註五：Kobe Bryant，中譯科比・布萊恩，綽號為黑曼巴，生涯二十年都在洛杉磯湖人隊度過，招牌動作是後仰跳投，進攻能力超群，曾單場攻下八十一分、三節比賽就拿下六十二分，十八次入選全明星賽，生涯得分排在NBA歷史第三位，曾帶領湖人隊拿下五次總冠軍，被視為NBA史上最偉大球員之一。

註六：Magic Johnson，中譯魔術強森，綽號為魔術師，特色是讓觀眾驚呼的精彩傳球，史上唯一一位以菜鳥身分拿下總冠軍賽MVP的球員，帶領洛杉磯湖人隊拿下五次總冠軍，被視為史上最偉大的控球後衛，二〇〇二年成為名人堂一員，也是五十大球星之一。

註七：Larry Bird，中譯賴瑞・柏德，綽號大鳥，波士頓塞爾提克傳奇球星，被喻為NBA史上籃球智商最高的球員，外線跳投非常穩定，曾帶領塞爾提克拿下三屆NBA總冠軍，於一九九八年成為名人堂的一員，五十大球星之一。

註　八：Magic Johnson 與 Larry Bird 是最偉大也是最知名的宿敵球隊，西區的洛杉磯湖人隊、東區的波士頓塞爾提克隊的指標性球星，兩人在總冠軍賽相遇三次，每一次都掀起瘋狂的討論與期待，八〇年代東鳥西魔的對決，拯救了收視率慘澹的 NBA，讓 NBA 在美國受到重視。

註　九：Dennis Rodman，中譯丹尼斯・羅德曼，綽號小蟲，憑著兩百零一公分的身高，在兩百一十公分一把抓的 NBA 禁區，曾經從一九九一—九二到一九九七—九八賽季，連續奪下七屆籃板王，是公牛隊一九九五—九六至一九九七—九八賽季三連霸的重要球員，行事作風充滿個人特色，據說是《灌籃高手》的主角之一，櫻木花道的模板球員。

註　十：Jason Williams，中譯傑森・威廉森，綽號白色巧克力，由來是因為生涯早期，他身為一個白人，打球風格卻像是黑人在打街頭籃球一樣花俏，極為大膽的傳球方式讓他一度是 NBA 最受歡迎的後衛，不過因為失誤率太高，很快便改變打法，變得保守。

第八章

十五分鐘的休息時間很快就過去，裁判接受到來自紀錄台的指示，吹哨，示意雙方球員上場。

上場前，李光耀喝了一小口水，臉上的笑容消失，表情變得認真。

他剛剛雖然自信滿滿地對李明正保證會把分數追回來，可是他心裡其實知道四十分的差距並不容易追上，尤其他現在面對的是前隊友，以他們對他的了解，一定猜得到他會馬上搶攻，對他的防守會比第一節來的強悍。而自己現在的隊友僅有魏逸凡跟楊真毅的配合對東台具有威脅性，謝雅淑球技雖然不錯，但身體對抗性有一定的差距，至於麥克更不用說了，雖然彈跳力跟手長可以在籃板球及防守上有所幫助，但在進攻方面完全幫不上忙。

然而處在這種艱難情況下的李光耀，心裡的鬥志卻更高昂。

第三節一開始，光北掌握球權，魏逸凡底線發球給李光耀，球場上馬上出現一個令人難以置信的畫面。兩名東台高中的後衛在後場就開始包夾李光耀，就算李光耀把球傳給接應的魏逸凡，依然形影不離地黏住李光耀。

「都領先四十分了，這樣會不會有點太誇張。」李光耀對著王朝凱跟陳東旭苦笑。

王朝凱聳聳肩，「沒辦法，教練指示我們兩個人專心守住你就好，不用管其他人。」

「如果不是教練的指示，你以為我們會這麼廢，兩個人守你一個？」陳東旭表情有些無奈。

「我剛剛才跟我爸說要逆轉比賽，結果你們這樣，我很難交代耶。」

一聽到李明正也在場，被李明正教導過的陳、王兩人馬上往場外看去，趁著這個空檔，李光耀迅速衝出兩人的包夾圈，對運球嘗試切入的魏逸凡大喊一聲。魏逸凡一看到李光耀突破防守，立刻把球傳過去。

李光耀一接到球，也不管離三分線還有兩步的距離，直接拔起來就投。

球彈到籃框前緣，在籃框上彈了好幾下，李光耀眼神帶點擔憂地看著球，籃下的人擠成一團，卡位推擠，等待球滾下來。

然而，李光耀隨即鬆了一口氣，因為球幸運地彈進籃框裡了。

李光耀大號三分球進，比數六十一比二十四，差距三十七分。

球權轉換，蔡承元底線發球給控衛王朝凱。

王朝凱一拿到球，李光耀複製第一節的模式，直接上前騷擾。這次王朝凱沒有傳給過來接應的陳東旭，而是利用自己的運球技巧試著突破李光耀的貼身防守。

但李光耀跟王朝凱同隊三年，早就摸清王朝凱的運球模式，他用身體擋住王朝凱的行進路線，左手一撥，直接把球抄走。

陳東旭看王朝凱球被抄掉，馬上站到禁區舉高雙手防止李光耀切入，如果是平常，李光耀一定會直接衝進禁區，上籃的同時試著賺犯規。

但礙於和李明正的約定，他只好直接運球到左側四十五度角的三分線外，跳投出手。

球投出去的角度整個偏差，王朝凱衝向籃框準備搶籃板球，但李光耀維持出手的姿勢，自信滿滿地站在三分線外看著球在空中飛，落在籃板上，反彈進了籃框裡。

李光耀三分球再進！連續投進兩顆三分球，幫助光北持續拉近比數，六十一比二十七，差距縮小到三十四分。

李光耀轉身，對著場外的東台高中教練搖了搖手指，用手勢告訴他：就算派兩個球員防守我，一樣沒用！

在李光耀投進這兩顆三分球後，本來完全安靜下來的人群又再次沸騰起來，加上李光耀那有點挑釁的姿態，更是讓場邊的觀眾瘋狂，大聲叫著：「光北、光北、光北！」

被李光耀投進這兩顆三分球，東台四個前隊友臉上沒有任何的憤怒或沮喪，反而出現了笑容。

因為李光耀的表現就跟他們想的一模一樣，落後的分數越多，越是會用更強大的力量回擊。

球權轉換，拿球的王朝凱面對李光耀的貼身防守，這次沒有賭氣，直接把球傳給陳東旭，陳東旭又把球傳給古風炫，讓後者兩個運球就過了半場。

古風炫運球來到右側三分線，面對楊真毅的防守，直接向右切入，用快速的第一步甩掉楊真毅，收球跨大步，即使見到麥克跳起來防守也不怕，靠在麥克身上，身體在空中拉桿挺腰，哨聲響起的同時將球打板投進。

「光北九十一號，阻擋犯規，進算加罰！」

古風炫隨後把握住加罰機會，完成了三分打，比數六十四比二十七，又把差距拉開到三十七分。

接著，李光耀再次陷入被兩人包夾的情況，底線發球的麥克只能傳給過來接應的謝雅淑，但麥克這次傳球實在太不小心，被高易升逮到機會，衝到謝雅淑面前把球抓下來，丟給速度飛快的王朝凱。

王朝凱一接到球，馬上跨步想要上籃，看著踏進場的麥克，利用小人物上籃，想要躲掉火鍋幫球隊再拿兩分。

不過王朝凱明顯太小看麥克的彈跳力，投球的幅度不夠高，麥克盯著球，曲膝，雙腿像彈簧般瞬間跳到最高點，在球還沒開始落下前用力地將球打飛。

麥克驚人的彈跳力引起場邊興奮地尖叫，而飛出去的球被楊真毅抓了下來，跟魏逸凡兩人像兩支箭頭般往前場衝。守著李光耀的陳東旭跟上籃的王朝凱來不及回防，而中鋒高易升的速度太慢，跟不上楊真毅跟魏逸凡，現在在前場防守的只有古風炫跟蔡承元。

古風炫跟蔡承元分別對上楊真毅跟魏逸凡，二對二的快攻機會，楊真毅運球往右切，直接鑽進古風炫懷裡，卻被古風炫擋了下來，不過楊真毅很快收球轉身，擺脫古風炫的防守，眼前就是一個極佳的上籃機會。

蔡承元見古風炫被擺脫防守，馬上撲了上來，而楊真毅就趁這個機會，在空中把球交給沒人防守的魏逸凡，讓魏逸凡可以輕輕鬆鬆地在籃下投籃，拿下兩分。

比數六十四比二十九，差距三十五分。

快節奏的攻防轉換讓場邊的觀眾幾乎看花了眼，不過就在魏逸凡上籃成功後，再度爆出了喝采。

然而這陣喝采聲沒有持續太久，東台在下一波進攻當中，陳東旭利用古風炫的單擋掩護在弧頂位置跑出空檔，一接到球就馬上出手，投進了一顆三分彈，再次將比數拉開。

光北始終無法真正拉近比分，東台又不斷利用謝雅淑跟麥克這兩個弱點，造成光北防守上的巨大壓力。

雖然後來謝雅淑投進一顆三分球跟上籃成功還以顏色，但這兩個防守黑洞造成的傷害難以彌補，就算李光耀總是想得出辦法突破兩人包夾的防守，命中率卻僅僅只有五投中二。

第三節進行了五分鐘，比數七十比三十五。

在如此高強度的比賽之下，謝雅淑跟麥克漸漸顯露出疲態，不管是防守或進攻的腳步都明顯地慢了下來，連連造成李光耀、魏逸凡跟楊真毅的補防不及而失分。

在第三節的後半段，比數再一次被拉開到四十分，比數八十比四十。

在這種情況之下，吳定華向紀錄台請求換人。李光耀一看到準備上場的是詹傑成，馬上對運球過半場的王朝凱犯規。

哨音響起，裁判喊道：「光北二十四號，打手犯規。光北高中換人！」

詹傑成指向謝雅淑，後者立刻走下場。

在走回板凳區之前，謝雅淑對詹傑成說：「加油。」後者點點頭回應。

因為第三節光北的犯規還沒累積到加罰，所以由東台高中發邊線球。詹傑成對李光耀示意，讓他負責防守控衛王朝凱，李光耀因此改去防守陳東旭。

控衛對決控衛的戲碼，就此上演。

王朝凱緩慢運著球，做了幾個胯下運球，抬了抬下巴，眼神對上古風炫，突然啟動引擎，快速地第一步往右切，詹傑成勉強跟上，而王朝凱一個跨下運球停住，跟詹傑成之間的距離瞬間拉開兩大步，王朝凱把握這個機會直接往籃底下切，小球交給古風炫。古風炫拿到球馬上做一個假動作，把麥克晃起，靠在他身上賺到一個犯規，哨音響起的同時把球投出。

「光北九十一號，阻擋犯規！」

響哨的同時，球在籃框上轉了幾圈，進。裁判馬上高喊：「進球算，加罰一球！」

不過古風炫沒有把握住加罰的機會，出手力道太小，球落在籃框前緣彈了出來，底下的麥克卡到好位置，伸手把球抓下。

拿到球的麥克，直覺性地看向李光耀，但被兩人包夾的李光耀馬上指向詹傑成，「把球傳給他，有他在場上，球都給他控！」

李光耀的信任讓詹傑成心中為之一振，他運著球，面對蔡承元的防守，對魏逸凡眼神示意，魏逸凡接收到訊息，從底線跑過來幫詹傑成單擋掩護。

魏逸凡站位的時間抓得剛剛好，完全擋下身材差不多的蔡承元，讓詹傑成可以順利切入。

一過蔡承元，古風炫馬上協防過來，這時右邊底角的楊真毅完全無人防守，詹傑成看到了，古風炫跟高易升也看到了。

詹傑成瞄了楊真毅一眼，高易升趁詹傑成球傳出去之前朝楊真毅撲了過去，殊不知詹傑成並沒有把球傳出去，反而是收球上籃。

同樣以為詹傑成會把球傳出去的古風炫腳步慢了一拍，但是憑著更快的彈跳速度，讓他在空中追上詹傑成，不過就在這時，詹傑成不慌不忙地把球傳給了麥克。

麥克急忙之間接到球，知道自己沒人防守，馬上起跳，笨拙地用雙手把球「丟」到籃框上。

球在籃框跟籃板間彈了好幾下，最後有驚無險地彈了進去。

「好球！」李光耀拍手叫好，為了看清楚詹傑成的實力，他這次並沒有參與在進攻之中。

球權轉換，東台高中節奏一樣飛快，兩個傳球就傳到前場。

東台這一波進攻，由古風炫切入開始。

古風炫切入吸引防守後馬上分球給外線陳東旭，陳東旭接到球直接丟給中鋒高易升，高易升向左切入，收球轉身甩開麥克，做一個小勾射上籃。

球完全按照高易升希望的路線飛去，然後在他寫的好劇本裡，球將會打板彈進籃框裡。

前提是如果場上沒有李光耀存在的話。

早在陳東旭把球傳給高易升的瞬間，李光耀就從三分線外衝進去，在球投出去的瞬間跳起，竟然直接把球抓下來，引起現場的一陣嘩然。

雙腳落地之後，李光耀一條龍往前衝，完全沒有看隊友是否跟上，也不管前面有三名防守者等著他，背後運球過了王朝凱，面對陳東旭的防守，在弧頂三分線外停下腳步，收球出手。

陳東旭回頭看，看到球精準地落入籃框之中，帶著後旋的球與籃框激出清脆的聲響。

唰！

陳東旭很快地回過頭來，追上回防的李光耀。

「你幹嘛只投三分球？」

「被你發現了。」李光耀笑著回答。

「是約定嗎？」陳東旭把目光看向場外的李明正。之前打國中聯賽時，李明正在比賽前總是會跟李光耀約定好任務，例如一場比賽只能出手十次，卻要拿下雙十的成績，又或者防守對方最強的得分後衛，把對手的得分壓制在十五分以下等等。

「是啊，老爸叫我這場比賽只能在三分線外出手。」

聽到李光耀這麼說，陳東旭瞬間覺得有點洩氣，本來以為自己是跟百分之百發揮實力的李光耀交手，結果並不是，而自己還打得那麼拚那麼認真，一種被愚弄的不滿讓陳東旭眼裡的鬥志消失得無影無蹤。

第三節結束，比分被拉開到五十分，比數是九十七比四十七。

本來東台有進一步拉開比分的機會，但是當陳東旭跟隊友們說李光耀約定的事之後，除了古風炫之外的四個球員，馬上變得有氣無力，戰意全消。

下場時，東台的助理教練劉嘉華見到四個球員表情不太對勁，立刻上前表示關心。對此，高易升只說：「教練，我們沒事，只是我們想要交手的人沒有使出全力而已。」

「就算是這樣，今天還被他投進五顆三分球。」王朝凱坐在椅子上，用毛巾擦著汗，儘管比分拉開到五十分，卻一點開心的感覺都沒有。

「五顆嗎，我怎麼記得是六顆。」蔡承元苦笑，「他也才上場兩節而已，而且只能投三分球，結果他竟然還是快拿到二十分。」

「你們說的是那個二十四號嗎？」古風炫突然插入話題。

「是啊。」陳東旭回答。

「他真的滿強的，動作很乾淨俐落。」古風炫評價道。

「如果你跟全力出手的他交手過的話，你就不會這麼說了。」蔡承元說。

「為什麼？」古風炫不懂。

「因為你再怎麼努力都守不住他，到後來，他會讓你喪失自信。」這番話從全隊最擅長防守的蔡承元口中說出來，特別有說服力。

「可是如果你是他的隊友，他又會讓你覺得，只要跟隨他就不會有錯，可以放心信任他。」陳東旭說。

古風炫點點頭，「那真是可惜了，待在這種球隊，太浪費了……」

第四節，在東台單方面的屠殺之後，東台以七十分的差距贏得比賽。

最後比數，一二二比五十二。

比賽結束後，葉育誠跟吳定華兩人分別對球員說一些精神鼓舞的話，便帶領他們到東台休息區，跟東台總教練沈國儀、助理教練劉嘉華握手，感謝他們帶隊來光北參加友誼賽，然後就放光北的球員回家。

因為天色漸黑，加上一整場比賽下來體力耗盡，光北大部分的球員都拿著背包走了，只剩下李光耀和麥克留在球場。

兩人此時站在東台休息區裡，李光耀跟四位前隊友聊得熱絡，麥克也被拉進聊天的陣容裡。

「你叫麥克哦，你彈跳速度有夠快的，而且你的手好長，我之前那個拋投已經拋得夠高了，就是要躲你的封蓋，沒想到還是被你蓋下來，好厲害。」王朝凱拍拍麥克的手臂，「不過你的基本功還要再加強。還有啊，你太瘦了，多吃一點，不然在禁區很吃虧。」

中鋒高易升也加入話題，「對啊，好幾次我在籃下一拿到球，如果沒有包夾，很輕鬆就可以把你擠開拿分。還有，你手臂這麼長，要好好運用，用一些小技巧把防守者跟你之間的距離拉開，這樣出手的時候會降低被蓋火鍋的風險。」

高易升講得興起，直接拉著麥克比劃，後衛王朝凱也開始跟麥克分享一些接球跟單擋掩護的重點。

因為他們是李光耀的朋友，加上聊的是跟籃球有關的事，所以麥克並不像剛到一年五班時那樣害羞，雖然話依然不多，但還是聊得很開心。

另一邊，李光耀跟陳東旭、蔡承元聊天聊到手舞足蹈，哈哈大笑。後來李明正提議，「不然這樣好了，今晚大家到我家吃飯，吃完飯再繼續打球！」

這個提議大家一致鼓掌叫好，於是一行人勾肩搭背地走到校門口，打算搭車前往李明正家。

這時李光耀蹲在地上換上慢跑鞋。

看到李光耀的動作，四位前隊友開始哀號。

王朝凱整張臉垮了下來，「不是吧？」

陳東旭開始覺得有點後悔，「真的假的啦？」

高易升無奈地說：「剛比完賽耶。」

蔡承元則在做著最後的掙扎，「認真的嗎？」

李光耀抬頭說：「麥克，你不用跑，你體力負荷不來，對身體反而不好。」本來已經站到李光耀身邊的麥克點點頭，坐上院長的車。

綁好鞋帶，李光耀對前隊友們說：「你們四個，跑得動就跑，跑不動我也不勉強。」說完，也不管四個人的反應，逕自地跑走了。

「混蛋！」四個人幾乎同時在心裡痛罵著李光耀，卻又都跟上他的腳步，但縱使邊跑邊抱怨，心裡卻有一股踏實感，彷彿回到以前，李光耀跑在前面帶領著他們，同時也等待著他們追上來。

李光耀是最可靠的領導者，也是最遠大的目標，讓當初的他們在打球的路上努力追隨、試著超越，最終得以拿下東部地區國中聯賽的冠軍。

五個人按照高矮順序排成一列，後來古風炫也加入了他們，六個人的隊伍跑在馬路上非常引人注目。

因為稍早的比賽，他真正算起來才上場兩節時間，加上東台這群人的體力從國中開始就持續在鍛鍊，所以李光耀並沒有跟東台的五個人客氣，一開始就飆到最高速，還在抵達家門前的最後一百公尺全力衝刺，讓跑在後面的五個人差點累到用爬的爬進他家裡。

「這……這……這是赤裸裸的報復！」陳東旭整個人靠在牆上，喘著大氣。高易升則是連話都說不出來，直接坐在地上。

王朝凱比較好一些，「有沒有水？」

李光耀點頭，示意體力最好，現在仍可以站得筆挺的蔡承元跟他去拿水。趁著這個空檔，古風炫問：「他……他……他該不會……從以前……就這樣吧？」

陳東旭、王朝凱跟高易升看著對方，露出苦笑，同時說：「對。」

「太……太……誇張了啦。」

不久後，水拿來了，幾個人爭先恐後地拿著水就往嘴裡猛灌，像一群在沙漠中迷失了三天的旅人一樣。

「休息一下，我爸說飯菜已經準備好了。」李光耀等五個人喝完水之後，將他們帶進家裡。客廳裡，李明正、張育誠、吳定華、沈國儀、劉嘉華，以及院長李雲翔、麥克，還有其他的東台板凳球員在沙發上觀看錄好的 NBA 球賽。

李明正看到李光耀帶著五個人進來，說：「先喘口氣，等一下就可以吃飯了。」

「是，教練！」這群大男孩齊聲說道。

李明正點頭，然後開始針對球員今天的表現做出評比。

「朝凱，你今天表現得不是很好，自己知道吧。身為控球後衛，你運球的基本功還不夠好，你知道為什麼今天光耀可以封住你嗎？就是你保護球的動作還有進步的空間。還有你身體的對抗性還是不夠，要加強，控球後衛最重要的工作就是掌握節奏，而你今天並沒有做好。」

「是，教練！」回答時，王朝凱下意識地挺起胸膛。

李明正看向高易升，「易升，身為中鋒，你今天的傳球策應很到位，不錯，可是有一點我很不滿意，你今天面對的是沒有經驗的麥克，就算被包夾，你的腳步應該足以應付才對，可是大部分的時間你選擇把球傳給外線，打得不夠堅決，你懂我的意思嗎？」

「是，教練！」

接下來是蔡承元。

「承元，你這場表現中規中矩，沒有犯什麼明顯的失誤，還算及格，可是……」李明正的語氣突然變得嚴峻，「我今天看不到你的積極，你懂嗎？」

「是，教練！」

最後點到了陳東旭，「東旭，老問題，防守，你的防守腳步要繼續加油，不然只會成為隊上的防守黑洞。」

「是，教練！」

李明正把眼神瞄向古風炫，卻沒說什麼，反而是古風炫主動問：「教練，請問我在這場友誼賽的表現如何？」

「你第一步的爆發力很快，所以讓你的切入變得很有殺傷力，可是你上籃放球的手感並不是很理想，而且進攻的腳步太單調，簡單來說，就是你太依靠你的第一步。除此之外，你外線的穩定度不夠，外線的威脅很小，將來到了甲級聯賽，你會打得非常吃力。」

「是，謝謝教練！」古風炫心裡一驚，因為李明正確確實實地講到他從國中聯賽以來的老毛病。

「至於整體的防守方面，剛剛我已經跟國儀教練還有嘉華教練討論過了，回去之後，他們會跟你們做詳細的說明。」李明正搓著手，和顏悅色地說：「現在，我相信大家都餓了，來吃飯吧！」

這是一頓豐盛美味的晚餐，加上每個人肚子都餓了，桌上的菜全被一掃而空，讓辛苦做菜的林美玉獲得了極大的滿足與成就感。

當大家填飽肚子，約莫休息半個小時後，李明正打開了外面籃球場的燈，然後眾人開始了另一場籃球賽。

因為雙方鬥志高昂，這場球賽足足打滿兩個小時才結束。

離去前，不論是東台的球員或教練都帶著滿足的笑容。

「送到這裡就好了，明正哥，今天很謝謝你。」劉嘉華在門口跟李明正道別，然後坐上了駕駛座，發動引擎，搖下車窗跟李明正揮手，「走了。」

「路上小心。」李明正望著九人座的廂型車緩緩消失在巷尾。

車上，劉嘉華跟坐在副駕駛座的沈國儀聊著天，而後面的球員們因為太過疲累，很快就一個接著一個睡著了。

「我在東台當總教練也十幾年了，李光耀絕對是我見過最特別的球員，而且他才高一。」沈國儀嘆了一口氣，「真的是太可惜了，如果他來東台，我相信打敗啟南真的是一件有可能發生的事。」

「如果光耀知道總教練你這麼稱讚他，一定會很開心。」劉嘉華說。

「我只是說實話而已。他的基本功非常紮實，面對包夾不慌不忙，高中生普遍比較弱的中距離投籃，他卻能發揮得淋漓盡致，把我們的防守攪得一團亂。」沈國儀認真地說：「再給他一年的時間，就算有啟南這間變態學校的存在，也改變不了李光耀將成為全高中最強籃球員的這個事實。」

「全高中最強的球員。」劉嘉華點頭，「嗯，光耀確實配得上這個稱號。」

「可惜他的隊友卻配不上他。今天這場比賽，除了三十二號跟三十三號的配合之外，沒有任何人可以對我們造成進攻或防守上的威脅。那個黑人就不用說了，很明顯就是剛接觸籃球沒多久，經驗不夠，就算跳得高彈性好，真正在場上能發揮的卻有限。五十五號雖然是個讓人驚豔的控衛，但體力實在太差了，只要多施加一點壓力，就不會是個威脅。」

劉嘉華深吸一口氣，「之前我在東台國中的時候，光耀曾經跟我說過一句話，讓我印象非常深刻，『不平凡的人，做不平凡的事』，以他的實力，我相信任何一間籃球名校都願意提供全額獎學金給他，然後他將不辜負眾人的期望衝擊冠軍，挑戰王者啟南。」

劉嘉華停頓了一下，繼續說：「但是對光耀來說，這種作法太普通了，沒辦法突顯出他的特別。就我認識的他，只要踏上球場，一舉一動都是在告訴大家他是最強的，所以他選擇光北高中，選擇了最困難的路，因為這樣，才可以顯示他的與眾不同。」

聽了劉嘉華的話，沈國儀長長的吐了一口氣，「如果是這樣的話，他不是個瘋子，就是個天才。」

「或是兩者都是。」此話一出，劉嘉華跟沈國儀兩人相視大笑。

在東台一行人離開之後，葉育誠、李雲翔、吳定華跟麥克也相繼離開，原本熱鬧的屋子裡突然安靜了下來，但是不到五分鐘，拍球的聲音響起。

李光耀把裝著大約二、三十顆球的大籃子拉到身邊，站在今天自己比賽時沒投進球的位置，開始練投。

今天的比賽，他只上場兩節，總共投進六顆三分球，得了十八分。在東台採取針對性防守的情況下，這是一個他該自傲的成績，可是李光耀卻一點也開心不起來。

因為球隊輸了。

個人的成績再好，也無法掩蓋球隊輸球的事實。

李光耀在今天沒投進球的每個位置通通投進一百球之後，他才進屋休息，沖澡、睡覺，讓疲累的身體放鬆。

在這個輸球的夜晚，很多人無法釋懷，尤其是光北的先發球員。

晚上十點，河濱公園籃球場上，楊真毅跟魏逸凡兩個人做著快攻練習，跑在球場兩側，快速來回傳球，最後兩步上籃。

上籃完成後，由投籃的人撿球，繼續跑快攻，讓另一個人上籃。

因為是全速衝刺，所以這種練習快攻的方法非常累，來回算一趟的話，他們完成了第十趟之後才下場休息。

在這之前，他們已經練習完罰球、三分線、中距離跟防守。

兩人坐在場邊大口地喝著水，楊真毅問：「等一下練什麼？」

「練運球吧，今天的比賽，你跟我的突破能力很明顯地還不夠好，雖然我們配合的不錯，卻切不進禁區，對東台的威脅性完全比不上李光耀。」

說到李光耀，兩人同時沉默不語，有一種挫敗的情緒正在他們心裡如同龍捲風般摧毀著他們的自信。他們兩個人的組合，對東台來說竟比不上一個只投三分線的李光耀，這種程度上的差異重重打擊了他們的信心。

「在榮新有跟他一樣厲害的人嗎？」楊真毅問。

「有。」魏逸凡說：「我們隊上的王牌，可是他今年已經高三。」

兩個人又安靜了下來，然後楊真毅再度打破沉默，「你覺得他有沒有可能成為台灣史上第一個打進NBA的球員？」

魏逸凡嘆了一口氣，「我不知道，但他的潛力真的非常可怕，在遇到他之前，我以為我已經很厲害了，沒想到……」

「好讓人不甘心，他才高一。」

「或許他還沒出生就開始打籃球了吧。」

兩人不禁笑了出來，但這個笑容只維持短短幾秒。

魏逸凡豁然起身，拿起球，「從今天開始，我會讓大家知道，光北除了李光耀之外，還有一個魏逸凡。」

楊真毅也站起來，搶過魏逸凡手中的球，不甘示弱地說：「還有我，楊真毅！」

另一處公園裡，謝雅淑滿身大汗做著伏地挺身，旁邊的國中生替她計算次數。

「九十七、九十八、九十九……大姐頭加油，最後一下，一百！」見到謝雅淑以標準動作做完一百下伏地挺身，國中生開心地拍手，「大姐頭妳好厲害喔，一百下伏地挺身一口氣做完耶，而且是在做完一百五十下仰臥起坐之後。」

謝雅淑聽了卻一點都開心不起來，「一點都不厲害，小智，我們今天的球賽輸了。」

被謝雅淑稱作小智的國中生臉上閃過失望，「怎麼可能，大姐頭那麼強，怎麼會輸？」

謝雅淑嘆了口氣，「一山還有一山高。今天的比賽，我完全守不住對方，也沒辦法得分。我還是太弱了。」

小智猛地搖頭，「不是妳太弱，一定是對手太強了，對不對！」

「不，對手真的很強。我好羨慕那群臭男生，個子比我高，速度比我快，身材比我壯，這些都是我們女生比不上的。但這不是輸球的藉口，因為就連球技，我也完全輸了。」謝雅淑拍了拍小智的肩膀，「不過不用擔心，如果人沒有失敗，就找不到前進的目標，這次我跌倒了，但下次我站起來的時候一定會變得更強。」

小智伸手比了個讚，「大姐頭，妳一定可以的。」

謝雅淑也回給小智一個讚，「當然！好了，休息夠了，繼續！」

麥克在客廳看著李明正給他的球賽錄影帶，同時半蹲在地上練習運球。

在今天的比賽過後，麥克深切地體會到基本動作的重要。今天他籃板球搶不到十顆，還發生了幾次愚蠢的失誤。因為缺乏運球能力，隊友沒辦法放心地傳球給他，而且他腳步太笨拙，根本無法做禁區強攻。唯一比較可以放上檯面的成績也只有二個火鍋而已。

就算教練跟隊友都沒有責怪自己，但麥克很清楚自己目前在球隊裡像個累贅。對自己喜歡的籃球，對相信自己的李光耀，對沒有責怪他的隊友，麥克告訴自己這次不能逃避，之前因為不敢面對別人的嘲笑跟異樣眼光，自己已經逃避過太多次了，但這次不一樣，有願意跟自己當朋友的李光耀，也有願意站在自己身旁的隊友。

這一次，自己不是孤單的。

麥克照著李明正告訴他的方法，反覆練習著最基本的運球動作，這一練，左右手就各練了一個小時。雖然非常枯燥乏味，但麥克告訴自己，如果不想繼續成為隊友的負擔，就一定要堅持下去。

在客廳裡陪著麥克看球賽的李雲翔，心裡滿是感動。全世界只有他看得到麥克的改變，從以前被欺負，不敢跟除了他以外的任何人講話，眼神裡除了害怕就是恐懼。而現在，麥克終於鼓起勇氣站上籃球場，他的眼神充滿熱情，不再是以前那個只懂得躲起來的小孩了。

李雲翔很慶幸麥克接觸了籃球，籃球也成為麥克和別人溝通的語言，讓他從自己的小房間裡慢慢地走了出來。

在河濱公園附近，有人在長達二十公里的河堤上慢跑著。不過才跑了五公里，那個人就氣喘吁吁。

他就是今天從板凳出發，表現讓人眼睛為之一亮的詹傑成。

勉強跑完十公里，詹傑成像爛泥一樣癱軟在地上。他翻開後背包，拿出寶特瓶，大口大口地將水往嘴裡送，然後拿出一包高濃度的香菸。

詹傑成顫抖的手抽出一根菸，放在嘴唇中間，拿出打火機，可是始終沒有將菸點燃。

「幹！」詹傑成大聲罵了髒話，將嘴裡的菸丟得遠遠的，再把整包香菸一腳踢開。

雖然跟李光耀一樣才高一生，但詹傑成從國小五年級就開始抽菸，至今已經抽了五年，菸癮也越來越大，到了現在，詹傑成一天至少要抽一包菸。

跟大部分喜歡籃球的人一樣，詹傑成也有自己的偶像，許多年前，他偶然看到一個叫做 Jason Williams 的人打球的影片，那一箭穿心的傳球、戲耍對手的運球，還有像痞子一樣的表情，完全攫住他的眼睛，之後他就把綽號白色巧克力的 Jason Williams 當偶像，開始模仿 Jason Williams 打球。

打街頭籃球的時候，詹傑成不喜歡得分，反而更樂於傳出讓看球的人都為之驚呼的巧妙傳球，參加籃球隊也是同樣的想法，尤其打全場的比賽更能看出傳球這項藝術的美。

可是，街頭籃球跟全場比賽最大的差別就在攻防轉換，快速的攻防轉換考驗著一個籃球員最基本的體能，而體能正是詹傑成最大的弱點。

身穿五十五號的號碼衣，表現卻完全不像自己的偶像一樣瀟灑，反而像隻狗般，跑沒幾步就在場上喘著大氣，詹傑成認為這樣的表現汙辱了自己的偶像，然後當他反應過來的時候，他已經換上慢跑鞋，站在河堤上。

在這個河堤上，詹傑成在香菸與籃球之間，做出了選擇。

第九章

即使經過昨天激烈的籃球賽跟自我訓練，第二天一早，李光耀仍然沒有怠惰，把早餐塞進背包裡，跟爸媽道別後，便邁開腳步朝學校的方向跑去。

跑了十公里，來到校門口時，李光耀已經全身是汗，衣服都濕透了。對此早就見怪不怪的警衛向李光耀打招呼，「早！」

「早！」李光耀從後背包裡拿出毛巾，擦著額上不斷滑落的汗水。

「李光耀！」謝雅淑從背影認出李光耀，朝他大叫一聲。

喊叫聲讓李光耀嚇了一大跳，回頭發現是謝雅淑，無奈地說：「小姐，下次叫人請小聲點，我差點被妳嚇死。」

就在這時，遠遠有兩個身影也朝著校門口跑了過來。

「謝雅淑，妳剛剛叫得超大聲的，我在一百公尺外就聽到了。」魏逸凡抹去額頭上的汗水。

楊真毅則是簡單地向兩人打招呼，「早啊，你們今天一起跑步來的嗎？」

李光耀跟謝雅淑對看了一眼，搖搖頭，異口同聲地說：「不是。」然後李光耀突然瞥見一個非常顯眼的人正對著他揮手，李光耀也興奮地揮手大喊：「麥克！」

麥克露出大大的笑容，加快跑步的速度。

光北的先發陣容，竟不約而同選擇跑步上學。

五個人在校門口閒聊了一下，便一起走進校門，不過馬上被一陣像是氣喘發作的喘息聲吸引了注意力，大夥回頭一看，發現是臉色發白的詹傑成。

「你……你……你們……有……有沒有……水……」

換上一身乾淨的制服，李光耀跟麥克一起走進教室。因為離早自習還有半個小時的時間，所以只有五、六個學生坐在教室裡面。

李光耀放下背包，拿出早餐放在桌上，然後馬上走到王忠軍前面的座位，拉開椅子坐下，面對面地看著王忠軍，「你昨天有沒有來看球賽。」

王忠軍盯著手上的書，頭也不抬，冷冷地說：「沒有。」

「為什麼？」李光耀明顯露出失望的表情，「不過你放心，昨天我跑步回家的時候，發現你的小祕密，所以我以後再也不會問你要不要參加籃球隊了。只是我真的認為，如果你能當我的隊友，會是一件令人興奮的事情。」

聽到「祕密」兩個字，王忠軍臉色緊繃，將手裡的書放下，「你發現了什麼？」

「昨天比賽結束後，我跑步回家時，看到你和你妹妹顧著一家麵攤。」李光耀對王忠軍笑了笑，似乎是要他別那麼緊張。

「你知道嗎，世界上有很多打籃球的人，他們夢想前進 NBA，可是大部分的人連他們自己國家的職業聯盟都打不進去，因為他們沒有那個實力，所以他們的夢想最終只能是幻想。然而有些人擁有很高的天賦，也有足夠的實力，只不過因為現實，他們並沒有辦法讓大家看見這些實力與天賦。」李光耀看著王忠軍，

「你，就是屬於後者。」

李光耀站起身來，把椅子推回去，拍拍王忠軍的肩膀，真誠地說：「我真的很想跟你站在同一個球場上，不管你的身分是隊友或是對手。」

就在李光耀說完，準備走回座位上享用早餐時，王忠軍問：「你又怎麼能確定自己一定做得到？」

「什麼？」李光耀轉頭，看見的是王忠軍混雜著狂熱、無奈與失望的眼神。

「你怎麼能確定自己一定可以讓夢想成真？」王忠軍的聲音有點顫抖，顯示他努力壓抑激動的心情。

李光耀給了王忠軍一個燦爛的笑容。

「因為我是天才。」

第十章

校長室。

「那我就照這份名單交上去了。」吳定華把手上的名單放到葉育誠桌上。

「詹傑成、李光耀、魏逸凡、楊真毅、李麥克……」葉育誠喃喃念著紙上的名單，點了點頭，「就這樣吧。」

「對了，還有球衣的問題，總不能要他們比賽時還穿號碼衣吧。」吳定華趁機替球員們抱屈。

「放心，剛好有一個新老師他在大學時期有副修設計，我可以請他幫忙一下。」葉育誠問：「如果我沒記錯，丙級聯賽三個星期後開打？」

「對，所以這份名單我今天下午就會傳真過去，否則就來不及報名了。」

「嗯。」葉育誠沉吟了一會，「有什麼特別需要注意的球隊嗎？」

「基本上，以丙級的水準，就跟我之前說過的一樣，有李光耀跟魏逸凡兩個人就夠了。除此之外，上次跟東台進行友誼賽時，我發現魏逸凡跟楊真毅兩人的搭配非常有默契，甚至對上東台都有一定殺傷力。」

「我當初也沒想到他們兩個人這麼搭，真的是意外的驚喜，連麥克這個沒打過球的人都可以賞東台兩顆大火鍋。」

吳定華笑了笑，「他的彈跳速度還有手的長度實在令人驚豔，可惜他接觸籃球的時間太短，如果給他多一點時間，他真的有機會可以成為一個可怕的鋒線球員。」

「還有那個你當初堅持要拉進來的詹傑成，我很久沒看到那麼精彩的傳球了，如果不是板凳球員的實力真的太弱，接不到他的助攻，我們光北的計分板上應該可以多個十分。」雖然昨天被東台電得很慘，但想起詹傑成的表現，葉育誠的臉上寫滿了興奮。

「那時候選他我也掙扎了一陣子，畢竟他的體力真的不是普通的差，跟你當年一樣，如果我沒猜錯，他抽菸一定抽得很凶，否則體力不會那麼差。」

葉育誠咳了幾聲掩飾尷尬，「體力這種東西，把菸戒掉之後很快就可以練起來，我當年不也是這樣。」

「是啊，就是因為有你這個前例，所以我最後才決定選他。」吳定華對葉育誠挑了幾下眉。

「當年就是你這個混帳東西，老是在我跑步落隊的時候踢我屁股！」葉育誠笑罵著，回憶一幕幕快速地在腦海中飛過。

「我那是為你好，不然當年你也只有一股傻勁啊，如果不是我幫你，哪會有『防守大鎖』那麼好聽的名字。」吳定華聳聳肩。

「那我還真是要感謝你才對。」

「大家都那麼熟了，你這麼說就太客氣了。」

葉育誠看著吳定華，「其實我一直有個疑問，為什麼你只有對我一個人講話可以這麼犀利，之前找楊翔鷹會長跟面對東台兩個教練的時候，都悶不吭聲的？」

「其實我自己也覺得很奇怪。」

兩人唇槍舌戰了好一會兒後，又轉回正題，「對了，我打算利用早自習的時間對球員進行訓練，如果六點開始的話，可以多爭取兩個小時的時間練習。可惜學校操場目前沒有照明設備，放學後的時間無法訓練的話，練習量絕對不夠。」

「嗯，這方面我會想辦法。」葉育誠說。

「還有，我需要一個助理教練。」

葉育誠看著吳定華的眼神，露出一抹古怪的笑容，「別以為我不知道你在想什麼，你是想把明正拉進來吧。」

吳定華也笑了，「難道你不想？」

★

第二節下課，楊信哲對學生交代了作業之後，口乾舌燥的他回到辦公室，一屁股坐在自己帶來的舒服椅子上，暢快地喝著冰茶。他打開筆記型電腦，正想用 Youtube 聽歌休息一下的時候，已經好一陣子不跟他說話的沈佩宜突然點點他的肩膀，冷淡地說：「校長祕書打過來，說校長現在要見你。」

「現在？可是我下一節還有課耶。」楊信哲抱怨著，但沈佩宜理也不理。

看著沈佩宜，楊信哲滿是無奈，心想，「奇怪，我到底是哪裡惹到她了，女人果然是一種神祕的生物啊……」

楊信哲一口氣把冰茶喝完，走出教師辦公室，一路上想著校長這麼急著找他要幹嘛？是因為覺得他在學生之間的高人氣會讓其他老師眼紅，所以讓他收斂一下他天生的明星氣息嗎？

就在楊信哲腦子裡充滿著一些自戀到不行的想像時，他來到祕書室，祕書說直接上樓敲門就可以，於是楊信哲走上位於二樓的校長室，整理了一下衣服，在心中默念一次剛剛路上想好的說詞，深吸一口氣，伸手敲門。

「請進。」葉育誠宏亮的聲音傳來。

「校長，你找我？」楊信哲打開門後，直接問道。

「嗯，你的履歷表上寫著你大學時期有副修設計，很不簡單呢。」葉育誠摘下鼻梁上的眼鏡，笑咪咪地看著楊信哲。

楊信哲嗅到隱藏在葉育誠笑容下的意圖，「其實說副修也不太對，只是去旁聽，校長你也知道，設計系有很多漂亮女生，所以……」

校長嘿嘿一笑，「我記得面試的時候，你說你在設計這方面具有高度的才華，就連設計系的教授都叫你直接轉到設計系不是嗎？」

「校長，我不得不說，以你的年紀還有這種記憶力，實在太厲害。」楊信哲嘆了一口氣。

「楊老師，我也不得不說，你拐著彎罵人的技巧非常高超。」葉育誠看著楊信哲，「不要用懷疑的眼神看著我，我看起來像是會害人的樣子嗎？」

「會。」楊信哲不假思索地說。

「關於你今年的教師成績考核，我認為……」

「校長，不如說說你找我來的目的是？」一聽到校長提起考核的事，楊信哲連忙轉移話題。

「事情是這樣的，三個星期後丙級聯賽就要開打，因為你有設計方面的專長，所以我想請你幫忙設計球衣。」

「嗯，昨天的球賽我有去看，讓球員穿號碼衣確實有點丟臉。」

「所以你願意幫這個忙嗎？」

「我可以說不嗎？」

「可以啊，那關於今年的教師成績考核……」

「校長，其實我真心地認為替學校設計球衣是一件非常值得驕傲且光榮的事，這件事就交給我吧！」楊信哲拍拍胸口保證。

「那就謝謝你了，學校有你這麼熱心的老師，真是一件值得高興的事情。」葉育誠笑著站起身，拍拍楊信哲的肩膀。

「校長，我任教的班級不少，平常下班回家除了要改他們的作業、考卷，身兼導師還要應付很多家長『關心』的電話，真的很辛苦。然後你也知道設計就像藝術創作，是需要時間跟空間……」

校長擺擺手，對楊信哲說：「好了好了，你到底想要說什麼，直接說。」

楊信哲啊哈一聲，「校長果然快人快語，那我就直接說了。設計是一件吃力不討好的事，可不可以請校長考慮一下，您個人給我一些實質上的獎勵，不用多，一些些就好了……」楊信哲用期待的眼神看著校長。

「有啊，你剛剛不是說了嗎，替學校設計球衣是一件讓你非常值得驕傲且光榮的事，這種精神上的成就感比起物質的金錢虛榮，想必就是一個最好的獎勵了。」

「其實我……」

葉育誠不給楊信哲說話的機會，「好了，這件事就麻煩你了。對了，球衣的顏色跟設計方向請參考光北校徽。」

「校長……」

校長直接把楊信哲推到門外，用一句鐘響了，趕快回去上課阻止楊信哲說話。

楊信哲唉聲嘆氣地走回教師辦公室，癱坐在椅子上，哀怨地說：「吸血鬼校長啊，太坑人了。」

這一節沒有課的沈佩宜，看到楊信哲回來，也沒問校長找他是為了什麼，只瞥了楊信哲一眼，馬上低頭繼續改考卷。不過沈佩宜也不用問，因為不斷抱怨的楊信哲，已經提供足夠的訊息讓沈佩宜知道發生了什麼事。

「當年只不過是想認識設計系的女生嘛，而且最後想追的女生也沒追到，我幹嘛要把這段往事寫在履歷上呢！最該死的還是那個吸血鬼校長，這種芝麻綠豆的小事情都可以記得清清楚楚的，算他厲害。好，我認了，設計球衣而已嘛，哪能難得倒我！」楊信哲隨手抓起一疊考卷跟白紙，大大嘆了口氣，便往教室的方向走去。

楊信哲走進一年五班的教室，站上講台，宣布道：「好了，告訴你們一個好消息跟壞消息，壞消息就是呢，我今天要臨時考，先別急著抱怨，還有一個好消息，這張考卷所有的題目都是單選題，而且我知道我今天上課遲到，你們絕對沒有足夠的時間把考卷寫完，所以每個人的分數從二十分起跳。」楊信哲說到最後一句話的時候，一年五班的同學們才總算露出如釋重負的笑容，尤其是李光耀。

因為李光耀創造了一年五班第一個考零分的紀錄，那時候考的就是化學。

把考卷發下去之後，楊信哲拿出帶來的白紙，抽出放在講桌上的鉛筆，開始在紙上描繪出球衣的正、反面，上面畫著一個背號——二十四。

他昨天到操場觀看球賽的時候，深深被穿這個背號的李光耀吸引，他看得出來，就算場上站著東台的球員，也絲毫掩蓋不了李光耀所散發出來的光芒。

不管在什麼時候都充滿著自信的眼神、在場上投進球之後竟然向對方教練挑釁的狂傲姿態、只要一拿到球就會讓現場氣氛轉變的感覺……

楊信哲也看高中聯賽，但從來沒有任何一個高中生可以讓他有如此熱血沸騰的感覺，直到昨天，他看到在場上奔馳的李光耀。

楊信哲一邊想著光北校徽的形狀跟顏色，再看看紙上的球衣，很快地便有了靈感。

楊信哲發揮出大學時在設計系旁聽所累積出來的繪畫功力，快速將 logo 與樣式跟紙上已經畫好的球衣做結合，在課堂結束的鐘聲響起時，紙上的球衣已經煥然一新。

「好，最後面的同學把考卷收回來。」

回到辦公桌前的楊信哲，把化學考卷放到桌邊的角落上，打開筆記型電腦，上網搜尋了很多 NBA 跟歐洲聯賽球隊的球衣設計後，拿出自己手繪的圖稿，在上面加了簡單的線條。

準備到一年五班上課的沈佩宜，走過楊信哲身旁時，不經意瞥見楊信哲桌上的圖稿，眼睛微微瞪大，臉上出現不敢置信的表情。她沒想到楊信哲做事總給人少一根筋的感覺，竟然可以用一張 A4 白紙跟一枝鉛筆，畫出那麼細膩的圖案，看他認真的表情，根本無法跟剛剛不斷抱怨校長的他聯想在一起。

看著楊信哲，沈佩宜的思緒回到了大學時期，那時候她的男朋友還沒離開，那時候的她依然過著人生最幸福的日子，那時候的她最喜歡看男朋友贏得比賽之後，對她露出那一抹淘氣的笑容。

那一抹淘氣的笑容，跟他在場上擊垮對手時露出的凶悍表情，有著非常衝突性的反差，她也最愛這種反差感，因為在她眼裡，他凶悍的表情代表他無比自信的帥氣，而淘氣的笑容則是專屬於她的可愛。

她最喜歡去看他比賽，最喜歡看他認真的神情，最喜歡在比賽之後替他遞水擦汗，最喜歡看著旁邊那一群暗戀他的花痴，露出忌妒又憤恨的表情。

過往的回憶不斷閃過沈佩宜心中，讓她不知不覺眼眶一片模糊，看著眼前一道人影向她走過來，那高壯的身材，讓她情不自禁地呼喚：「小翔……」

只不過這人影的聲音跟小翔完全不一樣，「沈老師，妳還好吧？」看著沈佩宜整個眼眶都紅了，楊信哲關心地詢問。

沈佩宜這時才驚覺站在面前的不是自己思念的人，而是吊兒郎當的楊信哲。

自己竟然將最脆弱的一面曝露在楊信哲面前，沈佩宜惱羞成怒地說：「我沒事，就算有事也不用你管！」說完，踏著又急又大的步伐，很快地消失在楊信哲眼前。

被沈佩宜凶得莫名其妙，楊信哲搔搔頭，不知道自己又是哪裡惹到她，「她是那個來嗎，怎麼火氣那麼大？還有她剛剛說的小翔又是誰？」想不出個頭緒的楊信哲索性也不想了，回到位子上，繼續未完的球衣設計。

★

剛剛將球員名單傳真到丙級聯盟的吳定華，上網重新檢查了一次自己有沒有漏了任何事項，然而一個斗大的標題讓他雙眼瞪大，幾乎是從椅子上跳起來，表情狂喜，馬上往校長室的方向快步走去。

吳定華用力敲著校長室的門，大喊著：「葉流氓，死了沒？還沒死就快開門！」

葉育誠沒好氣地說：「門沒鎖。」看著吳定華激動地闖進來，臉上還帶著無比興奮的表情，問：「發生什麼事了，怎麼笑得這麼開心，中樂透了？」

吳定華快步來到辦公桌前，雙手撐在桌上看著葉育誠，「最新消息，新興高中宣布解散籃球隊，退出甲級聯盟，轉型成純升學高中。」

聽到吳定華的話，葉育誠整個人也差點從椅子上跳起來，「真的嗎？」

「真的。」吳定華無比興奮地點頭。

「這樣甲級聯賽少了一支球隊，如果我沒記錯的話，在這種情況下將由乙級聯賽的冠軍隊伍遞補缺額？」葉育誠整個人因為太興奮而顫抖。

「對！」

「所以只要我們能夠在今年乙級聯賽奪得冠軍，就可以參加明年一月中的甲級聯賽了！」葉育誠雙手握拳，眼裡燃燒著熊熊光芒，「太好了，我以為要花更久的時間，沒想到竟然馬上就有這個機會！」

★

下午第二節，楊信哲利用空堂時間，拿著圖稿敲了校長室的門。

「請進。」葉育誠的聲音從裡面傳了出來，看到進來的人是楊信哲，拿下眼鏡問道：「什麼事？」

「校長，關於早上你跟我說的設計球衣的事……」

「怎麼了？」葉育誠下意識地皺起眉頭，以為楊信哲要討價還價。

楊信哲得意地說：「我設計好了，請你看一下。」

楊信哲將圖稿擺在辦公桌上，「基本上，為了跟校徽搭配，所以球衣的顏色會以藍白兩色為主，而為了增添一點變化性，我建議做兩套球衣，一套藍色底白色字，另一套則相反。」

葉育誠拿起圖稿，仔細端詳，「簡單說，就是類似 NBA 主客場球衣的意思。」

「沒錯。」楊信哲點頭。

葉育誠看著圖稿，狐疑地問：「你……該不會是抄襲哪個網站的吧？」

楊信哲露出一個哭笑不得的表情，「你怎麼會這麼想呢，校長？」

「你交出來的東西比我想像中好太多了，我一直以為你在吹牛，沒想到成果讓人驚豔，這真的是你自己設計的？」葉育誠很難把細緻的圖稿，跟楊信哲吊兒郎當的個性連結在一起。

「校長，你稱讚人的方式可真特別。」

葉育誠和楊信哲兩人相視而笑。楊信哲搓著手，露出諂媚的笑容，「校長，這球衣設計我可是犧牲了寶貴的午休時間，在短短幾個小時內趕出來的。」

葉育誠揮揮手，「長話短說。」

楊信哲大大地笑了，「校長果然是性情中人，快人快語，那我就直說了，關於今年的教師成績考核……」

葉育誠放下圖稿，嘆了口氣，「楊老師，你有沒有覺得今天天氣還不錯，是個適合打籃球的日子？」

「校長？」楊信哲盯著顧左右而言他的校長。

葉育誠發現沒辦法繼續裝傻，「好吧，教師成績考核我會想辦法，但你的表現也不能太差，否則我能做的也有限。」

「這是當然，我明白。」楊信哲臉上露出大大的笑容。

「球衣設計的不錯，就照這樣做吧。楊老師，由於你意外優秀的表現贏得了我的信任，所以除了球衣設計之外，我決定把在球衣送過來之前，一切所需要遇到的技術層面問題交給你。」

楊信哲輕咳幾聲，「校長，其實我不太懂你剛剛說的那一大串，什麼『一切所需要遇到的技術層面問題』是什麼意思？」

校長爽朗地大笑，「楊老師，我相信你懂我在說什麼。」

楊信哲嘆了口氣，「校長，你叫我設計球衣我就認了，可是連絡廠商、交代細節、金錢往來這種細節都交給我，是不是有點過分了？」

「就說你聽得懂嘛，楊老師，我發現我們真的是很有默契。」

「校長，請別轉移話題。」

葉育誠只好改用另一種方法，「楊老師，你昨天有沒有看我們對東台高中的友誼賽？」

楊信哲點頭，「有。」

「那我相信你會發現我們光北目前的實力雖然不強，卻是一支充滿著天賦的球隊。」

「這我同意。」

「楊老師，就在今天稍早，吳教練告訴我一個好消息，那就是新興高中宣布解散籃球隊，決定轉型為純升學型高中。」

「然後呢？」

「新興高中有兩支隊伍，分別是甲級跟乙級的球隊，新興高中解散的話，代表今年光北高中有希望從丙級聯賽一路晉級到甲級聯賽。」

楊信哲還是不太了解葉育誠想要表達什麼，「所以呢？」

「你想想，光北高中籃球隊從無到有，從最默默無名的小球隊一躍站上甲級聯賽的舞台，一路上穿的球衣是你親手設計的，光想就讓人感動啊！」葉育誠高亢激昂地說著，打算用動之以情的方式讓楊信哲答應這件事，沒想到楊信哲的反應卻相當冷淡。

「嗯，好感動，所以呢？」

「楊老師，你這冷淡又敷衍的反應真叫我心寒啊。」

「校長，你這樣剝削我這個新進老師的行為才讓人心寒吧。」楊信哲臉帶怒容瞪著葉育誠，但隨即又換上和顏悅色的表情，表情前後轉換之快，讓葉育誠誤以為自己現在在看川劇的變臉表演。

「但是呢，我也不是這麼難以溝通的人啦，只要校長答應我一個要求，我保證球衣會以專業級的方式呈現出來。」

「什麼要求，你先說說看。」這次輪到葉育誠嗅到了不對勁的氣息。

「我要擔任助理教練。」

聽到這個要求，葉育誠往後一躺，靠在椅背上，雙手手指交叉著，眼神深沉地看著楊信哲，「在回答你這個要求之前，我想先問，為什麼？」

楊信哲說：「我昨天看球賽時，感受到球隊散發出來的熱情，就算被東台打得落花流水，可是光北打球卻比東台多了一股可以感染人心的熱情。尤其是李光耀，當他一拿到球，整個球場的氣氛都變得不一樣，不管是球技或是個人魅力，你都無法不去注意他的存在。這種讓人眼睛離不開的球員，我是第一次見到，而除了他之外，光北其他球員也有著讓人眼睛為之一亮的感覺，對於這支充滿獨特魅力的球隊，我不想當旁觀者，而是想當一個參與者。」

葉育誠點了點頭，「楊老師，如果你平常有你剛剛說話時一半的認真正經，那我想你之後都不用為了教師成績考核而煩惱了。至於助理教練，我跟總教練確實討論過這件事，但我們心目中已經有一個非常適任的人選，只不過那個人可能不會只甘心於當個助理教練。但別高興得太早，在事情尚未決定之前，我沒辦法給你任何保證。」

「好，我明白。那我等校長消息。」

「別抱太大的期望，然後所有支出記得開發票或收據，到時候可以報帳，可別自己傻傻地付錢。」

「校長，這點你放心吧，關於錢這一點，我一直是有心無力的。」楊信哲哈哈大笑。

★

吳定華利用下午二十分鐘的打掃時間，集合籃球隊的所有人，宣布已經將名單登錄到聯賽的事情，並預告之後練球的相關事宜後，就讓大夥解散。

籃球隊的眾人夾雜著興奮和緊張的心情各自回到教室，卻有一個人臉上寫著鬱悶與悲傷。

李光耀跟麥克走在一塊，看著謝雅淑一個人走在前頭，快步追了上去，右手直接環住謝雅淑的肩膀，讓謝雅淑嚇了一大跳，「你幹嘛！」

李光耀看著前方，「隊友，有心事嗎？」

一聽到「隊友」兩個字，儘管謝雅淑再怎麼努力克制，還是掩不住臉上失落的神情，「沒有。」

「沒有才怪，我不用看就知道妳現在的表情一定很難看。」李光耀摟緊謝雅淑的肩膀，「不管怎麼樣，妳都是我的隊友。」

聽到這句話，讓剛剛得知自己沒有被登錄進聯賽名單的謝雅淑終於忍不住流下淚水，儘管如此，謝雅淑依然倔強地沒有哭出聲。

感受到謝雅淑的顫抖，李光耀拍拍她的肩膀，「妳知道嗎，就算妳沒辦法跟我們站在同一個戰場上，並不代表妳就不在。」

「我……我也……想要……打……比賽。」謝雅淑啜泣著，她是那麼喜歡籃球，卻因為性別讓她沒辦法站上球場，披上驕傲的戰袍，跟強悍的對手較量。

李光耀繼續道：「球場上，我是大家的領袖，因為我是最強的，可是球場上除了球技之外，還有另一項可以左右比賽勝負的重要因素，那就是氣勢。『球是圓的』，歷史上 NBA 弱隊打敗強隊的例子不勝枚舉，就算是在季後賽的戰場上也曾經上演過老八傳奇（註十一）。

「我們是一支剛成立的球隊，各方面都還不成熟，就連強隊都可能因為氣勢被壓過而輸球，更別說是光北了。如果氣勢上輸給對方，很容易會全面崩盤，這時候我就需要妳擔任精神領袖的角色，在球場外替我們吶喊加油，讓我們感受到我們站在球場上並不是孤單的。

「不要以為當精神領袖是一件很簡單的事情，唯有被大家信任的人才能扛起這個責任。我喜歡妳對籃球的熱情，也喜歡妳對籃球的投入，更欣賞妳的鬥志，除了妳之外，我想不到有更適合的人來擔任球隊精神領袖了。」

謝雅淑抹去臉上的淚水，吸了吸鼻子，抬起頭紅著眼眶看著李光耀認真的臉龐，破涕為笑，「李光耀，有沒有人跟你說過你很不會安慰人？」

李光耀放開謝雅淑，搔搔頭，露出尷尬的表情，「沒有。」

謝雅淑噗哧一聲，「放心吧，我沒有你想的那麼脆弱。還有，要一個女生替你們加油，會不會太厚臉皮了一點。」

李光耀看著謝雅淑，「哈哈哈，放心吧，說不定到時候妳加油的對象是敵隊也說不定。」

「怎麼可能。」

李光耀露出充滿自信的笑容，「怎麼不可能，當妳看到他們沒有一個人擋得住我的時候，妳會開始覺得他們很可憐，然後忍不住想他們加油。」

謝雅淑翻了個白眼，「李光耀，你也太自信過剩了吧。」

李光耀大笑，「我前隊友都說我是臭屁白目腦殘自信過剩王。」這時上課鐘響了，李光耀對走在後頭的麥克招招手，然後拍拍謝雅淑的肩膀，「好了，我要回去上課啦，先走了，拜。」

「嗯。」謝雅淑點頭，小小聲地對李光耀說：「謝謝。」

因為被鐘聲干擾，李光耀沒有聽清楚謝雅淑說的話。「啊，妳說什麼？」

「沒事，我也要回去上課了，拜！」謝雅淑大聲說。

「嗯，拜拜。」李光耀揮揮手。

麥克回頭看，確認謝雅淑跟他們走不同方向後說：「爸爸說，吃女生豆腐是不對的行為。」

「我剛剛哪有吃她豆腐，你哪一隻眼睛看到我吃她豆腐？」

麥克比比左眼，「這一隻。」再比比右眼，「還有這一隻。」

李光耀被麥克有趣的舉動逗笑了，「麥克，你剛剛有沒有看到謝雅淑的表情，是不是感覺很糟？」

麥克點頭。

「那你覺得謝雅淑算不算是我們的隊友，就算她沒有被登錄進聯賽名單？」

麥克再點點頭。

「所以囉，看到隊友傷心，身為球隊領導者的我，當然要想辦法安撫她的情緒。球隊領導者除了在球場上要帶領大家之外，平時也要關心隊友們的狀況。」

「為什麼？」

「因為做為一個領導者，必須確保隊友在場上是以百分之百的狀態面對比賽。不怕神一般的對手，只怕豬一樣的隊友，就算我強到讓人無法置信的地步，可是籃球是一種團隊運動，我還是需要隊友的幫忙才能贏得比賽。而在籃球場上，只要有任何一個人狀態不好，都可能會拖累整個球隊。」

麥克怯怯地說：「所……所以我昨天一直在拖累大家？」

李光耀笑了笑，「就球技來說，是的。可是你那兩顆火鍋大大地提升了球隊的士氣，這是我們其他人做不到的，你的拚勁感染了其他人，也感動了場邊的觀眾，這點，你比任何人都還要厲害。」

麥克露出靦腆的笑容，「真的嗎？」

「真的。」李光耀右手握拳，輕輕打了一下麥克的胸口，「相信自己，你擁有的東西很多，你的手長，你的彈跳速度，你對於蓋火鍋的時機判斷。我可以做到的你做不到，可是你能做到的我也做不到，不要妄自菲薄，就算你沒辦法在得分方面有所貢獻，可是你要告訴自己，沒關係，我得分不行，那我的籃板就要搶得比任何人都多，我火鍋就是要蓋到對方沒有任何球員敢切入禁區！」

看著李光耀充滿鬥志的眼神，麥克不禁想像著自己在場上捍衛禁區的景象，胸口熱血洶湧，重重地點頭，「嗯！」

遠處，剛從學務處辦完事情的沈佩宜剛好看到這一幕，看見在她面前總是靦腆，像是在閃躲什麼的麥克，在李光耀面前卻能開懷笑著，她內心有些糾結。

「小翔，你說籃球本身就是一種語言，可以讓人敞開心胸的語言，我有一個學生，因為狀況比較特殊，所以我花了很多時間跟耐心去包容他關心他，可是他在我面前總是畏畏縮縮的；然而班上一個整天只想著打籃球，除了英文之外其他科目都表現很差的同學，卻能讓他露出孩子般的純真笑容，毫無顧忌地放聲大笑。

「小翔，可能就跟你說的一樣，或許籃球就是有一種看不見的魔力吧……」

思緒亂到極點的沈佩宜，低垂著頭走過長廊，卻在一個轉角不小心撞上了人，手上的考卷跟課本全都掉到地上。

「沒事吧！」楊信哲連忙蹲下身子，幫沈佩宜撿起掉在地上的考卷跟課本。

「天啊，為什麼又是你！」看到楊信哲，雖然是自己的錯，但肚子裡就是有一股怒火熊熊燃燒著。

「啊，什麼又是我？」楊信哲抬起頭不解地看著沈佩宜。

「我自己撿就好。」沈佩宜一把奪過楊信哲手上的考卷，蹲下來將其他散落一地的課本跟考卷撿起來。

楊信哲莫名其妙地承受沈佩宜的怒火，卻一點都不生氣，反而開口關心，「沈老師，妳最近情緒不太穩定，看起來很憔悴，妳真的沒事？」

「沒事，謝謝你的關心。」抱著考卷跟課本，沈佩宜踏著重重的步伐往辦公室走去。

「嗯，原來女人那個來的時候都這麼難搞，記下來。」楊信哲聳聳肩。

★

校長室。

「嗯……」葉育誠看著電話，沉吟一聲。

「嗯……」吳定華盯著電話，也長長地拖了一聲。

葉育誠跟吳定華異口同聲地說：「你打。」

「你是校長，這個籃球隊是你說要成立的，當然是你打。」吳定華理直氣壯地說。

「是你想找助理教練，又不是我。」葉育誠大聲抗議。

「不然什麼事都丟給我一個人做嗎？我又不是三頭六臂！」吳定華據理力爭。

「我懂，可是依他的個性，你覺得他會答應嗎？」葉育誠反問。

「問了才知道啊，我看他平常閒閒沒事做，說不定閒著無聊，對助理教練有興趣。」吳定華說得有點心虛。

「既然你這麼覺得，那你打。」葉育誠拿起話筒，遞給吳定華。

「葉流氓，你都當到校長這個位置了，怎麼連打通電話都不敢？」吳定華雙手交叉在胸前，就是不肯拿話筒。

「奇怪了，你是總教練，為什麼不敢打電話給你想要的人才？」

「剪刀石頭布，輸的打。」兩個四十好幾的中年人，最後卻想出了這個辦法，荒謬的是兩個人都同意了。

「剪刀、石頭、布！」葉育誠出拳頭，吳定華是布。

「三把決勝負，再來！」

吳定華笑罵一聲：「少在那邊耍賴，快打。」

「要是他拒絕怎麼辦？」葉育誠拿著話筒，手指卻停留在按鍵上。

「我怎麼知道，先問了再說嘛，就打給一個老朋友而已，幹嘛那麼緊張。」

「我也不知道我幹嘛那麼緊張啊。」懷著不安的心情，葉育誠撥了李明正的電話，電話響沒幾聲，就接通了。

「喂？」

經過了兩分鐘的簡短對話，葉育誠掛上電話，吳定華緊張地問：「怎麼樣？」

葉育誠喝了一口茶，大大地哈了一聲，「很有他的風格。」

「所以是不囉？」吳定華表情難掩失望。

「你就想像，如果今天要他坐在板凳區，他會有什麼反應？」葉育誠打了一個比喻。

吳定華直覺說：「他絕對會說，不要，他要上場痛宰對手。」

葉育誠點頭，「沒錯，所以你想如果今天要他做你的助理教練，他會？」

「叫你去吃屎！」

葉育誠擺擺手，「沒那麼嚴重啦，他說他要當執行助理教練。」

吳定華不懂，「執行助理教練，是什麼？」

「簡單說，就是掛名助理教練的總教練。」

吳定華的表情頓時哭笑不得，「那我算什麼？」

「總教練啊！一個是總教練，一個是執行助理教練。」葉育誠聳聳肩，拿起話筒，「不然你自己跟他說。」

吳定華搖搖頭，「算了，他一旦決定的事，就沒人可以更改。」

「沒錯。」這時，葉育誠突然想起一件事，「你真的需要一個助理教練，對吧？」

「當然啊！」吳定華振振有詞地說。

葉育誠露出了神祕的笑容，「那我手邊倒是有個人選。」

★

凌晨四點半，寂靜又黑暗的時刻，李家庭院的籃球場卻傳來球的拍打聲。

李光耀拿著球，站在罰球線後面，右腳對準籃框，深吸了幾口氣，左手拿球抱在腰側，右手虛空做著投籃的動作，然後把球拿起來，開始做罰球線的投籃練習。

唰！

李光耀投出的第一球就漂亮地空心進網，後旋的球摩擦球網後發出了清脆的聲響。

「嗯，感覺不錯。」李光耀感受著球從指尖離開的感覺，滿意地點點頭，快步走向前，彎腰撿球，繼續投籃。

半個小時後，李明正穿著長袖運動衫與運動短褲，從屋裡走出來，「投進幾球了？」

李光耀沒理會李明正，深呼吸，曲膝，將球舉到額頭上前方，把球投出。

球在空中劃過一道彩虹般的弧度，精準地落在籃框中間。

唰！

李光耀這時才轉頭看向李明正，笑著說：「正好一百球。」

李明正點點頭，「好，該出發了。」

李光耀背起放在籃球架下方的後背包，「好。」

今天是星期一，也是球隊開始訓練的第一天，因為規定六點要到校練球，李光耀早上四點就起床，用半個小時的時間簡單梳洗跟整理後背包後，就到了球場訓練。

罰球是每天固定的練習項目，每一次練習至少要投進一百顆。

「老爸，你也要一起跑？」李光耀驚訝地看著李明正，他以為李明正只是要把他送出門而已，沒想到李明正也背了個後背包，腳上更穿著一雙鮮紅的跑步鞋。

「哦，對了，我還沒跟你說，我是你們球隊的執行助理教練。」說著，李明正便邁步向前跑去。

「執行助理教練？」李光耀很快地追了上來。

「沒錯。」

「那是什麼?而且為什麼這麼突然?」

「你去問校長囉，是他找我的。還真期待，上次看你們跟東台的友誼賽，看到幾個有趣的球員。」

李光耀興奮地說：「沒錯，尤其那個五十五號詹傑成，雖然體力真的有夠爛，可是他的傳球視野很廣，時機又掌握得非常精準，運球也不錯。」

李明正表情帶著自信，「他是不錯，缺點就是體力太差，而且從他偏好切入來看，他的外線應該不穩定。不過瑕不掩瑜，在我的教導之下，他一定會成為一個很棒的控球後衛。」

「對了，老爸，你今天打算讓我們先練什麼?」

「當然是防守跟體能。上次對東台那場比賽，我認為最大的問題不在於進攻，反倒是防守，腳步跟不上東台，比賽的節奏一直被東台牽著走，失去了氣勢跟鬥志才是大比分落敗的主因。」

「我也這麼覺得。」

李明正父子沉默下來，專心在跑步上，不過李光耀卻忽然嘆了一口氣。李明正看到李光耀有些失落的表情，關心道：「怎麼了?」

「其實班上有一個我覺得很不錯的射手，我之前一直找他加入籃球隊，但他都拒絕了。我覺得很奇怪，因為我感覺得出來他很喜歡籃球，直到上星期跟東台友誼賽打完，跑步回家的時候，我偶然發現他在一家攤煮麵招呼客人，我猜他應該是家境不好，需要幫家裡顧麵攤，所以才一直拒絕我。」

「哦。」李明正大口喘氣，簡單地回了一聲。

「如果隊上有他這個射手，在我無人可擋地切入禁區吸引包夾之後，就可以馬上把球傳給他，大空檔三分球，咻——唰！」光是想像這個畫面，李光耀就覺得無比興奮。

「你之前跟他打過球？不然怎麼知道他投球很準？」

「第一次上體育課的時候跟他比賽過三分球，結果被他電爆，還輸了一瓶飲料。而且他超酷的，不管投進幾球臉上的表情都沒有變化，好像球投出去一定進一樣。」李光耀越說越興奮，但表情很快又轉為沮喪，「好可惜，真的好可惜。」

「他叫什麼名字？」李明正問。

「王忠軍。」

「嗯。」

父子倆沒有再多說話，一路上專心跑步，抵達校門口時間是五點五十分，溫暖的陽光已經灑落在大地上，溫度也提升了兩三度。父子倆用毛巾擦汗，喝著水並肩走向操場。

葉育誠、吳定華、楊信哲、謝雅淑、楊真毅、魏逸凡及麥克已經抵達球場，或是在講話，或是互相幫忙熱身，完全就是一副已經準備好要開始訓練的模樣。

「早！」李明正父子對夥伴們打了聲招呼後，李光耀便加入隊友們的熱身行列。

「這位是？」李明正看著楊信哲，禮貌性地點頭致意後，便疑惑地看向葉育誠與吳定華。

「他是化學專任老師，但是在他的跪求之下，他現在有一個新的身分，助理教練。」葉育誠說。

「似乎是沒有到跪求這種程度……」楊信哲無奈地說，對李明正伸出手，做了正式的自我介紹，「你好，我是楊信哲，是最卑微的助理教練，對籃球處於外行看熱鬧的程度，但是我很喜歡籃球。」

楊信哲有趣的自我介紹讓李明正不禁笑了出來，也伸出手，「你好，我是李明正，是執行助理教練，在籃球的世界裡扮演著天才的角色，站在你旁邊的兩位仁兄當年都是幫我撿球的。」兩人大笑了幾聲，手用力握了幾下。

葉育誠刻意咳了幾聲，「有些往事，其實可以不用追憶。楊助教，李明正同時也是你最欣賞的李光耀的父親。」

楊信哲驚訝地看著笑吟吟的李明正，「怪不得，父子倆給人的感覺很像啊。」

李明正好奇地問：「什麼感覺？」

楊信哲說了一個讓葉育誠跟吳定華哈哈大笑的答案，「非常自我感覺良好的感覺。」

李明正聽了非但沒有生氣，反而笑得比其他人更大聲，「楊助教，這你就錯了，這不是自我感覺良好，而是擁有實力的人該有的自信。」

當李明正跟葉育誠三人寒暄聊天的時候，李光耀也跟隊友們邊拉筋邊輕鬆地聊著。

「你們怎麼這麼早來？」李光耀問。

「不想第一天就遲到，所以早一點出門。」楊真毅直截了當地說。

「之前在榮新也是很早就要起來練球。」魏逸凡則是繞著圈子說自己不是早到，而是早就習慣早起練球的模式。

「不想讓你們瞧不起我，哼！」因為之前有太多被看不起的經驗，所以謝雅淑早就養成了縱使生理上的優勢比不上男生，精神上與氣勢上卻絕對不能輸的習慣。

「就……期待今天練球，太興奮，很早就起床，然後……就乾脆跑過來了。」麥克維持著一貫怯怯地語調。

這個時候，一個像是老舊引擎的喘息聲傳了過來，詹傑成臉色蒼白，軟趴趴地對著他們揮手，「嗨……大……大……大家早。」

詹傑成一走到李光耀幾人身旁，幾乎是馬上癱軟在地，拿出水，咕嚕咕嚕地馬上灌好幾口，臉色才恢復一些。

李光耀拍拍詹傑成的肩膀，「看到你這個樣子，有個好消息讓我不捨得告訴你。」

「什……什麼好……消息？」

「等一下練的是防守。」李光耀伸出大拇指，往後比著李明正的方向，「依我爸的個性，第一天練球，他絕對會使勁全力操爆大家。」

「你爸？」詹傑成看著李光耀手指的方向，然後用疑惑的目光看著李光耀。

李光耀享受著大家把目光投注在他身上的感覺，驕傲地說：「是的，我爸剛剛跟我說他是執行助理教練，你們對他應該有印象吧？他上次有來看我們跟東台的比賽。」

看到大家點頭後，李光耀繼續說：「他說我們最大的問題並不是進攻，而是防守，所以今天練的內容一定全都是防守，到時候可別腿軟跟不上，連拿球的力氣都沒有。」

對於李光耀挑釁的言語，每個人的反應都不同。

「榮新的防守練得也很凶，雖然我已經一陣子沒有參與正式的訓練，但我還是有底子在。」魏逸凡回應李光耀。

「會跟上的。」楊真毅淡然地說，言語間有股內斂的自信。

「你大話別說得太早，到時候跟不上的人反而是你自己！」謝雅淑用一樣挑釁的言語回擊李光耀。

「嗯，好。」麥克雖然對自己沒什麼自信，卻堅定地回應李光耀，他知道自己各方面雖然都不如人，但是只要做好一件事就好了，那就是跟在李光耀身後。

「不會吧，我剛剛才從我家跑過來耶……」詹傑成哀號一聲，體能實在是他的死穴，「等會死定了。」

這時候，尖銳的哨音響起，吳定華大喊：「集合！」

李光耀等六人很快跑了過去，在吳定華面前站好。

吳定華看了手錶，「差不多了……」

吳定華說話的時候，一道人影急忙跑過來，「對不起！我遲到了。」

遲到的人，立刻走到隊伍裡面。

吳定華對那個人說道：「大偉，不用擔心，你沒有遲到。」

吳定華清清喉嚨，「在開始練球之前，我想跟你們介紹一個人，那就是我們的執行助理教練，李明正。」

李明正站前一步，露出笑容，「大家好，我是執行助理教練，李明正，也是你們的大學長，今後會負責指導你們練球，所有關於籃球的問題都可以問我。那麼簡單的自我介紹完，我來說說今後的練球方向。上次看了你們與東台的練習賽後，我認為你們最缺乏的是防守端的能力，防守腳步、補防意識、團隊默契等等，所以目前主要的練習項目將會著重在防守與基本動作。好了，開始熱身，光耀，你來帶熱身操。」

說完話之後，李明正將場面交給李光耀，然後把吳定華跟楊信哲叫過來，「有沒有碼錶？」

「沒有，但手機有計時功能。」楊信哲從口袋裡拿出前幾個星期前買的最新款智慧型手機。

「好，準備好紙筆，等一下我會先讓他們跑操場十圈，你幫我記下每個人跑完所花的時間。除了這個之外，各項訓練的時候你也要寫下每個球員的狀況，你跟在我身邊，我會告訴你該怎麼做。」

「好，沒問題。」楊信哲欣然答應，馬上跑出籃球場。

「定華，你能不能想辦法弄些網球？」

「我的辦公室有，要幾顆？」

「越多越好。」

當李光耀帶操結束之後，楊信哲正好拿著筆記本跟紅藍雙色的原子筆回到操場。李明正看到楊信哲，在遠處大喊：「楊老師，你準備好就叫他們直接開始跑！」

楊信哲也大聲回應：「好！」接著拿出手機，對李光耀等人說：「跑操場十圈，現在，開始！」

李光耀反應最快，幾乎是楊信哲話一說完就開跑，「跑最慢的請喝舒跑！」

另一頭，李明正、吳定華跟葉育誠三個人合力搬來一籃籃球、十張椅子跟十幾顆網球，依照李明正指示的位置開始在球場內擺放椅子。

放完所有東西後，李明正來到楊信哲身邊，「怎麼樣，可以嗎？」

「沒問題，交給我。」楊信哲對李明正露出自信的表情，這時，一名球員走到操場，手裡拿著早餐，一副睡眼惺忪的模樣。

「現在幾點了？」因為剛剛跑步的關係，所以李明正並沒有戴手錶。

「六點十分。」

「嘿，你！對，就是你，遲到十分鐘，多跑十圈！做完熱身之後馬上去跑二十圈！」李明正指著遲到的球員大喊。

那人嚇了一大跳，馬上把書包跟早餐放在旁邊，簡單拉筋幾下之後就開始跑步。

「定華，還有幾個球員沒來？」李明正問。

「四個。」吳定華回答。

「信哲，以你的手錶為準，接下來遲到的人，遲到一分鐘多一圈，這些遲到的球員也不用紀錄他們的時間了，遲到的球員，基本上是沒辦法在我的要求底下撐過一個星期的。」李明正雙手交叉在胸前，冷冷地看著李光耀等人跑步。

「楊老師，你有聽過 Kobe Bryant 這個名字嗎？」李明正問。

「當然有。」

「那關於他這個人我想也不用多說了，我提到他，只是因為他曾經說過一句話，『我在訓練的時候虐待自己，是為了在球場上不被虐待』。楊老師，我並沒有要求每個球員都要達到跟他一樣的程度，畢竟他是在 NBA 還可以得八十一分的怪胎，可是至少，對於自己真心喜歡的籃球，要拿出認真且負責任的態度，這就是我的教球理念。」

「我想這不僅僅是教球理念，而且還是你的人生理念。從李光耀身上我也看得出同樣的特質，對於喜歡的籃球，付出的心力真的不是一般的多，而對於自己不喜歡的東西，跟垃圾一樣敬而遠之。」楊信哲拍了拍李明正的肩膀，「你兒子，是我接光北高中的化學專任教師以來，第一個考零分的學生。」

李明正認真且嚴肅的表情馬上化成乾笑，「哈哈哈……」

當李光耀花了二十分鐘跑完十圈之後，最後一個板凳球員才姍姍來遲，而他需要跑操場三十五圈。

「好了，休息五分鐘，喝水。」吳定華大力拍著手，十幾瓶一公升的水已經準備好給他們。

「教練，這一圈操場幾公尺啊？」李光耀喘著大氣，綠豆大小的汗珠不斷從額頭滴下。

「四百公尺。」吳定華遞了一瓶水給李光耀。

「哇塞，那我今天早上已經跑了十四公里了，嘖，希望老爸等一下別操得太凶。」李光耀接過水，「教練，謝囉。」

吳定華看著李光耀的背影，想起以前李明正在跑步上下學的情況下，依然是每次最快完成球隊各項訓練的人，霎時間，在吳定華眼中，李光耀跟當年李明正的背影有些重疊。

「父子兩個人，都是怪物啊……」

一分多鐘後，魏逸凡跟楊真毅也先後返回，麥克則慢了李光耀兩分鐘回來，然後是謝雅淑、包大偉，三分半鐘後，最後一個詹傑成也抵達了，這時李光耀已經喝完水，休息夠了，正要開始練習運球。

李明正看到跑道上都是遲到的球員，直接不理，走到麥克等人面前宣布：「等一下練習的項目是折返跑，分三個階段進行，第一階段是半場的底線到三分線，第二階段是底線到半場中線，第三階段是底線到底線。我會給你們時間限制，在時間限制內達不到我要求的人，需要多跑幾趟。然後動作必須做紮實，折返跑時一定要摸到地。現在給你們休息三分鐘，三分鐘後開始訓練！」

說完之後，李明正招手叫吳定華及楊信哲過來，「等一下折返跑開始的時候，我怕信哲一個人忙不過來，定華你幫忙一下。你們兩個站在球場兩邊，看誰沒有達到我的標準。」

「好。」楊信哲跟吳定華同時點頭。

「葉流氓在幹嘛？」

「他擔心那幾個要跑二、三十圈的球員，在旁邊看著。」吳定華解釋。

「嗯，那就讓他看著吧。」李明正看向跑道那頭。

「對了，練球完先別解散大家，要讓球員挑號碼。」吳定華補充說。

李明正搖搖頭，「這件事不急，這個星期過後再說。」說完，回身用力拍手喊道：「休息時間到了，開始練習第一階段折返跑。」

李明正讓球員分成四組，籃球架兩邊各站兩組，「來回算一趟，四十秒內要完成十趟，沒有完成的人多跑五趟。準備好了沒？」

站在第一排的李光耀、謝雅淑、魏逸凡跟楊真毅異口同聲說：「好了。」

「好，預備，開始！」

李光耀再次一馬當先地跑了出去，速度快得嚇人，儘管平常楊真毅跟魏逸凡練球時也常常練習折返跑，但速度依然跟不上李光耀。而跑在李光耀旁邊的謝雅淑在完成第二趟的時候，李光耀已經跑完第三趟。

僅僅花了不到三十秒鐘的時間，李光耀就完成了十趟，不過他並沒有停下腳步，而是繼續跑著。

「時間到！」楊信哲沒有放水，四十秒一到就馬上宣布，而謝雅淑跟楊真毅並沒有完成，非常認分地接著跑另外五趟，只不過球場上卻有三個奔跑的身影，因為李光耀也跟著他們一起跑。

在李光耀陪楊真毅跟謝雅淑跑完五趟後，他在這次的訓練中總共完成二十趟的折返跑。

除了對自己極端嚴格的要求之外，李光耀這麼做還有一個目的，就是讓他的隊友們知道籃球隊裡面最強的人是他。雖然是隊友，但隊友之間也有競爭，在這場競爭裡，李光耀也要拿第一。

當李光耀等七人完成所有折返跑的練習時，遲到十分鐘，被罰多跑十圈的板凳球員正好跑完。

「下一個項目，撿網球。光耀，出來。」李明正從口袋裡拿出三顆網球，「等一下分三組進行，我先示範一下該怎麼做。」

李光耀以類似防守的姿勢半蹲在邊線後面，李明正則在距離李光耀大約三公尺的地方，將一顆網球滾向他的左邊，然後在這顆網球滾到一半的時候，馬上再把另一顆網球滾向他的右邊，對面的李光耀則用螃蟹步的方式，先向左、再向右，依次迅速地將兩側滾來的網球滾回去，以此類推。

「就是這樣，看懂了嗎？」李明正專心地滾、接網球，頭也沒抬，「等一下兩個兩個一組，站在邊線旁邊，計時一分鐘，輪流，沒有接到任何一顆球，跑一圈操場，準備好就可以開始。」說完，李明正又從口袋裡拿出一顆網球，滾了出去，「楊助教，就交給你了。」

魏逸凡等人看到李光耀游刃有餘地移動腳步，心裡激出了不服輸的鬥志，馬上找好了夥伴，魏逸凡跟楊真毅、謝雅淑跟麥克、包大偉跟詹傑成，在楊信哲一聲令下開始了接滾網球的訓練。

至於剛剛才跑完二十圈的板凳球員，在吳定華的帶領下開始做折返跑的練習。

「四顆會不會太勉強？」畢竟李光耀早上跑了足足十四公里，李明正怕他身體會吃不消。

「小意思！」李光耀快速移動腳步，故意大聲喊：「再來一顆也沒問題！」

一旁楊真毅等人聽到李光耀的話，鬥志越加高昂，完成跑步和折返跑訓練後已經十分僵硬痠痛的雙腿，頓時好像活過來一樣，就是不想輸給李光耀。

「時間到，換組！」

一聽到楊信哲的喊話聲，李光耀馬上說：「怎麼樣啊，有沒有人要跑操場的？有要跑的跟我說一聲啊，我跟他一起跑，不過跑輸我的話，要請我喝飲料！」

李光耀再次挑釁，讓魏逸凡等人換組的速度不超過三秒鐘，又開始了另一輪的訓練。

三組接滾網球的訓練完成後，魏逸凡和楊真毅需要跑三圈，謝雅淑是五圈，詹傑成六圈，包大偉七圈。表現最好的反而是麥克，只漏接一球，跑一圈即可。

雖然李光耀沒有漏接任何一顆球，但還是跟著其他六個人一起跑，他一馬當先地跑在最前面，而且跑完了整整七圈。

「好，接下來是防守腳步的練習。球場上有十張椅子，你們要用橫向移動，也就是用螃蟹步一一繞過這些椅子，兩分鐘要來回三次，第一個人踏出底線開始算時間，最後一個人結束碼錶才停。」李明正看了楊信哲一眼，後者點頭表示明白後，李明正大喊：「排好隊型，預備，開始！」

排在第一個的依然是李光耀，速度飛快地繞過一張又一張椅子，彷彿有著用不完的精力，一下子就繞完所有的椅子。但這個訓練並不是以第一個人結束為準，所以李光耀邊繞椅子邊大聲喊：「快點跟上，把椅子想成你的對手，想像椅子擺放的位置就是對手進攻路線，你要怎麼守住他。這時候不做好練習，難道你們想要等到上場再被對手狂電嗎？」

李光耀花了一分半鐘跑完後，站在底線鼓舞大家，「加油，快一點！」

經過一連串的訓練，就連魏逸凡都感到雙腿痠軟，更別說是體力比較差的詹傑成跟包大偉了，不過兩個人在不服輸的鬥志支持下，都勉強在兩分鐘內完成了防守腳步的練習。

李明正雙手交叉放在胸前，「休息三分鐘，三分鐘後，再一趟！」

到了早上七點五十分，李明正第一天的地獄式訓練才告一段落，除了李光耀，其他人幾乎要累倒在地，但為了在氣勢上不輸給李光耀，儘管雙腳發軟又顫抖，一個個依然站得挺拔。

「好了，今天的練習到此為止，早餐已經送到你們班上，如果吃不夠可以跟助理教練或是總教練說，然後……」李明正從自己的後背包裡取出一疊紙，「今天的練習量其實比我本來的規劃大概少了三分之一左右，兩個星期後就要開始比賽，之後的練習量只會比今天多，而且是多很多。」

李明正表情嚴肅地看著球員們，「這張是退隊申請書，每個人都拿一張。」他用銳利的眼神示意吳定華及葉育誠不要說話，「我需要的球員，是真心喜歡籃球的人，不是那種以為是籃球隊隊員就很跩的人。對於籃球，我要求的很簡單，謙虛。

「拿出你的態度，就算只是普通的運球練習，都要全心盡力做好。還有決心，你對籃球的決心有多少，就代表你在籃球上獲得的成就有多少。拿出你的態度，給我看你的決心，保持謙遜，就算你的實力只能當板凳球員，你依然會是我倚重的子弟兵；相反的，不管你的實力再強，只要缺少任何一樣，我的球隊都不會需要你。

「每個人都拿到申請書了嗎，好，我再說一次，今天的訓練是最輕鬆的，往後每一次訓練都會更辛苦，沒有做好準備的人，今天放學前把申請書交給總教練或助理教練，我的球隊，不需要把籃球當兒戲的人，也不需要沒有團隊觀念的人！」

註十一：NBA 爭奪總冠軍的過程是，打完八十二場例行賽之後，東區與西區各自勝率最高的八支球隊能夠進入季後賽，第一輪比賽由第一種子打第八種子，而往往第一種子與第八種子實力差距相當大，所以當第八種子擊敗第一種子

時，總是能造成轟動，台灣將其稱之為老八傳奇。

第十一章

星期一，下午兩點，《籃球時刻》雜誌社辦公室裡，公司最資深的編輯之一，苦瓜，此時臉上戴著眼罩，在所有人都已經結束午休開始埋首於工作時，依然趴在桌上呼呼大睡。

總編輯聽著苦瓜深沉的呼吸聲，握筆的手微微顫抖，臉色極端鐵青，可是上星期上呈的不適任建議書今天被總經理退回來，還寫下一段評語：他態度欠佳確實沒錯，但是他每次辦的活動，注意，是任何一種活動，**都是最多讀者參與的。如果你能找到一個可以取代他的人，再把這份建議書放在我桌上。**

總經理叫他拿回建議書時，甚至還隱晦地表示，如果今天要在他跟苦瓜之間選擇一個人的話，苦瓜將會是被留下來的那個人。

因此，此刻總編輯對於苦瓜上班睡覺的行為，選擇性地睜一隻眼閉一隻眼。

只不過上帝似乎聽到總編輯心裡憤恨的心聲，派了一個人將苦瓜叫醒。

「苦瓜哥、苦瓜哥！」整間雜誌社裡資歷最菜，總是被苦瓜當跑腿小弟使喚，而且硬是被苦瓜冠上菜鳥稱號的蕭崇瑜，忍不住興奮地搖了苦瓜幾下。

苦瓜的打鼾聲總算停了下來，不過臉上的眼罩還是沒有拿下來，「現在幾點？」

「兩點了。」蕭崇瑜回答。

「我的午休時間到三點，三點前不要吵我。」苦瓜擺擺手，趴在桌上換個姿勢繼續睡覺。

一般來說，當苦瓜表示得這麼明顯之後蕭崇瑜就不會繼續打擾，但這是指一般的情況下，而蕭崇瑜深信剛剛看到的東西絕對不一般，「苦瓜哥，你知道新興高中宣布解散籃球隊這件事嗎？」

苦瓜繼續睡覺，不打算理會蕭崇瑜。

蕭崇瑜看苦瓜哥沒什麼反應，得意地說出他剛剛驚人的發現，「新興高中解散球隊我想苦瓜哥一定早就知道了，但是呢，在新興高中解散之後，我意外發現有一支球隊登錄丙級聯賽，那支球隊的名字叫作……」蕭崇瑜故意拖慢了說話的速度，「光、北、高、中。」

如蕭崇瑜所料，苦瓜整個人從椅子上彈起來，扯下臉上的眼罩，驚訝不已地說道：「你說什麼？光北高中？」

難得看到苦瓜如此大的反應，蕭崇瑜表情得意，「不僅如此，我剛剛特地點進去查了光北高中的登錄資料，你知道我看到什麼嗎？執行助理教練，李、明、正。」

「什麼？」苦瓜猛地坐回椅子上，按下電腦主機的電源鍵。

蕭崇瑜這時才發現，都下午兩點了，苦瓜哥的電腦竟然還沒開機。

「快一點快一點！」苦瓜右手食指煩躁地敲著桌面。

好不容易等到電腦開機完畢，苦瓜快速移動滑鼠，點了桌面上的搜尋引擎，很快進到了丙級聯賽的官方網站，然後在參賽球隊的選項中找到了光北高中，查看球隊資料，果然，執行助理教練的欄位裡顯示的正是「李明正」這三個字。

苦瓜整個人活了起來，「菜鳥，馬上打電話給光北高中，請他們撥個時間讓我們去採訪，可以的話最好是在他們練球的時間，跟他們說任何時間我們都可以配合！」

「是，苦瓜哥！」看苦瓜渾身充滿幹勁的模樣，蕭崇瑜興奮地回到位子上去做後續的連繫。

說完話後，苦瓜馬上起身大喊：「Jeff在不在？」辦公室另一邊有人立刻站起來，「苦瓜哥，怎麼了？」

「高中聯賽的專欄是不是你負責的？」

Jeff點頭，「是啊。」

苦瓜霸氣地說：「從現在開始由我負責，把你蒐集的資料拿過來給我。」說完，苦瓜又坐了下來，開啟文書軟體，在標題上打著：**新興解散的衝擊，傳奇高中歸來！**

這時，Jeff手裡拿著隨身碟走了過來，苦瓜頭也沒抬地問：「你有沒有調查過新興高中解散球隊的原因？」

Jeff遲疑了一下，「外界普遍認為是資金的問題。」

苦瓜再問：「有打電話去新興問過嗎？」

Jeff因為尷尬而臉紅起來，「沒有。」

苦瓜嚴肅地說：「去問，不管怎麼樣把原因問出來，然後把近十年新興高中在高中聯賽的對戰紀錄也找出來，球季開打前的熱身賽也要！」

Jeff連連點頭，雖然平常苦瓜懶散得要命，可是當他一認真起來，整個人便會散發出一股嚇人的壓迫感，「是。」

「等一下，對戰紀錄除了甲級的球隊之外，乙級也要，還有新興高中的創隊歷史，加上在職籃活躍的畢業生，總之，關於新興高中的資料越詳細越好！」

「好。」Jeff快步離去。

Jeff前腳剛走，蕭崇瑜馬上過來，「苦瓜哥，我剛剛跟光北高中的校長通過電話，他說明天早上就可以接受採訪，不過他們的練球時間是早上六點。」

「好，你今天下班之後馬上回家準備行李，十點我去你家接你，我們今天開夜車下南部，早上六點準時到光北採訪。」苦瓜的語氣中充滿興奮與幹勁。

「是！」蕭崇瑜舉起手，對苦瓜做了一個軍人式的敬禮。

苦瓜手指飛快地在鍵盤上敲打著，到某一個段落打上句點後，霍然站起來，快步來到總經理辦公室，敲門。

「誰？」總經理低沉的聲音傳來。

「是我。」苦瓜故意省略主詞，反正整個辦公室敢這樣對總經理說話的也只有他。

「進來。」總經理放下手中的筆，訝異地看著苦瓜，「怎麼了？」

苦瓜直接說出來意，「我明天想要下南部出差，去採訪光北高中。」

總經理眉頭皺起，「光北高中？為什麼？有什麼特別的新聞嗎？」

「光北高中回來了。」

「什麼？」總經理對光北高中一點印象都沒有。

「光北曾經在第一輪比賽擊敗啟南，只不過之後他們就消失了，現在他們回來了。」

總經理語氣帶著疑惑，「有特別跑一趟南部的價值嗎？」

「總經理難道不相信我的眼光？」

總經理眉頭微微舒展，「好吧，就照你的意思。」

苦瓜臉上的笑容更燦爛了，「謝謝總經理。」說完就要走人時，總經理卻叫住他。

「阿國說你最近工作懶散，態度不佳，這方面……」

苦瓜轉過頭，露出一個詭異的笑容，「總經理，放心，我不會跟總編輯一般見識的。」

總經理滿意地點頭，「那就好。」

離開總經理辦公室的苦瓜回到座位上，手指繼續在鍵盤上敲打著：如果你們看了 NBA 老八傳奇會覺得熱血、驚奇、激動的話，那你們一定要知道二十幾年前發生在台灣高中籃球聯賽的這場比賽，因為這場比賽的傳奇性比起 NBA 的老八傳奇，甚至有過之而無不及……

文章打到一半，苦瓜大喊：「菜鳥，咖啡！Jeff，資料查好了沒？」

菜鳥馬上放下手邊的工作，「是！」

Jeff 在另外一頭大喊：「快好了！」

整間辦公室的氣氛在苦瓜開始奮力工作後有了大轉變，如果剛剛辦公室的氣氛用死氣沉沉來形容，那現在簡直是朝氣蓬勃。

除了總編輯。

看著辦公室的氣氛因苦瓜而轉變，忌妒的烈火在他心中熊熊燃燒著。他是總編輯，是這間辦公室裡的最高掌權者，但是他所受到的尊重與重視卻不如一個常常遲到早退的混蛋！這讓他情何以堪。

★

下午四點，李明正家。

「結果，我真的收到退隊申請書。」吳定華拿出四張退隊申請書遞給李明正。

李明正皺起眉頭，「你就為了這點事情來我家找我？在我印象中你可不是這麼婆婆媽媽的人，當年的快攻小旋風到哪裡去了？」

吳定華苦笑幾聲，「以前還不這麼覺得，現在聽到自己以前的綽號怎麼怪難為情的？」

「因為你老了。」李明正大笑幾聲，「所以你特地來找我是為了什麼，該不會真的是為了拿退隊申請書給我吧？」

「當然不是。我跟葉流氓討論過，認為你早上說的是對的，加上你的個性就是一旦決定了就沒有任何討論空間，所以事情就這樣定了。今天來找你，主要是跟你說有一家《籃球時刻》雜誌明天要過來採訪。」

「採訪光北高中？」李明正有些訝異，「什麼時候？」

「葉流氓跟對方敲定明天早上六點，也就是我們練球的時間。」

李明正嗯了一聲，「有去查過這間雜誌社嗎？」

吳定華點頭，「有，《籃球時刻》是全台灣銷量最好，評論也很公正的籃球雜誌。」

「籃球隊才剛創立沒多久，也沒有任何公開的比賽紀錄，突然有雜誌要過來採訪，你不覺得奇怪嗎？」

「是有點怪。」吳定華也有一樣的疑問，「可是他們提供的資訊很明確，在官方網站也找得到聯絡我們的人。」

「那就更奇怪了。」李明正靈光一閃，「我知道為什麼雜誌要過來採訪光北了。」

熟知李明正個性的吳定華，連連搖頭，「不要說，我不想聽！」

但李明正不理會吳定華抗拒表情，洋洋得意地說：「一定是雜誌社的某個人發現，執行助理教練是當年帶領光北打敗啟南的天才王牌得分王，所以利用採訪的名義想要來看看偶像，一定是這樣！」

吳定華無奈地翻了個白眼。隨著年歲漸長，李明正臭屁的個性絲毫未減，反倒有變本加厲的趨勢。

「喝咖啡。」李明正的老婆林美玉此時送上剛泡好的咖啡，正好打斷李明正的自戀宣言。

「謝謝。」吳定華向林美玉露出一個大大的笑容，說出發自內心的感謝。

「現在球隊剩下誰？」李明正回歸正題。

「簡單說，就是今天遲到的人全部都退隊了，沒有遲到的都留了下來。」

「跟我預料的差不多。」正如李明正所認為的，不把籃球隊當回事的人，自然也不會把準時練球當回事。

「明天雜誌社來採訪的時候，你打算怎麼辦？」吳定華問。

「定華，我是執行助理教練，總教練是你，該煩惱怎麼辦的人似乎是你，不是我。」李明正笑道。

「你也知道我不太會說話。」吳定華攤手，表示無奈。

「定華啊，不是我在說你，」李明正喝了一口咖啡，「就連葉育誠這個流氓都能當上校長，想當初他掛在嘴裡的除了髒話還是髒話，現在卻可以在幾百個人的場合講出得體的場面話，怎麼你卻始終如一，在外面總是扭扭捏捏、安安靜靜的，這樣可不好。」

「我怕講錯話。而且雜誌社那邊只說會來採訪，也沒說採訪的重點，我怕如果他們問到一些比較麻煩的問題，我會不知道該怎麼回答。」

「真是的，好吧。」李明正點頭答應。

「答應得很勉強。其實就算我不說，你也一定會主動搶話的。」吳定華篤定地說。

「哈哈哈，我是那種人嗎？」李明正哈哈大笑。

「是。」吳定華想也不想地回答。

★

晚上七點半，李家籃球場。

李明正指導麥克籃下防守腳步的時候，李光耀在對面球場做左右兩邊四十五度角的擦板後仰跳投練習，兩邊各投進一百球後，開始練習收球轉身後的空中橫移跳投。

儘管今早的練習量可怕得嚇人，李光耀依然在吃飽休息過後練習跳投，絲毫不給自己任何怠惰的時間，而且跳投的難度越來越高，好像面前真的有一個難纏的防守者一樣。

同一個時間，魏逸凡跟楊真毅也在公園裡努力練習跳投，大汗淋漓地在球場內一攻一守。只不過經過早上近乎瘋狂的防守跟體能訓練後，今天他們兩個人的練習量無可避免的比平常少了許多。

「結果今天每一項做得最多的是李光耀，最快完成的也是他。」楊真毅喝著水，喘著大氣說道。

「哼。」嘴巴上不想服輸的魏逸凡，只能用一聲冷哼代替回答。

看著魏逸凡臉上不甘心表情，楊真毅笑了，「今天跟他一起練習的時候，我有特別觀察他，結論是……」楊真毅拍拍魏逸凡的肩膀，「你輸給他根本不需要覺得恥辱，每一項練習都可以看出他的基本功跟體能都很強。」

魏逸凡咬著牙，猛然站起來，「我們繼續練，我一定要成為第一個擊敗他的人！」

楊真毅又喝了一口水，也站起身，「你留在光北是正確的選擇，如果當初你回到榮新，絕對不會有現在的鬥志。」

「哼。」魏逸凡再次冷哼一聲，但是並沒有出言反駁，因為楊真毅說的是對的。

此時，除了魏逸凡跟楊真毅之外，謝雅淑也在籃球場練習著。

「大姐頭，妳今天怎麼一下子就累了？」小智撿起球，看著一臉疲態的謝雅淑。

謝雅淑走向小智，直接把球拿走，「今天是球隊第一天開始練球，教練不知道吃錯什麼藥，練習量真的有夠恐怖的。」

小智看謝雅淑不似平常般有活力，擔心地問：「那大姐頭今天要不要早點回家休息？」

「不行！今天我每一樣練習都輸他，如果要贏他，就要趁現在加強練習，否則我一輩子都贏不過他！」

謝雅淑站到三分線外，出手，籃球劃過一道幾乎完美的軌跡，但力道過輕，落到籃框前緣，吭了一聲直接彈出。

「他？他是誰？」

「他是我的隊友，也是我的對手。」謝雅淑露出不甘心的表情，撿回球走到同樣的位置，調整一下出手的感覺，但這次力道過大，球落在籃框後緣直接彈了出來。

「他很強嗎？」小智跑去撿球。

「非常強，以目前我的實力完全沒有機會贏他。」謝雅淑緊咬牙根，雖然很不願意承認這個事實。

謝雅淑腦海中不斷閃過今天早上練球的畫面，李光耀怪物般的體能跟紮實的防守腳步化成了言語，告訴他們在這支球隊裡面，最強的人是誰。

「可惡！」想起李光耀練球時挑釁的言語，謝雅淑低吼一聲，對小智說：「我今天要比平常多投進一百球！」

小智點點頭，「是，大姐頭。」

河堤上，有兩道身影肩並肩，以同樣的速度慢跑著。

他們跑了五公里之後速度就慢了下來，滿身大汗，喘氣不已，不過沒有任何一個人說要休息，甚至連這個念頭也沒有。

因為在今天的練習之後，他們知道自己是最弱的。

「跑十公里吧。」詹傑成說，就今天早上練習的程度來說，他各方面都是最爛的，尤其是體能。

「好。」包大偉點頭，就今天早上練習的程度來說，他各方面都是第二爛的，除了防守腳步跟詹傑成並排在最爛的之外。

光北高中的每個球員經歷過早上瘋狂的練習之後，在晚上皆針對自己最弱的部分加強，不管是體能、球技或是外線投射。

有的人是因為不服輸，像是魏逸凡跟謝雅淑，他們無法接受自己跟李光耀之間的差距。有些人是因為自我要求，像是楊真毅，他今年已經高三，是高中的最後一年，他不想留下任何遺憾。有些人是想要追上別人，像是詹傑成跟包大偉，因為他們過人的技巧，只有在基礎穩固之後才能發光發熱。

★

晚上十二點，苦瓜開車來到台南，跟蕭崇瑜隨便找了一間旅館住了下來。

「東西帶下車，等一下做最後的整理跟檢查。」把車停妥後，苦瓜拔下鑰匙，率性地下了車，把放在後座的所有資料交給菜鳥。

「是。」蕭崇瑜提著裝有資料的袋子，連忙跟上苦瓜。

苦瓜登記住房，拿著鑰匙進入房間後，時間已經是晚上十二點半。

「把所有資料點齊，按照順序擺好。」苦瓜推開落地窗，走到大約只可容納兩個成年男人的小陽台裡，點了一根菸，稍稍緩解自己興奮激動的心情。

明天，他就可以見到自己高中時期的偶像，那個神奇地帶領光北打敗啟南的男人。

如果要用一句話來形容擊敗當年啟南高中的困難程度，苦瓜會選擇一部電影名稱來形容，那就是「不可能的任務」。

但是，這項不可能的任務，卻被一個奇蹟似的男人給完成了。

菸抽到一半時，蕭崇瑜走了過來，「苦瓜哥，資料整理好了，也全部檢查過了。」

苦瓜頭也沒回地說：「嗯，收好。」

「好。」蕭崇瑜毫無怨言地將拿出來的資料重新放回去，而在之前，他在公司已經檢查過一次，上車時又檢查了一次。

看著站在小陽台抽菸的苦瓜哥，蕭崇瑜想起在《籃球時刻》工作的這段時間，被總編輯痛恨的苦瓜哥，就像是師父一樣傳授給他很多工作上的細節跟注意事項，讓他很快就上手自己的業務，並且得心應手。

總是遲到早退，上班時又呼呼大睡的苦瓜哥，其實有著一顆比任何人都重視細節的心，所以他總是可以快速了解事情運作的方向，找出最適合的處理方式，用最短的時間處理最棘手的問題，然後利用剩下的時間休息。

看著苦瓜哥興奮的神情，蕭崇瑜說：「苦瓜哥，我怎麼覺得你有一種知道快要可以見到偶像，有點坐立難安的感覺。」

苦瓜將菸頭彈掉，踩熄，看了蕭崇瑜一眼，「如果當年你坐在我旁邊觀看那場球賽的話，你的反應也會跟我一樣。」

蕭崇瑜開心地笑道：「好難得看到苦瓜哥你這樣，我好像見證了奇蹟。」

「我這種反應不是奇蹟，當年那場比賽才是。」苦瓜簡單回了一句，便轉身走進房裡，調好鬧鐘，「早點睡吧，明天他們六點練球，我們五點半就要起床了。」

★

清晨五點半，鬧鐘聲一響，熟睡中的蕭崇瑜整個人從舒服的被窩中彈坐起來，神色驚恐地跳下床。

這時候一個懶洋洋的聲音從一邊傳了過來，「不用緊張，才五點半而已，從這裡開車只要十五分鐘就可以到光北高中了，還來得及。」

儘管苦瓜叫蕭崇瑜不用趕，但蕭崇瑜看到苦瓜哥已經刮好鬍子、換好衣服，一副就是馬上可以出門的模樣，身為晚輩的他當然不能慢吞吞的，他很快地用五分鐘漱洗、換好衣服之後，拿著所有的資料和苦瓜哥一起離開飯店，前往光北高中。

此時天色微亮，路上除了一些早起運動的人之外，大多數的人依然在睡夢之中，馬路上的車輛屈指可數，因此本來距離十五分鐘的車程，在僅有少數紅綠燈阻擋的情況下，他們花了十分鐘左右就抵達了光北高中。

當他們踏進校門口時，操場已經傳來拍打籃球的聲音，因此兩人很快地往籃球場的方向移動。

當苦瓜看到那個站在罰球線練習著帶一步後仰跳投的身影後，差點激動地喊出「李明正」這三個字，不過當他仔細觀察後，才發現練習跳投的人雖然姿勢、身高、長相都與當年的李明正神似，但還是有著些許差異。苦瓜快速掃視著球場，很快地就發現站在場邊的李明正。

「光北登錄的球員中，是不是有一個姓李的？」為了解答心裡的疑惑，苦瓜馬上問拿著資料的蕭崇瑜。

有關於光北的資料，除了小細節之外，蕭崇瑜幾乎全都記在腦海裡，因此就算不看資料也可以很篤定地回答：「光北高中有兩位球員姓李，一個叫李光耀，另一個叫李麥克，其中李麥克是黑人。」

苦瓜滿意地點點頭，「如果我沒猜錯的話，現在投球這個人就是李光耀，也是李明正的兒子。」

蕭崇瑜看著苦瓜眼神中透露出難以掩飾的興奮，一股熱血也在胸口流竄，心裡自然而然地浮現出昨晚就徘徊在腦海中的標題：**光北VS啟南：一場跨越二十年的宿命對決！**

蕭崇瑜看著李光耀行雲流水般的帶一步後仰跳投，不論是節奏感、出手的柔軟度、球在空中的軌跡，無一不說明著李光耀擁有過人的外線投籃能力，蕭崇瑜看得忘我，目光遲遲無法從李光耀身上移開。

在蕭崇瑜忘情地看著李光耀練習的時候，光北高中的球員紛紛抵達了操場，不過跟昨天充滿活力與鬥志相比，今天他們給人的感覺就是十分疲憊，有氣無力。

李光耀一看見隊友們，便停止練投，嘴角帶著笑，「唉唷，不錯嘛，退隊的人比我想像中還要少。不過看你們腳軟的模樣，撐得過今天的練習嗎？」

「誰跟你腳軟了，我看你才手軟吧！剛剛投那什麼球，軟趴趴的，正式比賽的時候一定全被蓋下來！」謝雅淑不甘示弱地馬上回擊。雖然她兩條腿經過昨天的訓練後已經處於疲軟的狀態，不過她絕對不會在李光耀這個囂張又混蛋的人面前展現自己柔弱的一面。

麥克看到李光耀，開心地朝他走了過去，「我的腳好痠，沒什麼力氣，今天如果照昨天那樣練的話，我恐怕會跟不上。」

李光耀拍拍麥克的肩膀，「放心吧，我爸沒那麼狠，第一天的訓練只是為了逼走那些不是真心想要為球隊付出的人而已。畢竟你們不是我，沒辦法馬上適應這種高強度的訓練。」最後兩句話李光耀故意提高音量，讓所有的隊友都聽得到。

「所以今天的練習不會以體能為主，更多會著重在團隊防守的默契上，不用擔心。」李光耀對麥克微笑。

場外的苦瓜看著李光耀，露出了一抹笑容，對身旁的蕭崇瑜說：「多注意李光耀。」

蕭崇瑜顯然誤會苦瓜的意思，點點頭贊同地說：「他的投籃姿勢真的很漂亮，而且又很準。」

苦瓜皺起眉頭，「我叫你注意的不是他的投籃姿勢，而是他的領導方式。」

蕭崇瑜臉色有些茫然，「領導方式？」

苦瓜解釋道：「球隊裡面的領導者，會用各種不同的方式帶領隊友。有的人用激勵、鼓勵的方式讓隊友獲得認同感，有些人則是非常直接地督促隊友，而李光耀用的卻是另一種非常不同的方式。」

蕭崇瑜疑惑地問：「苦瓜哥，你才剛到光北，都還沒開始採訪，怎麼知道李光耀是這支球隊的領導者？」

苦瓜直接給了蕭崇瑜一個笑容，「因為他是李明正的兒子。」

這時候，尖銳的哨音響起，吳定華在操場的跑道上大喊：「集合！」光北高中七名球員馬上往跑道移動，沒有特定隊形地站在吳定華面前。

等到球員站好之後，葉育誠對光北球員介紹苦瓜兩人，「跟大家介紹一下，這兩位是《籃球時刻》的編輯，今天來隨隊採訪。大家不用太緊張，平常心面對就好。」

苦瓜簡單地向光北球員點頭致意，蕭崇瑜則相對大方地舉手，對每個球員打招呼，「今天很開心來到光北高中，我們不會打擾各位的練球，所以請各位跟平常一樣表現就可以了。」

李明正用力地拍手吸引大家的注意力，「好了，光耀，出來帶操，熱身結束後一樣操場跑十圈。」說完，李明正對楊信哲揮揮手，「跟昨天一樣，記錄每一個人的時間，然後跟昨天的做比較，我要看一下結果。」

楊信哲點點頭，「好，沒問題。」

趁著李明正盯著球員拉筋做暖身操的空檔，苦瓜拿著已經開啟錄音模式的手機，帶著蕭崇瑜來到李明正身邊，「李教練，請問為什麼隔了二十多年之後，光北再次決定要創籃球隊？」

「這個問題不應該問我，要問葉校長。」李明正指著站在旁邊的葉育誠。

葉育誠看著苦瓜跟蕭崇瑜的目光轉向自己，輕咳幾聲，侃侃而談，「在我跟這群小朋友差不多年紀的時候，我每天八點起床，十點到學校，下午兩點就翻牆逃學。我的書包裡面裝的永遠都不是課本或教科書，老師說的話完全當作耳邊風，整天想的就只是怎麼找別人麻煩，一直到我遇到籃球，這顆橘紅色的籃球改變且拯救了我的人生。

「身為一個教育者，我認為台灣目前的教育方式有著非常大的缺陷，而籃球或許是其中一種可以填補這種缺陷的方法，因此，在我今年接任光北高中的校長之後，為了證明籃球不只是籃球，所以我決定創辦籃球隊。」

蕭崇瑜飛快地做筆記，苦瓜又問：「原來創隊的背後，有這麼一段感人的原因。不過葉校長，你可不可以告訴我們更貼近你心裡的想法，例如說回到母校創辦籃球隊，是為了當年沒拿到手的那個金光閃閃的冠軍獎盃。」

葉育誠看著苦瓜，露出一抹意味深長的笑容，「《籃球時刻》果然不愧是知名的雜誌，厲害。沒錯，我不否認創立籃球隊確實有這份私心存在，可是我剛剛說的並非是官腔，而是做為一個教育者，真心認為籃球可以為這個腐朽已久的教育體制帶來一些新的衝擊。」

葉育誠眼裡的真誠贏得了苦瓜的尊重，他繼續問道：「葉校長，你可以聊聊第一年創立籃球隊，你有任何期望或者希望達成的目標嗎？」

「除了教育上的期望之外，我當然也希望這支球隊是一支可以贏球的球隊。」葉育誠簡潔扼要地說。

「你可以發表一下關於新興高中解散籃球隊的看法嗎？」苦瓜繼續問，沒有給葉育誠喘口氣的時間。

「雖然新興高中在聯賽的成績不錯，但是在大台北地區有一間更響亮的啟南高中，當新興高中籃球隊的招募績效年年都被啟南搶去風采，為了維持學校的運作，全心以升學率為目標來吸引家長注意，在少子化越來越嚴重的台灣社會裡，我想這是一個大家都可以諒解的決定。」

「原來如此。那關於球隊風格方面，請問葉校長有跟教練組討論過要將球隊塑造成哪種球風的球隊嗎？」

「這方面我全權交給教練組，雖然這支球隊是我創立的，但是在訓練及執教方面並不是我的強項。」

「好的，謝謝葉校長。」苦瓜將錄音模式關閉，走到李明正面前時再次開啟。

面對李明正，苦瓜心跳加快，有好多問題迫不及待地想得到答案，這些年你去了哪裡？腳傷痊癒了嗎？為什麼去了美國之後就沒消息了？受傷後就放棄繼續往職業籃壇邁進了嗎？

苦瓜壓抑住心裡的衝動，秉持身為一個編輯的身分，問：「李教練你好，請問你對於這支剛創立的球隊，目前的執教方向是？」

「『進攻贏得比賽，防守贏得總冠軍』，我相信你一定聽過這兩句話，目前球隊在進攻方面沒有太大的問題，但防守上卻缺乏團隊默契，所以近期的方向著重在防守這方面。」

「那請問李教練，你對這支剛創立的球隊有任何的期許嗎？」

李明正簡單地回了兩個字，「冠軍。」

「丙級聯賽的冠軍嗎？」

「丙級聯賽的冠軍，乙級聯賽的冠軍，甲級聯賽的冠軍。」

聽到李明正如此狂言的蕭崇瑜，不由得驚呼，「剛創立的球隊就想要拿到甲級聯賽的冠軍，好……」蕭崇瑜話還沒說完，就因苦瓜凶狠的眼神而閉嘴。

苦瓜再問：「今年因為新興高中解散籃球隊的關係，確實有機會一路從丙級聯盟殺到甲級聯盟，那麼李教練你認為哪一支球隊會成為奪冠的最大阻礙？」

李明正露出笑容，「你問的這個問題，我想每個人心裡一定覺得我會回答啟南，但我必須說，在我看來，光北要奪冠最大的阻礙是自己。」

「自己？可不可以請李教練說得更明確一點？」

「光北是一支非常有天賦的球隊，每個人都擁有相當的潛力，但相對的缺點也很多，可是只要克服這些缺點，然後最大限度地挖出每個人擁有的潛力，我相信光北很快就會成為一支強大的球隊。」

「距離丙級聯賽開打剩不到兩個星期的時間，籃球隊才剛創立，李教練會不會擔心球員默契方面的問題？」

「目前我認為沒有擔心的必要，比賽快到了沒錯，但我認為比起練習，球隊在實際比賽中磨合，才能最快熟悉彼此的打法與培養默契。」

苦瓜有備而來，因此問題一個接著一個問下去。感受到苦瓜的專業及用心，李明正也耐心地回答苦瓜的每一個問題，而在這一問一答之間，光北的球員們一一跑完了十圈。

「李教練，球員都跑完了，這裡是他們的資料。」楊信哲將筆記本遞給李明正。

李明正拿過筆記本，心裡為楊信哲做事仔細而感到驚訝。方才他只說要紀錄完成的時間，然後拿昨天的數據做比較，但楊信哲不只記錄了每個球員每一圈的時間，還用星形符號標記球員在哪一圈開始慢下速度。楊信哲做的紀錄多而不雜，有條有理，讓李明正一目了然。李明正非常滿意地點點頭，「你這個助理教練當的很不錯。」

李明正看完後把筆記本還給楊信哲，「你幫我集合球員，不用排隊，讓他們隨便站就好。」

「好。」被大力稱讚的楊信哲顯得心情很不錯，馬上跑去集合球員。

球員集合完畢後，李明正來到球員面前，「經過昨天高強度的練習後，從跑步的速度很明顯地可以看出今天大家的身體比較疲累，除了光耀以他平常的速度完成十圈之外，其他人都慢了大概三十秒到一分鐘左右。所以今天我們的訓練主要著重在建立團隊跟個人的防守及防守意識上，有任何問題嗎？」

一片靜默。

李明正又說：「我跟一般傳統的教練不一樣，不會視你們問問題為挑戰權威，所以如果等一下訓練的時候有任何問題或想法想要跟我討論，可以在休息時馬上找我。如果現在沒有任何問題的話，麥克、魏逸凡、楊真毅、包大偉、詹傑成，以二三區域防守的陣型排好。」

「是！」

五人站好後，李明正以所有隊員都聽得到的音量說：「麥克，中鋒是一支球隊的防守中心，所以我需要你提起勇氣，不要害羞，大聲指揮隊友的防守跑位！」

麥克整個人縮了一下，緊張地點了點頭。

「逸凡，麥克缺乏真正的防守經驗，所以你要指導麥克。」李明正指著魏逸凡說。

「是，教練！」

「真毅，你也一樣，適時地幫助麥克。」

「是，教練！」

「定華，等一下你來吹判。」在所有人的注視下，李明正拿著球踏進球場，「雅淑，等一下妳拿球，不管是我或光耀有空檔，就直接傳球。」說完就把球傳給謝雅淑。

接著情況的發展完全超乎所有人的意料之外，在李光耀主打外線，李明正主打內線之下，以麥克為主體的二三區域防守就像是一盤散沙，外線防不住李光耀的快速切入，內線又對李明正的禁區腳步沒轍，五個人幾乎可說是被李明正父子耍得團團轉。

「真毅，你要包夾就要堅決一點，不要猶豫！否則進攻方不管是走後門或是正面攻擊籃框，禁區的防守就跟紙糊的沒兩樣！」

「是！」

「麥克，需要補防的時候就要說，叫逸凡或真毅來幫你，還有防守的時候用你的腳步來防守，不要用你的手，這樣很容易被吹犯規！」

「是！」

「逸凡，腳步再快一點！」

「是！」

「前面兩個後衛不要這麼容易被過！移動你們的腳，現在只有光耀一個後衛在進攻，想想如果場上進攻方有兩名後衛的話你們要怎麼溝通協調！」

在李明正臨場的指導下，五個人的防守慢慢地出現了有意識的搭配跟默契，怎麼對位、怎麼補防、怎麼包夾、怎麼移動、怎麼溝通，在實際的操作間不知不覺地培養出來。

就這樣練了半個小時，在李明正的喊停下，三對五的防守練習告一段落，李明正給了球員五分鐘的休息時間，然後把魏逸凡跟楊真毅叫到面前。

「不管是身高或經驗，你們兩個是我現在唯一可以依靠的人。麥克雖然吸收得很快，但還是需要你們兩個人的幫忙，補位、協防。」李明正拍拍兩人的肩膀，「你們的進步我看到了，所以我相信你們一定可以做到。」

魏逸凡跟楊真毅兩人去休息後，李光耀主動找上了李明正，「爸，等一下我要防守。」

「好，沒問題。」李明正欣然答應。

休息時間結束，李明正讓攻防陣容調整為三對四，麥克、魏逸凡、李光耀、包大偉負責防守，謝雅淑、楊真毅、詹傑成來進攻。

「防守方，二二區域聯防。進攻方準備好就可以開始。」李明正對著場上大喊。

李明正話說完後，李光耀馬上拍手大叫，「嘿，不管是誰，只要可以過我，我請喝一瓶舒跑，不是鋁罐的哦，是寶特瓶的！」

場外苦瓜聽到李光耀說的話，笑了出來，對蕭崇瑜說：「有沒有看到，他領導球隊的方式是不是很特別。」

蕭崇瑜點點頭，「的確跟我們之前接觸過的球隊不太一樣。可是苦瓜哥，他才高一，就算實力再強，在大部分隊友都是學長的情況下，這麼強勢是不是不太妥當？」

苦瓜搖搖頭，反駁蕭崇瑜的說法，「每個球隊的風格不太一樣，我們之前碰到的球隊大多都有學長學弟制，但光北是一支剛創立的球隊，所以本身的實力才是說話大聲的籌碼。既然打過甲級聯盟的魏逸凡都沒說話，那代表大家已經認可李光耀有這麼做的實力。」

苦瓜抬抬下巴，示意蕭崇瑜看向場上，「你看，隊上唯一的高三生楊真毅要挑戰李光耀了。」

場上，氣氛有些緊繃，每個人的表情都跟剛剛不太一樣。楊真毅拿著球，一連做了幾個投籃假動作跟試探步，但李光耀完全不為所動。

「學長，直接來吧。」

楊真毅深吸一口氣，晃肩後向右切入，但李光耀竟然完全猜中他的進攻路線，楊真毅還來不及保護球，李光耀就眼明手快地將球抄走，抓在手裡。

「再來。」李光耀把球還給了楊真毅。

楊真毅拿著球，站在三分線外，看著李光耀露出認真的表情，心裡感受到了來自李光耀的強大壓迫感。比起魏逸凡，楊真毅的個性相對來說更內斂些，可是不服輸的性格幾乎不相上下。

楊真毅扛住李光耀散發出來的壓迫感，拿著球直接做一個向右的試探步後，馬上向左切，但李光耀還是比他快了一步，用身體擋住了他的進攻路線，逼得楊真毅不得不收球。

「後面的看清楚，當對方的後衛球員收球後，會有一定的機會傳給底線球員，這個時候是你們做站前防守的好機會，因為被守死的後衛球員沒辦法傳出好接的球。大偉，看到後衛被守死，你的工作就是守住來接應他的人，不要讓接應的人有輕鬆接球的機會！」李光耀一邊守住楊真毅，一邊對自己防守端的隊友說道。

場外，看到李光耀連續兩次擋下楊真毅的苦瓜露出微笑，對蕭崇瑜說：「看來他敢大聲說話，不是沒有道理。」

在這兩個小時的練球時間，李明正一連變換了好幾個防守陣式，二對三、三對三、三對四……而即使李明正今天並沒有針對體能方面做訓練，但練習結束後，每個球員看起來都疲憊不堪。

趁著球隊結束練球，球員在一旁喝水休息，苦瓜拿出手機，開啟了錄音模式，看了眼寫在筆記本上準備好的問題，在心中默念了幾次之後，大步走向球員。

苦瓜首先找上球隊裡唯一的高三生，楊真毅。

「楊同學，我想請問你兩個問題，第一，自我的期許；第二，你希望能夠為球隊帶來什麼貢獻？」

因為之前在國中聯賽曾有被採訪的經驗，楊真毅大方地回答：「在進攻端，我希望能擔任策應與外線威脅的角色，防守方面則是鞏固好籃板球。自我期許方面，希望可以比現在更強。」

「謝謝。」

結束後，苦瓜依序來到幾個球員面前，也問了一樣的問題。

魏逸凡想了想，「目前正在加強體能及防守，希望能找回當初在榮新打球時的感覺，幫助球隊打出教練希望的節奏，做好防守。」

詹傑成侃侃而談，「我的體能和防守能力都非常差，所以目前正在加強這兩個部分。但我對自己的控球跟傳球視野非常有信心，當我的體能跟得上球隊的節奏之後，就是我發揮真正實力的時候。」

包大偉抓抓頭，「我喜歡打籃球，但是我沒什麼天分，所以我大概會從防守著手，盡量幫助球隊……」

謝雅淑盯著苦瓜，眼神銳利，「我知道你在想什麼，沒錯，我沒辦法上場比賽，但我還是這個球隊的一分子。不要小看我，如果我可以上場，我的表現絕對會讓你們全都嚇到，哼！」

麥克結結巴巴，「我……就……」一句話都沒說完，就直接躲到李光耀身後。

李光耀哈哈大笑，「你們別介意，麥克很害羞，所以我幫他說，『禁區是我的天下，有種闖進來的就不要怕被我蓋火鍋！』」聽到李光耀這麼說，麥克緊張地拉拉李光耀的衣服，大力搖頭表示自己根本沒這麼想。

李光耀拍拍頭，露出抱歉的表情，「對不起，我少說了幾句，『其他球隊的大個子小心一點，籃板球是我的，誰都不能跟我搶』，就是這樣。」

李光耀用手攬住麥克的肩膀，一把將他拉到身邊，「你們記住他，再過不久，他將用籃板跟火鍋震撼高中籃壇！」

看著麥克馬上躲回李光耀身後，苦瓜實在不認為李光耀說的話有任何的說服力。

李光耀帶著自信的笑容，「輪到我了。我的自我期許跟為球隊帶來的貢獻實在太多了，就算你們雜誌有兩百頁都寫不完，我直接說一個最簡單的好了。

「我會把冠軍，帶回光北！」

第十二章

將苦瓜及蕭崇瑜送到校門口，揮手告別後，李明正、葉育誠及吳定華到校長辦公室喝茶休息。

一坐下來，李明正就露出得意的笑容，「不是我在說，但是……」

葉育誠跟吳定華同時伸出手，非常有默契地說：「夠了，我不想聽！」

李明正不理會葉育誠跟吳定華的抗議，繼續說：「就跟我當初預料的一模一樣，《籃球時刻》的編輯果然是因為當初看了我對啟南的那場比賽，深深地被我強大的實力給吸引，從此成為了我的球迷。就算過了二十多年，那份崇拜偶像的心依然沒變，一發現光北高中執行助理教練的名字是李明正，馬上以採訪的名義過來見我一面。」李明正得意洋洋地笑著。

葉育誠雙手掩住臉搖著頭，「天啊，怎麼過了二十幾年，你這種自信過剩的個性還是一點都沒變啊！」

吳定華則是伸出食指，用力塞住耳朵，來個耳不聽為淨。

「這不是自信過剩，是事實。你沒看到剛剛那個叫苦瓜的編輯，特地拿球跟簽字筆給我的時候，眼裡散發出來的崇拜光芒，他甚至緊張得連手都在發抖……」

葉育誠這次學聰明了，跟吳定華一樣將耳朵塞住，等李明正說完之後才放下。

「真沒想到光北這麼快就被採訪，不知道這篇採訪什麼時候會出現在雜誌上。」吳定華雙眼露出期待的光芒。

李明正喝了口茶，懶洋洋地說：「那個編輯雖然是我的球迷，但我想關於光北的報導不會太快出現。」

吳定華不解，「為什麼？」

李明正解釋道：「如果今天一本 NBA 職籃雜誌，結果報導的都是 NBA 發展聯盟跟海外球員的內容，你會想看嗎？」

吳定華理所當然地搖頭，「當然不會。」

「這就對了，今天籃球雜誌不報甲級球隊的內容，反而將一支名不見經傳，才剛報名台灣程度最低的丙級聯盟，而且連一場球賽都沒有打過的球隊放上版面，你覺得讀者會怎麼想？」

「既然如此，為什麼要來採訪我們？」李明正這麼一說，吳定華更疑惑了。

葉育誠嘆了口氣，「定華，你別跟以前一樣，滿腦子都只有籃球好不好。他們會來採訪，就表示光北對他們來說有一定的報導價值。如果從一到一百來算，把光北寫進下個月的雜誌專欄上，那光北的價值再怎麼多也只有十。但如果說是在光北順利拿下丙級聯賽冠軍，闖入乙級聯賽，再拿到乙級聯賽冠軍，闖入甲級聯賽，又剛好遇到啟南高中的話……」

「那麼同時光北跟《籃球時刻》雜誌，不管是話題性或是價值性，都將達到前所未有的高峰。」李明正把葉育誠沒說的話說完。

葉育誠點頭，「就是這樣。」

李明正擺手阻止葉育誠替他倒茶的舉動，「不喝了，差不多該走了。球衣可以在星期六以前做好吧？」

葉育誠啜了口茶，「球衣的負責人就是助理教練，雖然他平常給人感覺很懶散，但做起事來效率倒是不錯，我今天會再找時間提醒他，應該沒什麼問題。倒是丙級聯盟開賽是下下星期一的事，你這麼急著要球衣是不是有什麼打算？」

「星期六、日，我要帶球隊去公園打比賽。」李明正站起身來，「先走了。」

吳定華還來不及問跟誰比賽，李明正已經走出校長室。

這時桌上的電話響起，葉育誠接起，「你好，是，楊會長你早。會長今天有空？好，那我待會跟那位家長聯絡，確認時間後馬上跟楊會長報告，好，麻煩楊會長了。」

「你跟學長有約？」吳定華皺起眉頭。自從上次跟楊翔鷹見面後，他跟葉育誠就以學長稱呼楊翔鷹。

「是啊，你也要一起來。」葉育誠說著，順手撥了個電話，「喂，請問是王媽媽嗎？」

「苦瓜哥，你現在心情如何？」開車返回辦公室的路上，蕭崇瑜想起剛剛苦瓜鄭重拿出球跟簽字筆給李明正時，臉上那種崇拜又帶著興奮的表情，跟平常在辦公室裡被大家視為最難相處，整天擺著苦瓜臉的苦瓜哥根本是兩種次元的生物。

「想睡覺。」坐在副駕駛座的苦瓜把椅背調得很低，還拿出眼罩，一副就是老子要睡覺，識相點別吵我的模樣。

「好可惜，二十幾年前大家還沒那麼關注高中籃球，所以除了總冠軍賽，沒有什麼影片或照片留下來，否則我也想看看當年李明正打球的樣子。」蕭崇瑜把廣播的音量轉低，讓苦瓜能好好休息。

苦瓜沒有說話，就在蕭崇瑜以為苦瓜睡著了的時候，苦瓜突然開口說：「在看比賽的當下，我真的認為台灣籃壇出現了一個怪物，當時的感動實在是你沒辦法想像的。所以當我見到他，知道他這些年來依然還在籃球界耕耘的時候，我內心感到十分欣慰。

「一直以來，我拒絕接受別人說李明正早就消失在籃球界的說法，但就算我進到這間雜誌社，除了零星的消息之外，李明正真的好像是我做的一場美夢般，夢醒了，什麼都沒了。」

縱使臉上戴著眼罩，苦瓜還是熟稔地點了根菸，深深吸了一口，吐出煙霧，「好險，真的好險，他回來了，而且這場美夢還沒結束。」

「苦瓜哥，你說的是李光耀嗎？」難得聽到苦瓜吐露內心的情緒，蕭崇瑜突然覺得身邊的苦瓜哥好像找到了自己遺失已久的東西，整個人活了過來。

苦瓜沉默不語。因為戴上眼罩的關係，所以蕭崇瑜無法看到苦瓜的表情。

過了好一會兒，苦瓜把菸蒂丟進還有一點水的寶特瓶裡後才開口：「菜鳥，既然我說我要接手高中籃球的部分，你要做好心理準備，之後會非常忙。」

蕭崇瑜大聲回應，「是，苦瓜哥！」

★

一年五班教室裡，李光耀拿起桌上的漢堡跟牛奶大快朵頤，他的桌上還有著足足三人份的早餐。

「麥克，你想吃的話可以拿哦。」李光耀大方地對麥克說。

「我剛剛吃飽了，謝謝。」麥克看著李光耀桌上滿滿的食物，還有從未停下的手跟嘴巴，不禁問：「你的肚子是不是黑洞？」

李光耀大笑，差點把嘴裡的食物噴出來，「當然不是，但是不能浪費食物，加上這是別人的好意，所以要把它們全部吃完。」

「那些情書，你不看嗎？」麥克看著被李光耀塞進抽屜裡的情書，怯怯地問。

麥克從未收過情書，所以當他跟李光耀練完球回到教室，看到李光耀桌上擺著幾封情書跟好幾袋早餐時，他的心情比李光耀還要興奮。

「晚一點再看，反正寫的都差不多，不急。」李光耀專心地吃著早餐，完全沒有把那些情書放在心上。

「但那些是別人的心意耶。」

「不然你幫我看好了。」李光耀手伸進抽屜裡，一口氣把所有情書撈出來，就要遞給麥克。

麥克緊張得連連搖手，「不要啦，是寫給你看的，又不是給我的。」

李光耀大笑著把情書全塞回抽屜裡，然後想起什麼似的，拿起其中一袋早餐，走到王忠軍身旁，放在他的桌子上。

王忠軍皺起眉頭，「幹嘛？」

李光耀拍拍肚子說：「我一個人吃不下那麼多早餐，幫我吃一點。」

王忠軍直接搖頭拒絕，「我不要。」

李光耀沒有把早餐拿回去的意思，「射手雖然瘦一點機動性比較高，但是你有點太瘦了。」

王忠軍嘆了一口氣，「你說過，不會再說關於……」

李光耀打斷道：「我現在可沒有說任何關於籃球隊的事，我只是在跟你聊籃球而已。」李光耀露出微笑，「慢用，我要回去解決剩下的早餐了。」

李光耀走回位子上，繼續跟早餐奮戰，而麥克把椅子拉到李光耀身邊，非常小聲地說：「你跟他是朋友嗎？」

李光耀聳聳肩，「不確定耶，怎麼了？」

麥克說話之前，瞄了王忠軍一眼，確定王忠軍沒有在看他，便將手摀在李光耀耳旁，壓低聲音說：「因為我發現，班上除了你，沒有人會主動跟王忠軍說話。他常常一個人坐在位子上看書，也不理其他人在幹嘛，大家聊天他也不加入。」

李光耀再次聳肩，「他確實是比較不一樣，但其實他還滿有趣的。」

麥克一臉茫然，因為他完全看不出王忠軍哪裡有趣，「真的嗎？」

李光耀看著麥克的反應，開心地大笑，這時，原本吵雜的教室，突然間安靜了下來，因為有一個女生走了進來。

一個非常、非常、非常漂亮的女生。

那女生直直朝著李光耀的方向走來，一年五班每個人的目光全都跟著她的身影移動。

麥克看著走進教室的女生，像是提醒般對李光耀說：「她是一年七班的謝娜，全校唯一一個混血兒，雖然才高一，但已經被大家公認是校花。」李光耀點頭表示知道了。

謝娜在下一秒鐘走到李光耀面前，伸出手。李光耀嘴裡嚼著漢堡，含糊不清地問：「有什麼事嗎？」

「小君的信，你看了嗎？」謝娜開門見山地問。

「如果妳是說這些信的話，還沒。」李光耀從抽屜裡拿出情書，放在桌上。

謝娜皺起眉頭，「你有時間吃早餐，沒時間看這些信？」

「我剛練完球，肚子很餓，所以決定先吃早餐，晚一點再看。」李光耀又把情書塞回抽屜。

看著李光耀的舉動，謝娜說了一個大家聽不懂的詞，「Arschloch！」說完轉身就要離開，但李光耀回的話讓她停下腳步。

「Ich weiß, was du sagst.」

謝娜驚訝地回過頭。李光耀很滿意謝娜訝異的表情，「妳應該是台德混血吧，我小時候在德國待過一段時間，所以懂一點德文。」

謝娜大大哼了一聲，張開口本想再說些什麼，但最後什麼也沒說，憤然離去。

確認謝娜離開教室後，麥克好奇地問：「你跟她剛剛在說什麼啊？」

「她罵我混蛋，我跟她說我聽得懂。」李光耀笑著回答。解決完最後一口漢堡後，李光耀從抽屜裡拿出情書，挑出署名小君，一封折成愛心形狀的粉紅色信紙，打開後，迅速把它讀完。

「嗯，寫得一般般嘛。麥克，你有沒有白紙，借我兩張。」

「那麼多封情書要回，兩張紙夠嗎？」嘴巴這麼問，但麥克還是打開筆記本撕下兩張給李光耀。

「夠夠夠。」李光耀拿出原子筆，「下一節下課，陪我到一年七班。」

★

結束晨訓後，李明正回到家，洗了一個舒舒服服的熱水澡，坐在餐桌上享用老婆端過來的早餐。

「今天雜誌社採訪的怎麼樣？」林美玉看著李明正很快地將她煮的皮蛋瘦肉粥掃光，還露出滿意又滿足的表情，心裡洋溢著滿滿的幸福感。她倒了一杯熱咖啡給李明正，在他面前坐了下來。

「還不錯，來採訪的編輯裡有一個相當專業，而且這個編輯還是我的球迷，採訪結束後拿了顆球找我簽名呢。」李明正得意洋洋地述說今天早上採訪的過程跟內容，林美玉聽得津津有味。

李明正喝了一口咖啡，滿意地點點頭，「喝了老婆煮的咖啡之後，其他咖啡店的都不算什麼了。」

「李明正，你是不是做了什麼壞事，怎麼講話這麼甜。」林美玉嘴上雖然這麼說著，但臉上燦笑如花。

「怎麼可能呢，這杯咖啡真的就跟我說得一樣好喝啊！」

林美玉開心地走到李明正身後，幫他按摩肩膀，「會不會累，要不要上去睡一下？」

李明正將林美玉的手拉到自己胸前，緊緊握著，「不用，我不累。老婆，這個週末我要帶球隊到公園跟朋友打友誼賽，所以沒辦法帶妳出門了。」

林美玉整個人靠在李明正肩上，嘆了一口氣，「去吧，我早就習慣了，父子倆一個樣，一碰到籃球啊，就什麼都不管了，好像籃球才是你老婆一樣。」

聞到吃醋的味道，李明正連忙想解釋，「老婆……」

林美玉看到李明正著急的樣子，噗哧一笑，「我跟你開玩笑的啦，如果不是籃球，我跟你當初也不會在美國相遇啊。」

「沒錯，籃球才不是我另一個老婆，是我的紅線。」說完，李明正在林美玉的手背上輕輕地吻了一下。

★

下課鐘一響，李光耀把兩張白紙折成巴掌大小的長方形，對著後門的方向抬抬下巴，「麥克，走！」

「真的……要去嗎？」麥克雖然站了起來，卻一副擔心害怕的表情。

李光耀用力拍了拍麥克的屁股，「你怕什麼，是我要送，又不是你。」

「好……好吧。」麥克跟在李光耀身後，朝一年七班教室走了過去。

麥克比李光耀高了將近十公分，他卻小小步地走在李光耀後面，還駝背低頭，好像在躲著什麼，偏偏他的膚色跟身高卻怎麼樣也藏不住，讓這個畫面顯得有些滑稽。

李光耀察覺到麥克一直躲在他後面，一把將麥克拉到自己旁邊，「身為一名籃球員，走路不可以彎腰駝背，要抬頭挺胸，這樣才有氣勢，別隊的球員看到你才會怕你，畏畏縮縮的，還沒比賽就先輸一半了，知道嗎？」

「可……可……可是……」麥克依然感到害怕，下課時間一大群人聚集在走廊外聊天，每個人的眼睛好像瞪著他一樣，讓他想起以前國小時被全班同學欺負的情景，若不是被李光耀硬拉著，恐怕又要走到他後面躲起來了。

「麥克，你聽好，我知道你之前可能因為身高跟膚色被嘲笑甚至被欺負過，但那是在我們還沒認識之前的事，現在你是我朋友，我不會讓任何人欺負你，所以別躲在我後面，知道嗎！」

「好……」麥克怯怯地走在李光耀身邊，表情依然很緊張，左顧右盼，好像四周隨時都會出現危險一樣。

走廊上，這兩個行徑怪異的男生成了目光的焦點，大家一開始注意到了高大皮膚黑的麥克，可是一看到李光耀之後，麥克反而不是重點了。一時間，走廊上的人紛紛讓開路，看著李光耀的身影朝一年七班走去。

「一點都不可怕，對吧？」李光耀笑著拍拍麥克的肩膀。

麥克心想，那是因為你太耀眼，耀眼到別人看著你的時候，不敢嘲笑站在你旁邊的我。

麥克心裡其實鬆了一口氣，因為他發現只要跟在李光耀身邊，旁人就不會以異樣的眼光看他，讓他有了可以呼吸的空間。

到了一年七班，李光耀連一聲招呼都不打就直接走了進去，只見教室裡的學生分別聚成幾個小團體聊著天。李光耀掃視教室一圈，很快就發現被最多人圍在中間的謝娜。

跟謝娜進到一年五班時的情況一樣，當李光耀走進來時，一年七班整個安靜了下來，大家的注意力都集中在李光耀身上，而李光耀則挺著胸膛，大方接受大家的注視，彷彿他本來就應該受到注意一樣。

李光耀走到謝娜面前，把手上兩張折好的白紙遞給她，「這一張是給小君的，另一張是給妳的。」

謝娜哼了一聲，表示自己知道了，然後把要給小君的那張紙交給自己旁邊綁著馬尾、戴著眼鏡、臉上有些小雀斑的女生，給自己的則直接塞進抽屜裡。

謝娜用奇怪的眼神看著李光耀，表示信已經送到了，你怎麼還不走？

李光耀則是擺出一副妳不看信，我就不走的態度，「妳不打開來看看嗎？」

在眾人期待的眼神下，謝娜只好勉強把李光耀的信拿出來，打開。身旁的人好奇地湊上去想偷看，結果發現上面寫的是他們看不懂的語言。

「你……你……」信裡面只有簡單一句話，但謝娜看到這句話後卻一把將信揉爛，直接丟在李光耀身上，「你給我走開！」

謝娜的反應讓一年七班的同學們嚇了一大跳，場面頓時變得尷尬，但李光耀只是哈哈大笑，完全不在意地轉身走出教室。

在教室外看著這一幕的麥克，見李光耀走出來，好奇地問：「你寫了什麼，為什麼她反應這麼大？」

「我只是用德文寫了一句『我覺得妳生氣的樣子很可愛』而已，誰知道她反應這麼大。你看，她剛剛生氣的樣子，是不是很可愛？」

「嗯……她真的很漂亮。你喜歡她嗎？」麥克很佩服李光耀，他因為自卑的關係，平常不敢跟女生說話，更別提像謝娜這種校花等級的美女，他連看都不敢看一眼。而李光耀不僅跟謝娜說話，還把謝娜氣得滿臉通紅，這是他連想都不敢想的事。

「沒有喜歡，我只是沒想到在光北會有說德文的機會，加上她的個性很奇怪，我覺得很有趣，所以才逗她。光北這所學校有趣的人還真多，哈哈哈。」李光耀似若無人地大聲笑著。

麥克看著李光耀，心想，在大家眼裡，李光耀應該才是最有趣的人吧！下課時不時去找孤癖的王忠軍說話，就算對方不怎麼理會依然樂此不疲。此外，他還願意跟自己走在一起，剛剛又去招惹大家都想討好的校花謝娜生氣。

「離上課還有五分鐘，我們來練運球吧。」李光耀身上好像有著用不完的精力，他加快步伐，回到教室裡拿出籃球，跟麥克在教室後面練習著基本運球。

此時的李光耀家。

早上十點半，林美玉在廚房裡忙碌地準備午餐，而在一旁幫忙切菜的李明正聽到電話響起，便放下菜刀，走出廚房接起電話。

「喂，大哥啊，這星期六日都可以嗎，太好了！謝謝你，好，我們早上八點見。」

第十三章

星期六早上七點，李光耀跟麥克一起來到公園裡的籃球場，打算在八點的練習賽開始前先暖身並進行自主練習。

本來李光耀以為早上七點來占場地已經夠早了，沒想到此時籃球場上竟然已經有人在打球。當李光耀失望地正準備走向另一個兩邊籃框都歪掉的球場時，發現球場上打球的人停下動作，朝著他揮手。

李光耀驚喜地舉起雙手，猛烈地揮舞，「哇塞，你們這麼早來啊，我還以為球場被占走了，嚇我一跳！」

「我們還不算早，謝雅淑說她還沒六點半就到了。」魏逸凡伸起大姆指，往後比了比對面球場的方向，謝雅淑正在跟詹傑成一起練習三分球。

「你們現在在練什麼？」李光耀跟麥克快步走進球場，將後背包跟球袋放在籃球架底下。

「我們在做包夾防守的練習，一個人運球，兩個人包夾，運球方要突破兩個人的包夾防守得分，如果球被抄走，則由抄到球的人掌握球權進攻，進球不論是三分球或兩分球都只算一分。」魏逸凡用簡單易懂的方法解釋給李光耀聽。

「嗯，感覺滿有趣的，現在比數多少？」李光耀臉上露出興奮的神情，顯然這種練習方式很對他的胃口。

「我四分，真毅三分，大偉零分。」魏逸凡說。

「好，等一下我也要打，誰拿到十分誰就贏，贏的下場換我。」李光耀沒有問場上三個人的意見，直接多加了一條規則。

魏逸凡微微皺起眉頭納悶著，通常都是得分最少的人被換下才對，但很快地他想到李光耀應該是要讓包大偉有更多練習的機會，所以點了點頭，「好。」

場上三個人繼續打球，李光耀則在場邊跟麥克一起拉筋暖身。

「我喜歡這種感覺。」李光耀躺在地上，雙手枕著頭，麥克抬起李光耀的右腳替他拉筋。

「什麼感覺？」麥克疑惑地問。

「每個人樂在籃球之中的感覺。麥克，你知道嗎，以前在東台國中打球，比賽的前一天大家會約好在賽前一個小時到球場，而在光北，不用我約，大家甚至都比我還早到球場練習，哈哈哈，這種感覺真棒。雖然比起東台，光北這支球隊沒有那麼成熟，但光北整體球員的天賦與潛力卻要高出很多，而且每一個人除了自我要求很高之外，還具有某種特質。」李光耀露出興奮的表情，「你知道是哪種特質嗎？」

「不知道。」麥克把李光耀的右腳放下來，換拉左腳的筋。

「就是好勝心。所有的隊友，除了你之外都有相當的好勝心，每個都死不服輸，而且都不想輸給我，所以我跑步上下學，其他人也跟著我一起跑步上下學，我提早練球，大家也都提早練球。」李光耀自信滿滿地說：「他們真的是一群很有趣的隊友，不過很可惜，我會讓他們知道就算是這樣，他們依然沒辦法追上我。」

拉完筋之後，李光耀跟麥克兩個人繞著兩座籃球場外圍跑步，在跑到第十五圈的時候，魏逸凡三人的包夾防守練習也告一段落。

先得十分的是魏逸凡，畢竟有著甲級聯賽的經驗，在包夾中處理球的方式比起楊真毅跟包大偉明顯出色很多。楊真毅則得到八分，雖然他的身體素質比不上魏逸凡，之前也不曾在甲級球隊訓練過，但楊真毅從不硬打，他運用頭腦專打包大偉，不與魏逸凡硬碰硬，因此得分效率很高。至於包大偉，不管是進攻或防守，他在球隊中都是最弱的，面對魏逸凡跟楊真毅，除了連一分都拿不到之外，防守也像是紙糊的一樣脆弱。

李光耀走上場，站在罰球線洗了一次球之後，楊真毅跟包大偉很快地包夾上來，李光耀向後運球拉開一些距離，往包大偉的左邊切過去，包大偉很快往後退，而楊真毅怕包大偉會被李光耀輕鬆突破防守，便從包大偉身後繞到底線，想要在禁區擋下李光耀。

李光耀發現楊真毅的意圖，直接收球後仰跳投出手，不過力道過大，擦板的角度太高，球彈框而出。

「可惡！」李光耀用力拍了一下手。楊真毅跟包大偉都沒想到他會跳投，所以兩個人都沒跳起來封阻，也錯失了可以輕鬆得分的機會。

包大偉搶到籃板球，馬上繞到三分線外，但楊真毅跟李光耀很快包夾上來，包大偉慌張收球，卻反而失去擺脫防守的機會，最後只能勉強做出後仰跳投，不過球直接落在籃板上，連框都沒碰到。

楊真毅眼明手快地搶走籃板球，但球在他手上沒停留太久，一個不小心就被李光耀抄走。李光耀接著用一個轉身跟變向換手運球，擺脫楊真毅跟包大偉的防守，左手上籃得手。

「先馳得點，一比零比零。」李光耀撿起球，看著楊真毅跟包大偉，「現在球權該給誰？」

楊真毅說：「得分者保有進攻球權。」

李光耀拿著球走到罰球線上，「那你們可要做好心理準備。」

楊真毅抹去臉上的汗水，「什麼心理準備？」

李光耀露出自信地笑容，「十比零比零的心理準備。」

楊真毅雖沒多說什麼，不過對李光耀的防守明顯變得更嚴密且凶狠，幾次抄球的動作都遊走在犯規邊緣。然而李光耀臉上表情更顯興奮，並且在楊真毅還有包大偉的包夾下投進第二球。

「二比零比零。」

下一波進攻，李光耀又在兩個人的防守下成功上籃，不過這場鬥牛並沒有持續太久的時間，因為當李光耀準備取得第四分的時候，李明正、吳定華，還有幾個中年男子一起走進球場。

吳定華走到籃球場中間大喊：「集合！」

所有的光北球員很快停止手邊的動作，馬上到吳定華面前站好。吳定華擺出威嚴的表情說：「這些是答應跟我們打練習賽的叔叔伯伯們，大家跟他們問好！」

因為沒有事先排練，所以七個光北球員極沒默契地喊著：「叔叔好！」「伯伯好！」「你們好！」

李明正接著介紹這些年紀足以當這些球員爸爸的中年男人的來歷，「現在站在你們面前的是附近最有名的社區籃球隊隊員，等一下練習賽時要多跟這些籃球界的前輩學習！」

光北籃球隊齊聲回答：「是！」

這時楊信哲匆匆忙忙地跑進籃球場，氣喘吁吁地將背上背的大袋子放在地上，「對不起我來遲了，這些是我昨天晚上拿到的球衣。」

楊信哲將球衣一件一件拿出來，分別交到屬於它們的球員手中。

拿著跟校徽一樣藍底白字的球衣，每個球員心中都燃起了一股熱血。

「這場練習賽的規則跟正式比賽一樣，裁判將由我跟總教練擔任，計分則是由楊助教負責，二十分鐘後開始比賽，有任何問題嗎？」李明正完全不拖泥帶水，很快地說明完。

兩邊的球員都搖搖頭。

光北隊跟社區籃球隊各自開始暖身，因為光北球員提前到了球場，早就做好拉筋伸展的暖身動作，所以換上嶄新的球衣後便直接開始中距離跳投與跑位上籃練習，而社區籃球隊隊員因為才剛到達球場，加上自己知道上了年紀，一個個你幫我我幫你很確實地做好拉筋及暖身的動作。

社區籃球隊花了十分鐘的時間暖身，再花十分鐘的時間做一些簡單的投籃練習，在李明正吹哨之後，討論一下先發跟替補陣容，取得共識後走到中場準備跳球。

光北派上早已預定好的先發陣容，二十四號李光耀，三十二號魏逸凡，三十三號楊真毅，五十五號詹傑成，九十一號李麥克。

在兩邊準備開始跳球的時候，遠方走來三個人影，分別是麥克的爸爸李雲翔、校長葉育誠，跟楊真毅的父親楊翔鷹。

三個人的出現並沒有影響球賽的進行，李明正站在場中央，右手托著球，在吹響哨音的瞬間將球高高拋起，因為身體素質跟年紀的關係，社區籃球隊三號中鋒連跳都沒跳，直接讓麥克把球往後撥。

詹傑成在後場一拿到球，馬上把球往前場傳，本來社區籃球隊的球員慢慢地往回走準備擺出防守陣式，一看到詹傑成的傳球，覺得不對，加快腳步，但是已經太遲了，魏逸凡就跟藍色閃電一樣追到球，跨大步直接上籃得分。

「年輕真好，跑得快又有衝勁。」比賽開始不到五秒就被得分的社區籃球隊完全不在意被取得領先，二十五號控球後衛慢慢把球帶到前場，看著光北的二三區域聯防，左手運球，右手比了三的手勢。

收到控球後衛的指示後，其他四名隊員馬上動了起來，中鋒上前來到罰球線的位置，控衛把球高吊過去，讓中鋒居中策應。

控衛傳球之後馬上繞到右邊底角埋伏，四十五號得分後衛也在三十六號大前鋒的掩護下跑到左邊底角，兩名小隻的後衛都跑到底角後，中鋒把球傳給大前鋒，轉身往籃下走，緊緊地將麥克卡在身後，伸手要球，楊真毅怕麥克被打點，趁球還沒交到中鋒手上之前協防過去，卻因此沒注意到左邊底角的得分後衛空手切到底線。

大前鋒一個簡單的地板傳球給得分後衛，楊真毅注意到的時候已經來不及，一個簡單的開後門戰術，得分後衛輕鬆打板取分。

比數二比二。

楊真毅拍拍胸口，對隊友表示是自己的錯，「抱歉。」楊真毅拿著球走到底線外，傳球給詹傑成。

詹傑成接到球，緩慢地把球運過前場，看著防守自己的社區籃球隊隊員，身體一沉，壓低重心直接往右邊切，一個踏步就突破防守球員，運球的右手一甩，把球傳給李光耀，後者沒有發動攻勢，一個高吊球傳給麥克。

麥克一拿到球，便在嘴裡念著，「在禁區拿到球，不能把球放在腰部以下的位置，否則容易被手快的後衛抄到球。保護好球，利用中鋒在球場上的中心位置，看左右兩邊的隊友是不是有跑出空檔或是走後門的輕鬆得分機會，如果沒有，就要思考自己的進攻優勢在哪裡，是速度比較快，可以直接切入，還是身高比防守球員高，直接高舉高打，又或者是突然拔起來跳投。」

正當麥克決定利用接近十公分的身高優勢強打禁區時，手上的球卻被對方小前鋒給抄走。不過因為李光耀跟詹傑成及時回防，沒有讓社區籃球隊順利完成快攻。

在場邊看球的葉育誠搖頭失笑，「麥克真是的，怎麼把心裡想的話全念出來了。」

站在一旁的院長連忙解釋，「麥克從小就是這樣，緊張的時候會不自覺地小聲念出心裡想的事情。」

葉育誠語氣裡沒有一點責怪，「我了解，麥克也是為了有好表現，加上他剛開始打籃球沒多久，所以在場上才會這麼緊張。」

楊翔鷹笑了笑，沒有表達意見，眼睛直盯著楊真毅的表現。

場上四名光北球員對麥克的失誤沒有多說什麼，麥克卻一臉緊張。由於之前長期被欺負排擠，造成麥克只要一做錯事就會變得特別敏感，因為在他內心會有一個聲音不斷地對他說，「絕對不能犯錯，如果犯錯你身邊的人一定會責罵你、嘲笑你、諷刺你、欺負你、排擠你」。

雖然這個聲音在遇到李光耀之後慢慢消失，在球隊練習時也因為跟隊友漸漸熟悉而鮮少出現，但現在是跟一群不認識的人打球，讓這個聲音又找到機會，開始攻擊麥克脆弱的心靈。

場邊，卻有一個聲音直接把麥克內心嘲諷的聲音壓過去，「麥克，別在意，加油，守下這一球！」麥克往場外一看，謝雅淑正對著他比出大姆指。

不過麥克在這一波防守中並沒有彌補的機會，社區籃球隊靠著快速地傳球跟掩護在外圍找到機會，中距離兩分得手，比數來到四比二。

詹傑成拿起還在地上彈跳的球，單腳踏到底線外，奮力將球往前場一甩，社區籃球隊已來不及回防，楊真毅接到球已經在前場的三分線內，連運球也不用，直接跨了兩大步上籃得分。

比數四比四，光北兩波進攻都是快攻得手。

楊翔鷹點頭稱讚道：「那個傳球的後衛很厲害，兩次傳球都很到位，剛好讓跑快攻的人一接到球就可以對籃框攻擊。」

「他是詹傑成，就連李明正都說他是難得一見的控衛，缺點就是體力太差了。剛剛真毅的上籃也很漂亮，速度很快。」葉育誠趁機誇獎了楊真毅，畢竟籃球隊的經費多少需要這位身價非常高的家長會長協助，所以適時地利用楊真毅的好表現滿足楊翔鷹身為父親的虛榮心還是必要的，這一招葉育誠在先前幾所學校任職時，不管是跟學生家長溝通，或是開家長會時都非常有效。

出乎葉育誠預料的是，百試百靈的這一招竟然在楊翔鷹身上起不了作用，楊翔鷹面無表情地說：「沒有這種程度，打籃球也只是浪費時間。」接著話鋒一轉，「那個二十四號李光耀，是明正的兒子吧？」

「是啊，長得很像吧，跟年輕時的李明正幾乎是一個模子印出來的。」葉育誠說。楊翔鷹卻搖搖頭，「我認出他是明正的兒子，不是因為長相，而是他在球場上給人的感覺。」

李雲翔突然插話，「楊先生，就你的觀察，現在場上光北的球員有沒有哪一個跟當初打籃球時期的葉校長比較像的？」

楊翔鷹想也不想，「當年的葉校長如果在現在的光北，大概只有打雜的份。」

葉育誠臉上冒出三條黑線，突然能夠理解為什麼當初他費盡唇舌都沒辦法說服楊翔鷹讓楊真毅加入籃球隊，而李明正簡簡單單就達成這個任務，其實不是李明正口才比他好，而是楊翔鷹跟李明正兩個人的磁場基本上是一樣的。

場外三人聊著天，場內球賽繼續進行著。光北隊在連續兩次進攻得手後陷入得分乾旱期，反觀社區隊憑藉著培養已久的默契，還有快速的傳導球，讓光北的防守常常漏人，而社區隊外線把握度高的可怕，一來一往之下，很快把比分拉開。

第一節比賽剩三分鐘，比數十二比四。

社區隊掌握球權，控衛在三分線外運著球，看著小前鋒從左邊底角繞上來，控衛馬上把球傳過去。

小前鋒一接到球就要出手，李光耀還有跟上來的楊真毅馬上撲了上去，但小前鋒在空中把球傳給順勢走到左側完全沒人防守的得分後衛手中，接球、出手、進。

比數差距來到兩位數，十五比四。

場上球員的表現讓場外的謝雅淑看不下去，整個人跳起來，指著場上大吼：「你們在幹嘛！防守都沒做好溝通！詹傑成，你身為控衛要掌握比賽的節奏啊，好好想想光北有什麼優勢，對面那群老頭又老又慢，這個提示夠明顯了吧？魏逸凡，你今天早上是沒吃早餐嗎，為什麼打起球來有氣無力的？楊真毅，明明有幾球是有出手機會的，為什麼不出手，你是要拚百分百命中率嗎？麥克，今天場上你最高，就算沒辦法把籃球放進籃框裡，籃板球總抓得到吧？李光耀，你平常不是很囂張嗎，怎麼今天沒看你出手過半次啊？應該跳出來了吧！」

被謝雅淑這麼一罵，光北低沉的氣氛有了轉變，五個人一改垂頭喪氣，全都抬起頭挺起胸。也因為謝雅淑這麼一說，大家才發現這場練習賽到目前為止，一向愛出風頭，個人單打技巧沒話說的李光耀竟然連一次都沒出手，實在是非常詭異。

面對大家投來的異樣眼光，李光耀聳聳肩，手指比了比擔任裁判的李明正，場上四個人馬上明白，原來是跟上次對東台的友誼賽一樣，又是某種父子之間的制約。

不過現在光北已經被謝雅淑罵醒，詹傑成身為控球後衛，想起了他球場指揮官的職責，不再把球交給跑出空檔的隊友，而是主動切入，以行動帶起光北的節奏。

謝雅淑說得對，跟社區隊多年的默契比起來，光北的走位移動還不夠成熟，所以如果跟社區隊打陣地戰，在社區隊每個人都是外線射手的情況下，光北隊絕對吃虧，所以光北要發揮年輕人充滿活力跟速度的優點，撕裂社區隊的防線，加快比賽節奏，累垮社區隊。

詹傑成的切入吸引兩個人防守，在上籃時又讓中鋒不得不跳起來封阻，他在空中小球傳給麥克，麥克一拿到球，雙腳一跳，直接把球「放」進籃框裡。李明正和李光耀都對他說過，球出手的地方離籃框越近，命中率越高，因此用放的把球放進籃框裡，除非被犯規，否則絕對是籃球裡命中率最高的得分手段。

麥克進球後，比數縮小為十五比六，而在大家準備回到後場防守時，李光耀突然大喊：「不要守二三，全場一對一壓迫防守！」

其他四人聽了，很快找到自己對位的目標，採取了主動的壓迫性防守，不再被動地擺出二三區域聯防。

光北突然改變防守陣式，讓社區隊慌了手腳，控衛一時沒注意，球被詹傑成抄走，前面楊真毅與魏逸凡已經偷跑，最後由魏逸凡輕鬆上籃取得兩分。

球被抄走的控衛拍拍頭，毫不在意地笑著說：「唉呀，年輕真好，這種全場一對一防守我們可完全做不來呢。」

社區隊所有隊員臉上都掛著笑容，彷彿在藉由這個練習賽緬懷回不去的青春歲月，不過這並不代表光北的一對一防守讓他們束手無策，經驗跟默契上他們還是遠勝光北隊，在多次的單擋掩護跟卡位之下，社區隊依然穩穩地利用中距離取分。

反觀光北，在剛剛謝雅淑的提醒之後，頻頻利用速度跟身體優勢切入禁區取分，而這段時間不管是詹傑成的妙傳，或者是魏逸凡跟楊真毅兩人小組的搭配都有亮眼的表現，麥克也達成大家對他鞏固籃板球的期望，在場的五個先發球員中，最沒有存在感的竟是平常最自負囂張的李光耀，他拿到球卻從未出手，不像楊真毅或魏逸凡一樣積極跑快攻，也沒有在防守端貢獻任何的抄截。

一直到第一節結束為止，李光耀對光北的貢獻幾乎是零，就連一個籃板都沒搶到。

然而，李光耀唯一對球隊的貢獻，卻是任何數據都沒辦法反映出來的，那就是第一節的十分鐘裡面，社區隊沒有任何一個人能在他的正面防守下得分。

第二節一開始，在李明正的示意之下，第一節的先發球員除了內線的麥克、魏逸凡、楊真毅繼續留在場上之外，李光耀跟詹傑成的後場組合下場休息，換上謝雅淑與包大偉。

在社區隊方面，第一節上場球員全部下場休息，陣容大洗牌，換上了矮小的陣容，最高的中鋒才一百八十公分出頭，跟麥克比起來整整差了一顆頭，最矮的控球後衛甚至連一百七十公分都不到。而且除了身高之外，年齡也年輕許多，跟剛剛平均四十歲比起來，現在的陣容平均年齡大約少了十歲。

因為第一節一開始是光北隊控制球權，所以第二節球賽第一波進攻球權由社區隊掌控。

控球後衛在後場一拿到球，快步運球過半場，看都沒看防守自己的包大偉一眼，肩膀壓低，直接往禁區切入。包大偉沒想到控衛竟然一過半場就自己發動攻勢，完全沒有做好防守的準備，一晃眼就被突破防守。

魏逸凡在包大偉被過之後馬上上前補防，卻還是慢了一步，社區隊矮小的控衛從一開始就沒有一路殺到禁區的打算，過了包大偉之後馬上收球，在罰球線做一個騎馬射箭式的抛投，打板得分。

比數二十三比十二，又回到兩位數的差距。

光北被打個措手不及，第二節一開始還不到十秒鐘就被得分，氣勢上馬上矮了社區隊一截。這時候謝雅淑拍拍手，「沒關係，下一球打回來，我們有身高優勢，不用急！」

謝雅淑接住麥克的底線發球，把球帶到前場，心想，臭老頭，別囂張，等一下讓你們知道我的厲害。

謝雅淑在三分線外兩步的距離運著球，對著內線的楊真毅眨了眨眼，楊真毅會意，上前幫謝雅淑卡位。

謝雅淑利用楊真毅的掩護，運球跨大步，在防守者還未對上來之前，眼神堅決，直接在三分線外出手。

唰！

球在空中劃過美妙的拋物線，精準地落在籃框中心，跟籃網摩擦激出清脆的聲響。

謝雅淑維持出手的姿勢，露出神氣的表情。

比數二十三比十五，差距直接拉回八分。

可是光北高興的時間沒有太久，社區隊很快回敬一波快攻，三次傳球之後就穩穩地上籃得手，比數二十五比十五。

場外的李光耀看隊友對社區隊的快節奏打法完全沒輒，對詹傑成笑說：「這幾個大叔有些當年差一點就可以進入職籃，要贏他們沒那麼簡單。」

李光耀話才說完，光北馬上回敬一波攻勢，謝雅淑剛運過半場，把球交給位在左側三分線的魏逸凡，魏逸凡一拿到球就往籃下切，吸引了另外一個人的包夾後，在人縫中傳球給楊真毅。楊真毅一個假動作，想要騙過來補防的人犯規，但社區隊的球員太有經驗，並沒有被楊真毅的假動作給騙了，只不過這並沒有阻止楊真毅的籃下打板取分。

社區隊底線發球，兩個前鋒已經跑到前場打算來一次快攻，不過已經有前車之鑑，楊真毅、魏逸凡跟謝雅淑及時回防，沒有讓社區隊有輕鬆快攻上籃的機會。

社區隊控衛索性慢下腳步，慢條斯理地把球帶過半場，將球傳給得分後衛。

得分後衛一接到球，面對包大偉的防守，直接往籃下切。包大偉不想再被過，伸手拉了得分後衛的手，這個動作被場邊的李明正看得一清二楚，響亮地嗶一聲，而得分後衛一聽到哨聲，馬上收球，用歪七扭八的姿勢將球投出去，球雖然彈框而出，但李明正認為這是投籃動作，給了得分後衛兩次罰球的機會。

「光北十二號，拉手犯規，罰兩球！」

趁著社區隊得分後衛罰球時，李光耀對詹傑成說：「這些叔叔打球都很聰明，知道現在場中最強的是楊真毅跟魏逸凡，加上麥克實在太高，禁區不好打，所以狂攻包大偉這一點。」

李光耀對詹傑成講解比賽的同時，社區隊的得分後衛穩穩地罰進兩球。

「只不過在我們光北，也有同樣聰明的人。」李光耀指著場上控球的謝雅淑。

謝雅淑過了半場，馬上利用魏逸凡的單擋掩護往禁區切，在社區隊的協防還沒過來時地板傳球給楊真毅。

見到楊真毅有空檔跳投機會，社區隊中鋒連忙撲了過去，但楊真毅沒有投籃，反而把球傳給空手切進禁區的魏逸凡，讓後者輕鬆上籃取得兩分。

光北順利得分後，李光耀對詹傑成說：「你是我這輩子見過傳球最犀利的控球後衛，撇除防守跟體能上的缺點，你絕對有希望成為高中最強的控衛，可是你最多只能幫助光北變強，卻沒辦法變成最強。」

「什麼？」李光耀突如其來的話語，讓詹傑成眉頭皺在一起。

李光耀笑了笑，「上次在場邊看你打球，我高興得不得了，竟然有這麼強的控衛當我的隊友，你絕對想不到我當時有多興奮。不過上次跟你同時上場的時間太短，這個星期主要練習的項目又沒辦法讓我看出你真正的實力，所以我剛剛在場下一直觀察你控球的方式，依然很棒，但我也看出你並沒有把光北現在的實力全部串連在一起。

「你注意看謝雅淑控球的方式，你認為她傳球有比你精準，控球有比你更犀利嗎？沒有，可是你看現在的比數，二十九比二十一，分數咬在兩位數之內，而且場上還有包大偉這個一直被大叔們打點的存在，為什麼謝雅淑做得到？」李光耀手指著謝雅淑。此時謝雅淑正走向麥克，將麥克辛苦搶下的防守籃板拿到自己手上。

「好，打一波！」謝雅淑把籃球抱在胸前，躲過控球後衛欲抄球的右手，運球往左切，幾個大步就過了半場，把球高吊給麥克，麥克背對籃框接到球，因為跟社區隊中鋒身高至少有十公分的差距，他便直接往右轉身做一個小勾射，球在籃框上轉了好幾圈，最後幸運地滾進籃框裡。

「看懂了嗎，你跟謝雅淑的差別？」李光耀問。

詹傑成依然緊皺著眉頭，心中頗不以為然。在他看來，謝雅淑的打法很無聊，傳球很單調，也沒有任何激情，完全無法炒熱氣氛，這樣打一點氣勢都沒有，李光耀是瘋了嗎，竟然覺得謝雅淑比他厲害？

李光耀的實力很強沒錯，但是關於傳球的能力，詹傑成有著不容他人質疑的倔強。

李光耀似乎讀出詹傑成心裡的話，「別誤會，我不是說你比不上謝雅淑，就控球這一塊，我認為沒有人比得上你，可是你在乎的是你傳的球，而謝雅淑在乎的是傳球給誰。這兩者的差別就在於，不管誰接到你的球都可以輕鬆得分，而謝雅淑則重視接球者的打法跟特性，利用他們本身的優勢取分。所以第二節到目前為止，除了她自己投進的那顆三分線外，她始終把球塞到籃下去，因為我們現在有身高優勢。」

李光耀拍拍詹傑成的手，「你的控球的方式其實很好，可是在展現自己驚人的傳球能力之後，你也要讓你的隊友發揮自己的實力。你看，魏逸凡跟楊真毅面對這些大叔還不是照樣取分，還有麥克，才接觸籃球短短不到一個月的時間，他剛剛就可以使出轉身小勾射了，更別說是我這個天才得分王。

「我們光北是個球隊，而且是個很強的球隊，控球後衛的工作除了傳出漂亮的助攻之外，更重要的是把光北最強的一面，透過你的穿針引線整個爆發出來。能夠傳出助攻的控衛是好的控衛，但是能夠把整支球隊串連在一起的控衛，才是最頂級的控衛。我相信你絕對有頂級控衛的潛力，可是你現在還沒有將你的能量完全散發出來。」

看著李光耀那雙純淨又熾烈的眼神，詹傑成說道：「打籃球，我可以一場比賽零出手，但是我無法忍受零助攻。我要證明助攻才是贏球的基礎，助攻的本質就是讓隊友用最簡單最舒服的方式得分，所以你說的我當然做得到。但是你呢，剛剛口口聲聲說自己是天才得分王的你，在這場比賽裡卻一次出手都沒有，這樣我要怎麼知道你最喜歡的出手位置跟出手方式？」

李光耀嘴角勾起笑容，接受詹傑成的挑戰，「第四節的最後五分鐘，我會讓你知道，我是你們這些控球後衛最想要傳球的對象。」

第十四章

社區隊的進攻在中後段出現當機的情況，被光北打出了一波五比零的小高潮，不過在喊暫停之後很快就穩下來，分數始終保持領先。光北隊方面，靠著身高優勢幾次強打禁區，加上謝雅淑外線埋伏，雖然因為擋不下社區隊的快速節奏，每個人多少賠上幾次犯規，但比數卻拉近到只剩五分的差距，第二節比賽結束，四十比三十五。

中場休息十分鐘，在這個寶貴的時間裡，李明正除了對球員宣布第三節上場的人選之外，並沒有其他的指示，給球員相當高的自主性。

「你們看那一群大叔，已經沒力氣了，現在只差五分，我們一開局就直接把比分給壓過去！」謝雅淑用力拍手，鼓舞大家，「麥克，你籃板球搶得很好，完全沒有給大叔隊搶進攻籃板的機會，幹得好！」

被當面稱讚，麥克喜悅之情溢於言表，他害羞地低下頭，小聲說：「謝謝。」

「魏逸凡、楊真毅，你們兩個人的搭配很有默契，剛剛把大叔他們的禁區攪得一團亂，下半場繼續保持！」

魏毅凡跟楊真毅喝著水，微微點頭。

「詹傑成，控球這方面你比我強多了，等一下上場球隊就交給你了！」

詹傑成眼神複雜地看了李光耀一眼，然後對謝雅淑點點頭。

短短十分鐘的時間，在謝雅淑帶頭討論戰術下很快就結束了。尖銳的哨音響起，吳定華舉起雙手示意兩方球員上場。

第三節比賽一開始，第一波主導權由光北掌控，接到謝雅淑底線傳球的詹傑成，把球帶到前場，在右側三分線徘徊，眼神看著在底線的魏逸凡，魏逸凡會意，馬上在底線將防守球員死死卡在自己後面，伸出左手要球。

社區隊中鋒一見到魏逸凡有所動作，馬上過去協防，而就在這個瞬間，詹傑成眼睛雖然一樣看著魏逸凡，但球忽然就從他手上快速地朝著籃框的方向飛過去，當社區隊中鋒意識到詹傑成的意圖，轉身要回去防守麥克時已經來不及了。

詹傑成這球傳得又急又高又快，麥克擔心接不到球，膝蓋一彎，奮力往上一跳，在空中接到球，發現接到球的位置高於籃框，想起了在電視上看到 NBA 的空中接力灌籃，心裡也沒多想，直覺就把球往籃框裡塞。

砰！

一道重重的聲響傳來，整個籃球架晃了晃，大家擔心地看著籃框，以為麥克這一灌會直接把籃框整個扯下來。

麥克雙腳落地，不敢置信地看著自己的雙手。

「麥克，發什麼呆，回防了！」在麥克陷在自己的思緒裡時，謝雅淑的叫喊聲把他拉回現實，麥克這才連忙邁開腳步，跑回後場防守。回到後場時，謝雅淑直接對他豎起了大拇指，「好球，帥呆了！」

詹傑成沒有多說什麼，不過手指著麥克，給了麥克一個很滿意的表情。

在底線的魏逸凡跟楊真毅兩人則伸出手，跟麥克擊掌。

這個灌籃跟隊友鼓勵的舉動，讓麥克的自信心開始萌芽，也將光北的氣勢整個帶上來。

不過社區隊打過的球賽不計其數，經驗比光北這些球員多太多，所以節奏並沒有因為麥克的灌籃就被打亂，反而延續第一節順暢的傳導，得分後衛利用中鋒的掩護順利中距離得手，要到兩分。

光北第二波進攻球權依然是交給詹傑成，這次社區隊內線的防守因為麥克的關係緊繃許多，不讓光北的內線有輕易接球的機會。不過當社區隊把注意力放在內線時，詹傑成突然在三分線外拔起，直接出手。

這個突然的三分出手，不管是光北的隊友或社區隊的大叔都完全沒有預料到，頓時間禁區擠成一團，每個人都卡位準備搶籃板，不過隨著球應聲破網，擁擠的禁區馬上散開。

場外，楊翔鷹揚起了右邊的眉毛，對葉育誠說：「你們光北撿到了一塊寶。」

葉育誠搖搖頭，「楊會長你錯了，在我看來，每一個光北球員都是寶，只是有些已經散發出迷人的光彩，有些則還需要時間的打磨。」

楊翔鷹露出微笑，拍拍葉育誠的肩膀，「葉校長，說得真好。看著他們，不禁讓我想起以前為了一顆籃球滿場飛奔的日子，如果時間可以重來，我一定會不計代價加入光北籃球隊。」

楊翔鷹看看手錶，「我還有些事情要處理，就先失陪了。你之前請我幫忙的事，我會處理好。李院長，走了。」

李雲翔舉手示意，「楊會長慢走。」

葉育誠真誠地對楊翔鷹說：「謝謝。」

場上，在詹傑成投進三分球之後，光北的氣勢再度攀升，連帶著防守也更加積極。社區隊在光北緊迫的防守下首次出現了失誤，傳球被詹傑成撥走，楊真毅跟魏逸凡已經像兩支箭頭般往前場飛奔，詹傑成甚至沒有把球拿下來，直接由下往上用力一拍，球高高飛起，最後被楊真毅接到，傳給魏逸凡簡單的兩步上籃拿分。

第三節比賽開始不到兩分鐘，比數已戰成平手，四十二比四十二。

場上光北球員氣勢大盛，每個人臉上都帶著歡喜自信的表情，整個球隊不管是精神或是球技完全連結在一起，在這一刻，光北真正成為了一個團隊，場外的李光耀也因為隊友的好表現忍不住站起來喝彩。

除了包大偉之外。

包大偉垂頭喪氣地坐在場邊，臉色沉重又沮喪，因為第二節整整十分鐘，他完全沒有為球隊帶來任何貢獻，甚至在防守上還賠上四次犯規，而且這四次犯規當中更有兩次讓對方站上罰球線，並且拿到四分。

「球隊裡面的廢物。」

包大偉心中無法克制地一直出現這句話，自責與自我懷疑正慢慢摧毀著他的內心，讓他冒出退隊的念頭。

只不過這時候，一隻手突然拍上他的肩膀，讓這個念頭瞬間消失了。

「怎麼了，只是因為零分零助攻零籃板，就想放棄了嗎？」李光耀坐在包大偉身旁，右手攬著他的肩膀，「抬起你的頭，看著比數，現在是平手，我們並沒有落後，你幹嘛自責？」

包大偉抬頭看著隊友們在場上努力防守的模樣，絲毫沒有因為自己靡爛的表現而有任何影響，一方面放下心，一方面更顯失落，因為這代表他在光北是個可有可無的球員。

李光耀似乎有著讀心術，完全看穿包大偉內心的想法，「你是不是覺得自己很沒有存在感。」包大偉轉頭看了李光耀一眼，一句話也沒說，隨即又把頭垂下來。

李光耀繼續說：「如果你這麼想的話，你就錯了。如果你真的是一個毫無用處的球員，總教練跟我爸是絕對不會把你選進球隊的。你的態度跟努力我們都看在眼裡，你的球技雖然明顯落後，但球技是可以鍛鍊的。而且要幫助球隊，我們在場外也幫得到啊。」

包大偉一臉疑惑。

「你看，場上的隊友那麼辛苦地打球，如果我們在他們下場時主動遞水，讓他們省一點力氣，說不定他們就因為這一點點的力氣而多投進一顆球。如果我們在場外大聲加油，增加他們的氣勢，讓對手感受到壓力，說不定就可以打出一波攻勢。

「數據上沒有任何貢獻，不代表你沒有用處。我今天到目前為止也沒有得分，但是這場比賽我沒有讓對手在我面前得過任何分數。麥克今天也才得了四分，但他做好了他唯一能做的工作，就是籃板球。你一定也有你能做到的事，進攻不行那就拚防守，防守不行就在場外為隊友大聲加油。籃球場上，除了得分、籃板、助攻、抄截之外，還有其他方式可以幫助球隊贏球，而且一定有除了你之外，我們都做不到的事情存在。」

李光耀說話的同時，光北遭遇一陣亂流，社區隊回敬光北一波五比零的攻勢，好不容易平手的局面再次被社區隊拉開。場上的謝雅淑對李光耀示意，李光耀點頭，站起來，比出手勢，「暫停！」

喊出暫停的同時，謝雅淑對社區隊拿球的小前鋒犯規，哨聲頓時響起。

「光北十二號，拉手犯規！光北暫停！」

兩隊回到休息區，謝雅淑喘著大氣，體力消耗許多的她，氣喘吁吁地說道：「包大偉……等……等一下換你上，我休息一下。」

包大偉一上場，社區隊的大叔知道包大偉有著不能再犯規的壓力，加上他實力最弱，便直接把攻擊火力集中在包大偉身上。

包大偉自知身負四次犯規，只要再犯一次就會犯滿離場，所以防守上變得綁手綁腳，動作不敢太大。大叔的切入幾乎不費吹灰之力就過了包大偉，輕易切進禁區，讓補防的魏逸凡賠上一次犯規。

尖銳的哨音傳來，「三十二號，打手犯規，兩次罰球！」

社區隊的得分後衛穩穩地罰進兩球，而且故意放慢罰球節奏，讓其他體力已經不如以往的隊友們可以多喘幾口氣。

光北雖然在下一波攻勢中靠著魏逸凡跟楊真毅的兩人連線追回兩分，可是在氣勢上社區隊明顯地壓過了光北隊，而且因為包大偉四次犯規，完全放不開手腳防守的關係，造成禁區球員為了幫他補防而漏人，甚至多次賠上犯規，光北隊在防守上的壓力倍增。而包大偉也知道自己正在拖累球隊，緊張、不安、慌張等情緒讓他在場上的表現更加不穩定。

社區隊在接下來的攻勢裡，經過幾次傳導沒辦法順利跑出空檔出手後，又把球傳給現在跟包大偉對位的小前鋒手裡。

小前鋒拿著球，狠狠盯著包大偉，包大偉感覺自己就像被一頭惡狼盯著的綿羊，緊張的情緒大幅上升。

小前鋒眼睛瞄籃，做一個投籃假動作，緊接著向右做一個試探步，這才往左邊切入。包大偉被小前鋒的動作要得團團轉，完全沒辦法預測小前鋒的動作，只能看著小前鋒從自己身旁切入禁區。

楊真毅的補防雖然夠快，但小前鋒立刻把球傳給埋伏在底角三分線的控球後衛，在大空檔的情況之下，球空心入網。

包大偉信心重挫，眼神無助地看著場上的四個隊友。

「我這種只會拖累隊友的人真的該繼續待在球隊裡面嗎？」這是包大偉心裡不斷出現的疑惑，不過場外李光耀的聲音，一腳就把這個疑惑踢飛。

「嘿！包大偉，你不用怕，我跟你說，這些大叔不敢真的狂攻你這一點，因為他們知道一旦你犯滿離場，我就會取代你上場，然後連同上半場沒有得到的分數在下半場三、四兩節一口氣討回來。他們絕對守不住我，所以他們不敢真的讓你犯滿離場，你可以放心地放開手腳鎖死他們！」

聽到李光耀這麼一說，加上社區隊大叔們臉上出現了奇怪的表情，包大偉似乎意識到了什麼。

接著，李光耀又大聲說：「包大偉，我給你一個非常重要的任務，從現在開始，不要管進攻，也不要管防守陣勢，只要黏死對方的控球後衛就好，緊緊黏著他，連一點接球的空間都不要給，你在場上只要顧好這個就好！」

驀然，包大偉空洞的眼神中閃過一絲光芒，聽了李光耀的話，將進攻交給詹傑成操刀，魏逸凡跟楊真毅執行，麥克負責搶籃板，而他則專心緊緊黏住控球後衛。

場外，李光耀看包大偉在場上的動作總算沒那麼彆扭跟綁手綁腳，鬆了一口氣，「包大偉這小子，跟麥克一模一樣，都需要別人告訴他們要做什麼才不會慌了手腳。」

一旁的謝雅淑說：「他們確實很像，不過麥克有身高、手長、彈跳力的優勢，但包大偉什麼都沒有，只有一顆真誠喜歡籃球的心，所以更容易患得患失。」

「這就夠了。」李光耀說。

「什麼？」李光耀話說得太簡短，謝雅淑沒弄懂李光耀的意思。

「只要有一顆真誠喜歡籃球的心，對我來說，那就夠了。」

在李光耀大聲疾呼之後，包大偉在場上找到了自己的定位，緊緊地黏住社區隊的控球後衛，跟蒼蠅一樣讓控球後衛煩不勝煩，連接球都要費一番力氣。在這種情況之下，社區隊的節奏被打亂，雖然靠著經驗跟團隊配合依然可以在外線取分，但很明顯場上的氣勢慢慢被光北壓過去。

這個時候，詹傑成發揮出他身為控球後衛最可怕的天賦。

「走！」光北的進攻球權，詹傑成一接到魏逸凡的底線發球後馬上大喝一聲，加快進攻節奏，所有人飛速地過了前場，詹傑成利用楊真毅的掩護直接切入禁區，不過在籃框前方被社區隊的中鋒擋了下來，身高跟體型上的差距讓詹傑成不得不放棄攻擊籃框的機會，轉身繞出禁區，不過在轉身的剎那，社區隊中鋒稍稍放鬆的瞬間，詹傑成左手把球交給空手切入禁區的魏逸凡。

魏逸凡一拿到球，做了一個投籃假動作，釘住社區隊中鋒的腳步，然後立刻往右邊切，收球上籃，社區隊中鋒回頭跳起來想封阻魏逸凡時已經來不及，兩人在空中身體碰撞，魏逸凡左手保護好球，在空中撐了一下之後將球穩穩地投出去。

球打板進的同時哨音響起，「社區隊三號，阻擋犯規，進算加罰！」

魏逸凡跟詹傑成兩人用力擊掌，用眼神及動作表示對對方的讚賞及鼓勵。

「好球！漂亮！」場外的李光耀跟謝雅淑整個跳起來，手指著詹傑成及魏逸凡。

魏逸凡跟隊友輪流擊掌，走到罰球線上，底線的吳定華將球傳給魏逸凡，「罰一球！」

魏逸凡做了幾次深呼吸，運了幾下球，調整一下節奏，將球投出，不過力道過大，球落在籃框後緣彈了出來，但麥克發揮人高手長的優勢，硬是在人群中把籃板球抓下來。

「麥克！」一看到麥克掌握球，詹傑成馬上跑到三分線外舉手要球。

麥克在籃底下被三名社區隊的禁區球員包圍，一聽到詹傑成的聲音，使勁把球丟出去，但力道過大，傳得太高，好險詹傑成往上奮力一跳，把球從空中抓下來，沒有發生失誤。

「打一波！」詹傑成穩穩拿著球，放慢節奏，卻突然在三分線外瞄籃，做出投球動作，對位的社區隊控衛整個人跳了起來，沒想到這只是詹傑成的假動作。

將防守球員晃起來之後，詹傑成下球往禁區切，社區隊小前鋒連忙補防過來，詹傑成馬上地板傳球給空檔無人防守的楊真毅，楊真毅毫不猶豫地直接跳投出手，空心入網。

雖然魏逸凡的罰球沒進，但楊真毅的中距離得手卻讓光北的氣勢大增，社區隊想要很快打一波攻勢還以顏色，但控球後衛被包大偉黏得死死，而且詹傑成又突然喊出全場壓迫防守，造成社區隊傳球失誤，球被楊真毅抄走，直接殺到禁區，把球往旁邊一擺，做一個傳球假動作騙開防守球員，輕鬆上籃打板取分。

「繼續全場壓迫防守！」楊真毅得分之後，沒有回防，大聲疾呼，要球隊趁氣勢大漲的時候一口氣擊垮社區隊。

不過社區隊經驗老道，同樣的錯誤沒有犯第二次，利用多次的掩護跟傳導，順利把球帶到前場，但是因為包大偉緊緊黏著控球後衛的關係，現在攻勢交給得分後衛來組織，而得分後衛的強項在空手走位及中距離跳投，控制節奏並不是他的專長，因此這一波攻勢在二十四秒進攻時間快結束時草草以一個中距離跳投做收，而且為了躲開魏逸凡的防守，得分後衛的節奏被破壞掉，這一球落在籃框上沒有進。

詹傑成看得分後衛的姿勢就判斷出這球一定不會進，加上有著身高優勢的麥克已經在籃下卡好位置，馬上大喊：「快攻！」

包大偉跟楊真毅一聽，馬上像飛箭般往前場飛奔，社區隊連忙跟著回防。

麥克一抓下籃板球馬上交給詹傑成，沒想到詹傑成竟然站在原地，沒有把球傳向前場，緩緩地說：「好，打一波。」

簡單的「快攻」兩個字，將社區隊玩弄於鼓掌之間，讓社區隊疲於奔命地回防想要阻止光北得分，流失了珍貴的體力。

在這一剎那，詹傑成已經不只是主導光北的進攻，更是掌握了整場比賽的節奏。然後在這一波攻勢中找到魏逸凡，魏逸凡切入吸引包夾之後把球交給楊真毅，楊真毅則把球塞給麥克，麥克右手勾射沒進，但利用身高優勢把彈出來的球撥進籃框，動作越顯自信。

第三節比賽剩下兩分鐘，比數戰成平手，五十八比五十八。

這個時候，社區隊喊出了暫停。

社區隊跟光北隊各自回到休息區，雖然目前是平手的局面，不過兩隊休息區的氣氛大不相同，社區隊明顯低氣壓，低著頭討論些什麼，而光北則是大聲歡呼，歡迎隊友回來。

「包大偉，你剛剛完全把社區隊控球後衛鎖死，做得非常好！」李光耀用力拍拍包大偉的胸口，毫不吝嗇給與稱讚。

「好球啊！完全把對面那些大叔壓著打，漂亮！」謝雅淑舉高雙手，跟隊友擊掌。

經過短暫的休息之後，社區隊換上矮小的陣容，而光北隊維持原陣容不變。

社區隊的球權，矮小陣容發揮了本身的速度，幾次傳導後切入禁區得分，終止這段時間的得分乾旱期，然後在防守端派出了一個專門防守詹傑成的人，緊緊黏著他。

不過對於現在已經打出感覺的詹傑成來說，這個防守完全阻止不了他，他利用光北現在明顯的禁區身高優勢，把球高吊給楊真毅，楊真毅切入，轉身跳投，得分。

防守端，包大偉繼續防守社區隊的控球後衛，不過社區隊派出矮小陣容之後，場上每個人都可以控球，所以包大偉的盯人防守已經起不了作用。

社區隊的矮小陣容精力充沛，頻頻切入光北禁區，因包大偉專心防守社區隊場上最矮小的球員，詹傑成一個人完全沒辦法應付來自社區隊的切入，所以在這一波攻勢之中，社區隊利用騎馬射箭的拋投得分，雖然在防守端處於劣勢，不過社區隊進攻端找回節奏，在場上已經沒有剛剛那麼被動。

第三節結束前兩分鐘，比賽變成了一場進攻大戰，你來我往的攻勢令人目不暇給。

第三節比賽結束，比數六十五比六十五，雙方平手。

光北球員喘著大氣走下場，尤其是完全沒有下場休息過的魏逸凡、楊真毅跟麥克三個人，身上的球衣早已濕透，黏在身體上，一下場就坐在地上猛灌水。

詹傑成跟包大偉兩個人雖然上場時間相對來說比較少，但體能方面是他們兩個人的弱項，緩慢的步伐、急促的呼吸、蒼白的臉色，無一不說明了兩人體力透支。

這時，李光耀突然走向場外擔任紀錄台的楊信哲。

「助教，麻煩你一件事，第四節剩下五分鐘的時候，提醒我一下。」

楊信哲雖然對李光耀這個要求感到疑惑，仍然點頭，「好，沒問題。」

休息時間很快就結束了，在李明正的指示下，第四節先發陣容為李光耀、謝雅淑、魏逸凡、楊真毅和麥克。

第四節的第一波球權由社區隊掌控，社區隊的陣容跟第三節後段一樣，是矮小重視速度及進攻的陣容。

第四節比賽一開始，社區隊利用身材優勢，針對謝雅淑發動攻勢，加上禁區的麥克、魏逸凡、楊真毅體力下滑，補防的速度明顯慢了一些，第一波攻勢順利打進，打破平手的局面，要回領先的優勢。

球權轉換，麥克底線發球給現在擔任控球的謝雅淑。

謝雅淑依照先前的模式，將球高吊給禁區，想利用光北身高優勢取分，不過這一次謝雅淑的策略失效，禁區的魏、楊、麥克三人上場時間實在太多，加上第三節末節奏打得太快，造成體力嚴重下滑。雖然面對的是矮小的社區隊防守球員，但是社區隊用快速的雙人包夾及補防彌補身高差距，禁區攻勢沒辦法展現出來，魏逸凡最後將球傳回謝雅淑手裡。

謝雅淑明白已經沒辦法靠禁區優勢取分，李光耀感覺又沒有任何進攻欲望的樣子，決定靠自己拿分。

謝雅淑比了一個投籃假動作，肩膀晃動，運球往左切，不過在下球的瞬間，社區隊的防守球員眼明手快地直接將球給抄走。

謝雅淑球被抄走的瞬間，李光耀快速回防，不過社區隊跑這波快攻的兩隻後衛很有默契，兩次傳球加上一次傳球假動作，將李光耀耍得團團轉，輕鬆上籃取得兩分。

謝雅淑舉起右手，拍拍自己的胸口，表示這球是她的失誤。

李光耀底線發球，繼續將球權交給謝雅淑，後者拿到球，心中告訴自己別再犯相同的失誤，運球過了半場，用眼神跟魏逸凡交流，魏逸凡會意，上前幫謝雅淑卡位，謝雅淑利用魏逸凡的掩護帶一步跳投出手，球劃過一道完美的拋物線。

唰！

謝雅淑對剛剛抄走她球的後衛哼了一聲，昂了昂頭，心想，「怎麼樣，剛剛被你抄走成功上籃的球，我現在用一顆中距離還給你。」

社區隊沒有給謝雅淑太多得意的時間，短短十秒鐘後就直接在謝雅淑面前投進三分球。

謝雅淑自覺被挑釁，氣得牙癢癢的，進攻時想要還以顏色，但接下來的三分球卻沒能投進。麥克雖然抓到籃板球，可是身體落在地上的瞬間沒有保護好球，一把被社區隊的球員抄走，不過楊真毅很快又抄回來，做了一個假動作，騙起社區隊球員，靠在他身上要到了犯規。

楊真毅站在罰球線，雖然第四節開打不到兩分鐘，但整場比賽累積下來的疲累讓他氣喘吁吁，影響投籃手感，兩次罰球竟然都沒有進。

社區隊抓下籃板球，直接往前衝發動快攻，來得及回防的只有謝雅淑跟李光耀，而社區隊直接將謝雅淑視為攻擊目標。

謝雅淑為了阻擋社區隊的進攻，只能用犯規擋下，但社區隊後衛的身材優勢加上速度，讓謝雅淑根本擋不下來，後衛不僅要到犯規，也把球投進。

「光北二號，阻擋犯規，進算加罰！」

社區隊的得分後衛穩穩地將罰球投進，比數拉開到八分差距，七十五比六十七。

「不用急，穩一球！」李光耀知道禁區三名球員累了，也怕謝雅淑被針對後急躁起來，把這一波攻勢的責任攬在自己身上。

李光耀緩慢地把球運過前場，故意放慢節奏，讓禁區的大個有更多休息時間，在二十四秒進攻時間接近結束之前，把球塞給上前來到罰球線的魏逸凡處理。

魏逸凡體力稍有回升，利用身高及身材優勢往右切入，硬是在碰撞之中取得兩分。

但社區隊下一波攻勢彷彿旋風一樣，利用光北禁區疲累，外線謝雅淑身材上的劣勢得分。

光北用二十秒的時間拿到兩分，社區隊僅花了不到十秒就要回來。

先前在光北氣勢大盛時沒有暴露出來的劣勢，在第四節一開始完全展露無疑，禁區沒有人輪替的情況下，魏、楊、麥克三人的體力嚴重下滑，謝雅淑也被社區隊經驗老道的球員吃得死死的，讓光北在第四節的處境變得非常艱難。

魏逸凡靠著之前打過大型比賽的經驗，以及楊真毅利用冷靜的打球方式，雖然幾次在禁區造成社區隊的禁區球員犯規，並且上到罰球線，不過兩人加起來六次罰球只罰進了三分，加上謝雅淑之後一顆底角三分球，這段時間裡的攻勢雖然得到六分，但社區隊卻一口氣拿了十二分，而且進攻效率高得嚇人。

謝雅淑跟李光耀知道現在球隊的問題在哪裡，因此進攻時控球的節奏放得非常慢，但這樣的調整雖然讓禁區三人可以多少回復一些體力，卻也同時打亂了光北的步調，整節比賽一直被社區隊牽著鼻子走。

一直到楊信哲喊出一句話之後，情況才有了大翻轉。

「第四節最後五分鐘！」

這時，雙方比數來到十四分的差距，八十九比七十五。

李光耀像是被打開開關，整個人從沉睡中醒過來一樣，散發出逼人的壓迫感，在光北這波球權中，在三分線外高高舉起手，對謝雅淑說：「把球給我！」

李光耀接到謝雅淑的傳球後，社區隊的大叔們似乎感覺到有些不對勁，禁區裡的小前鋒馬上跑出來要包夾李光耀，逼他把球傳給別人。

李光耀眼神瞄到從右邊上來的小前鋒，雙眼看向籃框的方向，球微微舉起來，對位防守的得分後衛以為李光耀要在包夾還沒來之前投籃，連忙跳上去封阻，沒想到這是李光耀的假動作。

李光耀騙起防守者之後馬上往左邊切，一個運球直接在罰球線中距離出手，球落在籃框前緣，在籃框上彈了幾下後滾了進去。

首次出手加上首次進球後，李光耀對著隊友大喊：「我知道你們累了，現在你們只要專心防守就好，進攻端就交給我！」說完，在回防時對詹傑成眨了一下左眼。

詹傑成頓時想起李光耀之前在場邊對他說過的話，第四節的最後五分鐘，我會讓你知道，我是你們這些控球後衛最想要傳球的對象。

詹傑成因此專心看著李光耀，衷心期待李光耀會用什麼樣的方式來回應他自己說的話。

李光耀進球之後，社區隊想要回以顏色，加快節奏，卻不小心發生了傳球失誤，空手跑位的小前鋒跑慢了一步，縱使伸長了手，卻只有手指碰到球，球最後被楊真毅撿到，傳給李光耀。

李光耀一拿到球直接往前場推進，也不管社區隊已經有兩個人回防，一個人跑快攻。

社區隊兩人一前一後在罰球線及籃下站好，不過李光耀卻在弧頂三分線的地方停下來，收球，跳投出手。

唰的一聲，球空心進籃。

李光耀在一分鐘內連得五分，將比數拉回個位數差，八十九比八十。

社區隊球權，節奏並沒有因為剛剛的失誤和李光耀的三分球有所改變，繼續以快速的傳導加上無止盡的空手走位攻擊籃框，在麥克面前將球放進籃框。

社區隊球投進後，謝雅淑把球運過半場，將球傳給熱機的李光耀，而李光耀一接到球，社區隊兩名後衛馬上衝上來包夾，李光耀運球往後退了一步，直接把球傳給沒人防守，面前有著大空檔的謝雅淑。

謝雅淑接到李光耀的傳球，毫不猶豫地在三分線外出手，球落在籃框後緣，快速地彈跳兩下後，幸運地落入籃框。

「好球！」李光耀手指著謝雅淑，謝雅淑則對著社區隊的大叔大喊：「不要以為光北只有李光耀！」

光北隊連續三波攻勢都進球，氣勢大漲，而知道比賽時間所剩不多，禁區三人硬是擠出體內所剩不多的體力力拚防守，讓社區隊倍感壓力，這波攻勢中雖然順利切入禁區，但是麥克高大的身影從一旁飛過來，讓大前鋒挑籃的瞬間出現一絲猶豫，這零點幾秒的猶豫讓大前鋒這個挑籃出現些微偏差。

球彈框而出，楊真毅抓下籃板球，傳給已經啟動馬達的李光耀，李光耀拿到球就往前衝，在三分線停下來，眼睛看向籃框，準備收球投籃，回防的控球後衛連忙撲了上去，卻因此被李光耀的收球假動作騙起。

李光耀一個變向運球往禁區切，收球，向前跨兩大步，左腳奮力一踩，整個人如同老鷹展翅般飛躍，另一個回防的得分後衛知道已經沒辦法阻止李光耀，讓到一邊，看著李光耀上演一計石破天驚的大灌籃。

砰！

轟炸般的聲響傳來，籃框跟籃球架劇烈搖晃，李光耀帥氣落地，對著場外一個正在看球的女生眨了右眼。

這次灌籃之後，雖然比分是九十一比八十五，社區隊領先六分，但氣勢上彷彿落後的是社區隊。

光北隊，甦醒。

謝雅淑仍然是場上的防守黑洞，社區隊予取予求的目標，但社區隊場上的球員平均三十歲，滿場飛奔的打法讓他們體力下滑，縱使過了謝雅淑這一關，之前可以輕鬆應付的補防，現在卻對他們造成了麻煩。

社區隊幾次空手跑位沒有得手，於是想從中距離下手，社區隊倚賴長年累積下來的默契，大前鋒幫助小前鋒單擋掩護，讓他可以順利地跑出空檔。

小前鋒一拿到球，前面沒有人防守，就想直接出手投籃，但是他沒有注意到後面的李光耀，被李光耀賞了一個大火鍋，被李光耀拍走的球直接撞在麥克胸口，麥克像是足球守門員一樣緊緊把球抱著。

「麥克！」李光耀馬上舉手要球，社區隊反應更快，得分後衛跟小前鋒一前一後包夾李光耀，麥克差點就把球傳給李光耀，不過楊真毅在他旁邊把球拿了過來，代替李光耀把球往前推進。

楊真毅往前衝的剎那魏逸凡也飛奔出去，由於社區隊派兩個人包夾李光耀的關係，來得及回防的只有控球後衛。

楊、魏靠著驚人的默契，穩穩地上籃得手，不過也因為這波快攻，讓他們已經所剩不多的體力更是幾乎要搾乾。

在雙方體力下滑的情況之下，社區隊再次發揮了經驗的優勢，果斷地放慢腳步，放棄原有的快節奏打法，開始跟光北打陣地戰，在小前鋒及大前鋒連續兩次的單擋掩護之下，由得分後衛穩穩地在罰球線左側將球投進。

接著，謝雅淑將球帶過半場，在她剛剛投進三分球之後，社區隊不敢再放她大空檔，加上社區隊也累了，防守腳步變慢，禁區的防守不敢離魏、楊、麥克三人太遠，因此在李光耀接到球之後，站在他面前的防守員只有得分後衛一個。

李光耀看著得分後衛，輕輕呼了一口氣，然後向右切入，得分後衛趕緊往左邊退，而李光耀一個胯下運球，像是緊急煞車般身體停了下來，右腳一踏，整個人往後退了一步，順勢後仰出手，得分後衛完全沒有守住李光耀的機會，只能眼睜睜看著這顆球空心入網。

比數九十三比八十九，比賽剩下最後的一分半鐘。

社區隊知道這一波攻勢的重要性，控球後衛將球交給場上進攻能力最強的得分後衛操刀。

得分後衛面對謝雅淑的防守，從右邊切入，楊真毅補防過去，得分後衛在楊真毅補防還未到位之前，收球後仰跳投。

得分後衛的投籃節奏完美，球的軌跡也非常漂亮，但是被楊真毅的防守氣勢影響，出手的瞬間出現了些微猶豫，球落在籃框後方彈了出來。

李光耀從外線衝入禁區搶到這顆籃板球，一拿到球馬上往前場衝，首先一個轉身過了控球後衛，變向運球突破小前鋒，切入禁區，面對大前鋒的防守，氣勢十足地挑戰籃框，大前鋒奮力跳起，雙手舉高，李光耀完全沒有猶豫，身體在空中撐了一下，左手護球，右手把球輕輕拋出。

擦板，得分！

比數九十三比九十一，比賽時間剩下最後的一分鐘，比數的差距僅僅只有兩分。

以每一波球權二十四秒進攻時間來計算，光北與社區隊都各擁有一波完整的組織進攻時間。

對社區隊來說，這一波進攻非常重要，兩分的領先並不保險，如果這一波進攻沒有打進，光北隊就有機會把比賽逼成平手甚至取得領先，尤其李光耀已經開啟了進攻模式，只要讓他拿到球就要有至少被他得兩分的心理準備。但是如果在這一波進攻中能順利取得兩分或三分，將比數拉開成四分甚至是五分差，那這場比賽的勝利可以說有一半已經落入他們的口袋裡。

社區隊的控球後衛用手勢對場邊的隊友示意，叫他們不要在這種關鍵時刻喊暫停，因為他深信在越關鍵的時刻，他們長年累月一起打球的默契越可以應付現在的場面。

控球後衛接住得分後衛的底線發球，運球過半場的同時腦袋瘋狂地轉著，思考現在他們最大的優勢在哪裡，而這個問題的答案很快就浮現在控球後衛的腦海中。

控球後衛在過半場之後就停下腳步，運著球，在進攻時間快結束時加快運球速度，邁開大步面對謝雅淑的防守。

控球後衛給了隊友們一個眼神，四個隊友會意，很快往兩旁退開為他拉開空間，控球後衛果決地往左邊切，謝雅淑雖然猜到他切入的方向，但控球後衛利用身材優勢將謝雅淑擠開。

楊真毅預料到社區隊會找謝雅淑做為突破，馬上上前補防，然而控球後衛右腳猛烈一踏，身體向左跳，順勢收球，落地後立即奮力跳起，後仰跳投出手。

果決地切入，關鍵的出手，進！

比數九十五比九十一，差距四分。

光北這邊也沒有喊出暫停，在控球後衛投進之後，比賽還剩下大約四十秒，李光耀拿球踏出底線外，發球給魏逸凡後，很快跑進場舉手大喊：「球！」

但魏逸凡並沒有把球回傳給李光耀，因為社區隊早已派出兩個人虎視眈眈地守住他。

魏逸凡拿著球，發揮出他曾經站上甲級聯賽戰場的經驗，擠出所剩的體力飛速地往前場推進，雖然在三分線前就被擋了下來，不過已經足以打亂社區隊的防守節奏，並且將球交給李光耀。

全場的目光都集中在李光耀身上，光北三個禁區大個體力已經耗盡，沒辦法提供太多火力支援，謝雅淑上場時間雖然不如楊、魏、麥克這麼多，但是身材上的劣勢也讓她體力流失得非常嚴重，場上能夠以出色的單兵攻擊能力摧毀社區隊防守的人，只有李光耀。

李光耀在左側三分線外兩步的地方拿著球，享受著大家的注目，成為目光焦點的感覺讓他無法克制地興奮起來，在這種關鍵時刻拿著球，背負著隊友的信任，面對對手戰戰兢兢的防守，讓李光耀心臟怦怦跳動，血流加快，渾身上下充滿了一種無比自信的銳氣。

李光耀眼光瞄向站在場外看球的女生，右邊嘴角勾了起來，露出一個玩世不恭的笑意，然後在下一個瞬間運球，身體往前跨了一大步，在防守球員連忙往後退的時候突然收球，毫不猶豫地在離三分線還有一步距離的地方拔起來，跳投出手。

李光耀投出球之後右手依然高高舉著，看著球以優美的拋物線朝著籃框落下，隨即響起的悅耳聲讓他露出自信的笑容。

三分球進！

比數九十五比九十四，一分差，比賽時間剩下二十秒，社區隊掌控球權。

比賽時間所剩不多，社區隊知道，光北隊也知道，而球權在社區隊手中，且還保有一分的領先。

光北高中在第四節團隊僅有三次犯規（註十二），如果要利用犯規戰術（註十三）讓球賽暫停，他們要連續犯兩次規，時間上來說非常不利。

社區隊明白現在他們占據優勢，控球後衛於是比出放慢步調的手勢，運球準備過半場，不過就在這時候李光耀的貼身壓迫性防守突然過來，控球後衛在慌亂間把球傳給來接應的得分後衛，楊真毅在這種關鍵時刻發揮冷靜的頭腦，跟在得分後衛後面抓準時機把球抄走，幫助光北取得這場比賽最關鍵的球權。

楊真毅把球抓好，李光耀很快來到他身邊要球，社區隊深怕李光耀拿到球，兩隻後衛已經準備好要包夾李光耀，沒想到楊真毅做了一個傳球假動作，利用李光耀吸引防守注意之後直接往籃下衝，在場沒有人預料到楊真毅會有這樣的動作，社區隊頓時亂了手腳，禁區三名球員不分先後地要包夾楊真毅，楊真毅趁包夾未完全結合好前跳起來，把球傳給從後方空手切入的魏逸凡。

魏逸凡看都不看防守者，在三分線拿到球就切入籃下，在這種時刻社區隊發揮了多年來的默契，防守輪轉得極快，中鋒張開雙手往籃下一站，封住了魏逸凡的進攻路線。

魏逸凡心知自己體力耗盡，如果硬是切入籃下很有可能被擋下來，便把球傳給外線的謝雅淑，控球後衛看到謝雅淑在三分線外拿到球急忙撲過去，但謝雅淑一接到球利用眼角餘光找到了李光耀，球在她手中只停留不到一秒鐘的時間，很快傳到李光耀手上。

這時候李光耀面前只有得分後衛一個防守者，比賽時間剩下十秒鐘，楊信哲在場外拿著碼錶開始倒數計時。

「十、九、八……」

李光耀向右切入，得分後衛往後退，用身體擋住李光耀，身體的碰撞遊走在犯規邊緣，場邊的李明正跟吳定華都沒有吹哨。

「七、六、五……」

李光耀一個胯下運球，變換切入方向，甩開得分後衛的防守。

「四、三、二……」

小前鋒從禁區衝了出來要阻擋李光耀，李光耀直接收球，身體向後仰在空中撐了一下，出手的瞬間刻意加大力道拉高球的弧度。

「一。」

小前鋒奮力跳起，卻只能眼睜睜看著球從手指上方朝籃框飛了過去。

唰！

球乾淨俐落地空心入網，球進的同時場邊哨音響起，「比賽結束，球進算！」

麥克又叫又跳地跑向李光耀，「進了耶、進了耶！」興奮的表情跟動作完全拋開以往的害羞跟自卑，初次嘗到贏球的喜悅讓麥克不自覺地表現出真性情。

然而投進致勝球的李光耀反而沒有麥克興奮，抹去額頭上的汗水，直直朝著場外看球的女生走了過去。

「怎麼樣，我剛剛投進那顆球很帥吧。」李光耀站在謝娜面前，比比記錄台的方向，「而且我們贏了。」

謝娜臉上沒有任何表情，「那又怎麼樣？」

李光耀說：「我們的對手是附近最強的社區籃球隊，別看他們有點年紀，裡面有很多人在高中時期可是都打過甲級聯賽，就算他們現在老了，但是靠著默契跟經驗，團隊的實力絕對還維持在很高的水準，我們能夠擊敗他們代表我們的實力已經非常強悍。」

謝娜冷淡地說：「好吧，恭喜。」

李光耀絲毫沒有被謝娜冷淡的反應給打擊到，「從下半場開始妳就站在這裡看我們打球，妳也喜歡籃球嗎？」

謝娜一臉嫌惡，「才不喜歡。一群男生撞來撞去就為了搶那顆球，還流得滿身大汗，臭的要命，只有野蠻人才會喜歡這種運動。」

李光耀哈哈大笑，「妳這麼說好像也有點道理，不過妳也很有趣，在大太陽底下站這麼久只為了看野蠻人打球。」

謝娜皺起眉頭，「我愛站哪裡就站哪裡，你管得著嗎？」

李光耀笑說：「當然管不著。妳常來這個公園嗎？」

謝娜冷哼一聲，別過頭，「關你什麼事？」

李光耀看著謝娜的雙眼，「不關我的事，不過如果妳常來這個公園，那以後我也要常來這個公園打球，這樣打完球還可以像現在這樣跟妳聊天。」

李光耀近乎直白的言語讓謝娜紅了臉，她「你你你……」不完，最後只留了「變態」兩個字，便快步離開現場。

李光耀看著謝娜慌張的背影，露出了笑容，「什麼嘛，一開始那麼凶，原來也是個會害羞的小女生。」

麥克這時候走到李光耀身邊，表情已經沒有剛剛李光耀投進最後一擊時的興奮，用告誡的語氣說：「爸爸說欺負女生是不對的。」

李光耀轉身，笑了笑，「我才沒有欺負她，我只是跟她培養感情而已。」

註十二：每一節比賽，只要某一隊累積犯規達到五次，就會進入加罰狀態，即使不是出手時的犯規，進攻方也能夠獲得兩次罰球的機會。

註十三：在關鍵時刻還處於劣勢的一方，常常會刻意犯規凍結比賽時間，賭對手罰球不進，在對手完成罰球後用最快速度發動攻勢搶分，這追分法被稱之為犯規戰術。

第十五章

賽後，李明正跟吳定華將球員集中在場邊，拿著楊信哲的記錄本，看著上面的攻守數據與剛剛在場邊當裁判時觀察到的缺點，跟球員們做完討論之後，在社區隊眾大叔的熱情邀約下，來到附近的平價火鍋店吃午餐。

「想吃什麼盡量點，我們請客！」社區隊中鋒拍拍胸脯，豪邁地說。

李光耀馬上大喊，「老闆，我要一份霜降牛、菲力牛跟五花豬！」

中鋒雙眼瞪大，「臭小子，你可別得寸進尺啊！」

李光耀聳聳肩，露出得意又理所當然的表情說：「我可是剛剛投進致勝球的超級球員，當然要多吃一點。」

社區隊的多位大叔紛紛笑罵，「臭小子真是夠可惡，第四節才開始認真！」、「每次都被你投進這種球，真的很嘔。」、「下次要規定你一場比賽的出手次數要少於五次！」、「從頭領先到尾，最後卻被你投進那顆中距離，累的要命結果還輸球，你小子最喜歡搞這套！」

李光耀大笑，「這也不能怪我，是我老爸叫我只能在第四節最後五分鐘出手，前面憋這麼久，當然要一次在最後全部爆發出來啊。不然這樣好了，下午給你們一次報仇的機會，再打一場。」

眾社區隊球員紛紛叫好，對著李明正說：「明正，就這麼說定了，下午再一場。」

李明正笑著說：「你們想打我也沒辦法阻止。」

眾大叔對著光北的球員說：「好了，你們都聽到了，現在多吃一點，吃飽一點，等一下再打一場！」

光北球員紛紛叫好，謝雅淑第一個舉手大喊：「我要兩份培根豬！」

楊真毅跟魏逸凡不只在場上默契好，連點的東西都一模一樣，「兩份松阪豬！」

詹傑成點了一份霜降牛跟一份培根豬，包大偉則點了一份雞肉跟五花豬，至於個性最害羞的麥克，看著菜單不知所措，李光耀直接坐到他身邊，大聲喊：「老闆，麻煩給這個大個子三份霜降牛！」

一大群人點了數十份餐點，把服務生忙得團團轉，好不容易將火鍋料處理好，端上來時，在社區隊的吆喝之下，早已飢腸轆轆的眾球員們拿起桌上的筷子，豪邁地將食物丟進滾燙的鍋裡，準備享受一頓美好的午餐。

過了兩個小時，每個人都吃得非常滿足，飽得坐在座位上不想動，但是休息了一個小時之後光北跟社區隊又回到公園籃球場。

飽餐一頓之後，每個人的體力都有所回復，在下午三點半太陽沒那麼火辣的時候，又站到球場上開始下一輪球賽。

上半場兩隊打得難分難解，但是比賽在下半場開始不久後便分出勝負。

經過早上的比賽，兩隊體力都明顯下滑，社區隊因為有點年紀了，這種情況更為明顯。

光北高中趁著體能的優勢，加上越來越有默契，下半場慢慢拉開差距，最終比數七十八比六十，光北隊以十八分的差距贏得比賽。

打完，兩方人馬都累癱了，不過臉上都帶著滿足的笑容。

★

下午三點，光北高中附近，一台黑色賓士 S 500 在一個麵攤前緩緩停了下來。

楊翔鷹從後座下車，走進麵攤裡，看著牆上的菜單，「一碗大乾麵跟餛飩湯。」

「好，馬上來。」顧麵攤的女人站了起來，但後方住家裡卻傳來了小孩的哭聲，只能匆匆地跟中年男子說了聲抱歉，快步走進住家裡安撫小孩。

隨後，一名高中生走了出來，「先生，請問要點些什麼？」

楊翔鷹重複說著餐點，看著高中生熟練的動作，問：「高中生？」

高中生只是點點頭，不答話。中年男子又問：「光北高中？」

高中生又點點頭。楊翔鷹看著高中生，「聽說光北成立了籃球隊，你知道這件事嗎？」

高中生將煮好的麵放進碗裡，加了些肉燥拌一拌之後端到楊翔鷹身旁的桌上，然後又用很快的速度煮好餛飩湯，始終沒有回答楊翔鷹的問題。

楊翔鷹看著高中生緊繃的臉色，「王忠軍，對吧？」

王忠軍愣了一下，眼神帶著防備看著楊翔鷹。

楊翔鷹拉開椅子坐下，抽出筷子，「你不知道我是誰？」

王忠軍看著楊翔鷹，皺著眉，搖了搖頭。

楊翔鷹從口袋裡拿出皮夾，抽出一張名片，放在桌上推到王忠軍面前，「我是光北高中的家長會長。」

這時女人安撫好小孩，從家裡走了出來，看到桌上的名片，被名片上的頭銜嚇了一跳。

楊翔鷹點明來意，「我今天來拜訪的身分不是翔鷹營造的負責人，而是光北高中的家長會長，有事想跟王媽媽聊一聊，請問現在方便嗎？」

女人愣愣地點著頭，而這時住家裡又傳來小孩的哭聲。

當天晚上，八點。

楊翔鷹坐在賓士車裡，看著窗外不斷後退的景色，「合約看完了嗎？」

坐在楊翔鷹身旁的人，竟是王忠軍。

王忠軍手裡拿著一份 A4 大小的合約，合約上蒼勁俊逸的「楊翔鷹」三個字簽在立約人的欄位裡，而同意人的欄位還是空白的。

「我剛剛跟你媽媽談過了，她很希望能夠跟我們合作，如果你不放心的話，大可找律師來看這一份合約的內容。」楊翔鷹淡淡地說。

王忠軍放下合約，搖搖頭，「我確實看不懂。」

楊翔鷹將合約收起，放進公事包裡，「簡單來說，我們翔鷹營造公司裡的員工餐廳剛好有一個空下來的攤位，現在我將這個攤位免費提供給你們經營麵店，材料費、場地費、聘員費，全都由翔鷹營造負擔，每個月還會發出兩萬元的輔助獎金，而且麵店所有的收入全部歸你們所有，翔鷹營造絕對不會拿一分一毫。除此之外，如果翔鷹營造違反了任何一條合約上的條款，需要無條件給予你們家一百萬元的違約金。」

一聽到一百萬元這麼大筆的數字，王忠軍呼吸微微變得急促，不過他仍保持沉默，沒有被如此優渥的合約條件沖昏頭。

「怎麼了，是不是覺得天下沒有白吃的午餐，這種好事怎麼可能發生在你身上？」楊翔鷹目光從窗外轉向王忠軍稚嫩的臉龐，眼神閃過欣賞之意。

王忠軍用沉默代替回答。

「天下當然沒有白吃的午餐，就算有，也輪不到你。」楊翔鷹挑明說：「想要拿到我這份合約有一個條件，那就是你必須加入光北籃球隊，這個我剛剛跟你媽媽提過，她也同意了。」

王忠軍用疑惑的眼神看著楊翔鷹，「為什麼？」

「什麼？」

「為什麼條件是要我加入籃球隊？」

「介意聽個故事嗎？」

王忠軍搖搖頭。

楊翔鷹稍稍挪動身體，調整一下坐姿，「我在你這個年紀的時候，也很喜歡打籃球，而我算是有點天分，所以自然而然夢想成為職業籃球員。」

「不過在我那個年代，大家都很窮，而我家……」楊翔鷹語氣帶著一點感嘆，「又算是狀況更不好的，能讓我讀到高中已經是我父母的極限，他們希望我高中畢業後就開始幫家裡賺錢。所以職業籃球員……對我來說，真的只能是夢想。」

楊翔鷹緩緩地說，王忠軍靜靜地聽。

「雖然早就看清這一點，但我還是很愛籃球，想加入籃球隊打球，至少留點回憶也好，不過因為我的成績很好，所以爸媽叫我讀私立光北高中，除了學雜費全免，還可以拿到獎學金貼補家用。」楊翔鷹露出複雜的笑容，「只是……當時的光北高中，沒有籃球隊。而且校長很嚴格，非常要求學生的成績，在學校唯一能碰到籃球的時候，就只有體育課。」

說到這裡，楊翔鷹轉頭看了王忠軍一眼，藉著外頭街燈透進來的光線，楊翔鷹看到的是王忠軍瘦弱的手臂。

「那個時候，我大概跟你差不多瘦吧，每天的便當只有地瓜永遠比飯多的地瓜飯，三餐都吃不飽。」楊翔鷹看著王忠軍稚氣未脫的臉龐，「我是一個很認命的人，所以入學之後，也就沒想過籃球隊的事了。一直到高三，有一群學弟不怕死去找校長，跟校長要求說要成立籃球隊。當時的校長很凶，是我現在想起來還會怕的那種凶。」

楊翔鷹誇張的言語緩和了車上的氣氛，讓王忠軍臉上也微微出現了笑容。

「結果那群學弟竟然成功說服校長！知道學校真的要成立籃球隊的當下，我很開心。」

即使楊翔鷹的語氣沒有太多起伏，但王忠軍完全可以想像他當時的驚喜。

「結果，學校宣布成立籃球隊的那一天，我爸突然病倒，緊急送到醫院，醫生說是急性肺炎。」楊翔鷹深吸了一口氣，「當時我們家是靠我爸做工賺錢維繫生活，他一病倒，家裡就沒錢了，那怎麼辦？只好我跟弟弟出去賺錢，妹妹跟媽媽待在家裡做手工。

「我爸不想拖累我們，而且住院也貴，所以病還沒好就硬撐著出院，還逞強去做工，結果一口氣喘不過來，就從鷹架上摔下來，把手腳都摔斷了，又進了醫院。

「等到他真的痊癒可以上工之後，我已經畢業了，而那一張籃球隊申請書，就這麼一直躺在書包裡面，永遠沒有送出去的一天。這大概就是我的命吧，雖然我很愛籃球，但是老天不讓我打，我也沒辦法。」

楊翔鷹望向王忠軍，「我不希望你跟我一樣。」

看著楊翔鷹的表情，一時間王忠軍的喉頭好像被什麼東西哽住了。

「你喜歡籃球嗎？」楊翔鷹問。

王忠軍堅定地點頭，「喜歡。」

楊翔鷹滿意地笑了，「很好，這才是最重要的。」

十分鐘後，賓士車緩緩停在公園外圍的免費停車格裡，楊翔鷹跟王忠軍兩個人一起下了車。楊翔鷹打開後車廂，從裡頭拿出一顆籃球，跟王忠軍兩個人並肩往籃球場的方向走去。

籃球場上，已經有兩個人帶著笑容等著他們，一個是李明正，另一個是吳定華。

看到李明正與吳定華，王忠軍愣了一下，不過楊翔鷹把籃球塞到他懷裡，讓他立刻回過神來。

「忘了跟你說，籃球隊可不是說加入就加入的，你必須對這兩位教練證明你三分球的實力，才能夠進入籃球隊。如果達不到他們的標準，我們翔鷹營造也就無法跟你們家合作了。」楊翔鷹鄭重嚴肅地說：「機會是靠自己爭取的，先練投一下吧。」

王忠軍看著李、吳兩人，蹲下身子，綁緊鞋帶後，走到距離弧頂三分線兩步距離的地方，盯著籃框，雙眼炯炯有神，「不用了，就直接開始吧。」

李明正對王忠軍腳上破爛的鞋子感到訝異，不過立刻點頭，「有自信，好，那就直接開始吧。弧頂、兩側四十五度角跟兩邊底角各投十顆球。」

王忠軍點點頭，走到弧頂的位置停了下來，但是離三分線大概還有一步的距離，沒有任何準備的動作，突然就拔起來出手。

球飛的弧度非常高，朝著籃框的方向落下來，咚的一聲落在籃框後緣，高高彈了出來。李明正幫王忠軍撿球，用力將球回傳給他。

王忠軍一接到球，完全沒有任何猶豫，直接出手。

唰！

這一次，清脆的聲音出現，球應聲入網。李明正又很快把球傳給王忠軍。

王忠軍出手的節奏很快，一接起球馬上出手，球劃過一道美妙的拋物線。

唰！

清脆入籃聲不斷響起，王忠軍柔軟的出手與籃球如同彩虹般的軌跡，讓楊翔鷹與吳定華看得目不轉睛。

二十分鐘後，王忠軍站在左側底角，「還要再投嗎？」

李明正反問：「你還想繼續投嗎？」

王忠軍點頭，「想。」

李明正露出笑容，「那你就投到你不想投為止。」

得到許可後，王忠軍繼續投三分球，從左側底角一路投到右側底角，接著往後退一步，在距離三分線足足兩步的地方投籃。

距離拉得越遠，王忠軍投球的弧度越高，球空心入網時激起的聲音就更加清脆。

王忠軍投球時最喜歡聽到這個「唰」聲，這個聲音能讓他感到清醒與放鬆，暫時忘卻任何煩惱。

半個小時後，王忠軍擦去額上的汗，對李明正說：「投完了。」

李明正點點頭，「身高、體重。」

王忠軍說：「一百七十公分，六十公斤。」

李明正看著王忠軍瘦弱的身軀，「我給你一個月的時間，至少要把體重提升到六十五公斤。還有，我體能最基本的要求是三千公尺要跑十三分鐘以內，你做得到嗎？」

王忠軍看著李明正的雙眼，那是跟李光耀一樣充滿熱情的眼神，這一次，王忠軍沒有迴避，「做得到。」

李明正滿意地點頭，「很好。」

王忠軍說：「謝謝教練。」

李明正笑了笑，「你要謝的人不是我，是楊會長。」

王忠軍轉而看著楊翔鷹，「謝謝楊會長。」

楊翔鷹也笑了，「你要謝的不是我，而是李光耀，如果不是他，我們也不會知道你。」

霎時間，李光耀燦爛的笑臉出現在王忠軍的腦海之中，那雙熱情洋溢、直接而真誠的眼神，曾經讓王忠軍差點動搖了。

其實王忠軍當初動搖了，他想緊緊握住李光耀伸出的那隻手，但現實是殘酷的，因此他那時沒有辦法回應李光耀。

不過，現在不一樣了。

二十分鐘後，王忠軍家，客廳。

王忠軍的母親在合約書上簽了名，激動地對楊翔鷹說：「謝謝楊董事長，謝謝！謝謝！」

「不用謝，是妳兒子爭氣。」楊翔鷹左手一抬，看了看手錶，站起身，「好了，我該走了。」

楊翔鷹特意拍拍王忠軍的肩膀，「記得要好好練體能。」

王忠軍微微點了頭，沒有說話。

楊翔鷹看著王忠軍還是略有防備的樣子，也沒多說什麼，微微一笑後，便走出門。

「楊董事長慢走。」王媽媽快步走到門口，揮手道別。

待賓士車遠離後，立刻轉身走到王忠軍身邊，「忠軍，你好棒。」王媽媽雙手顫抖地一把將王忠軍擁入懷中，眼淚不禁流了下來。

那張合約書對楊翔鷹來說或許不算什麼，但對王忠軍一家來說，卻能夠幫他們脫離長久以來的貧困。

然而，王忠軍卻推開媽媽。

王媽媽訝異地看著兒子。王忠軍面無表情地說：「我全身都是汗，很臭，我要去洗澡了。」

王媽媽破涕為笑，王忠軍雖然個性很倔，卻是個非常善良體貼的孩子。

王媽媽忍不住又抱了王忠軍一下，才說：「好，你快去洗吧。」

王忠軍逃也似地到房裡拿了換洗衣物後，便衝進浴室裡。他扭開水龍頭，浴室裡頓時充滿嘩啦啦的水聲。

這時，王忠軍終於可以不用再忍耐了。

「嗚……嗚……嗚……」王忠軍咬著牙，低聲哭了出來。

當肩上的重擔卸下來，不用擔心家裡的經濟狀況，不用每天放學、週末休假都幫媽媽顧麵攤，不用壓抑自己對籃球的喜愛，可以放心地打籃球，這種發自內心的喜悅與感動，讓壓抑已久的王忠軍，淚水完全潰堤。

王忠軍一邊洗澡一邊哭，淚水完全止不住，不過為了不讓家人發現自己潰堤的情緒，王忠軍在洗完澡後，強忍下心中的激動，擦去眼眶裡剩餘的淚水。

此時，出現在王忠軍雙眸之中的，是為籃球狂熱的眼神。

（《最後一擊：傳奇１》完）

國家圖書館出版品預行編目資料

最後一擊：傳奇／冰如劍作．-- 初版．-- 臺北市：
POPO 出版：家庭傳媒城邦分公司發行，民 106.12,
冊；　公分．--（PO 小說；21-）
ISBN 978-986-95124-2-8(第 1 冊：平裝)

857.7　　　　　　　　　　　　106022306

PO 小說 21

最後一擊：傳奇（1）

作　　者／冰如劍
責任編輯／黃琬凌　　行銷業務／林政杰
主　　編／陳靜芬　　版　　權／李婷雯
網站經理／劉皇佑

總 經 理／伍文翠
發 行 人／何飛鵬
法律顧問／元禾法律事務所　王子文律師
出　　版／城邦原創 POPO 出版　城邦原創股份有限公司
台北市中山區民生東路二段 141 號 6 樓
電話：(02) 2509-5506　傳真：(02) 2500-1933
POPO 原創市集網址：www.popo.tw　POPO 出版網址：publish.popo.tw
電子郵件信箱：pod_service@popo.tw
發　　行／英屬蓋曼群島商家庭傳媒股份有限公司城邦分公司
聯絡地址：台北市中山區民生東路二段 141 號 11 樓
書虫客服服務專線：(02) 25007718・(02) 25007719
24 小時傳真服務：(02) 25001990・(02) 25001991
服務時間：週一至週五 09:30-12:00・13:30-17:00
郵撥帳號：19863813　戶名：書虫股份有限公司
讀者服務信箱 email：service@readingclub.com.tw
城邦讀書花園網址：www.cite.com.tw
香港發行所／城邦（香港）出版集團有限公司
地址：香港灣仔駱克道 193 號東超商業中心 1 樓
email：hkcite@biznetvigator.com
電話：(852) 25086231　傳真：(852) 25789337
馬新發行所／城邦（馬新）出版集團 Cité(M)Sdn. Bhd.
41, Jalan Radin Anum, Bandar Baru Sri Petaling,
57000 Kuala Lumpur, Malaysia.
電話：(603) 90578822　傳真：(603) 90576622
email: cite@cite.com.my

封面插畫／唐尼宇
印　　刷／漾格科技股份有限公司
經 銷 商／聯合發行股份有限公司
電話：(02) 2917-8022　傳真：(02) 2911-0053

□ 2018 年（民 107）1 月初版　　Printed in Taiwan.

定價／260 元

ISBN 978-986-95124-2-8